集人文社科之思　刊专业学术之声

集 刊 名：日本文论

主办单位：中国社会科学院日本研究所

主　　编：吴怀中

执行主编：叶　琳

COLLECTION OF JAPANESE STUDIES

编辑委员会

名誉编委

武　寅　刘德有　〔日〕米原谦　〔日〕滨下武志

编　　委（按姓氏笔画排序）

王　伟　王　青　王新生　汤重南　孙　歌　刘江永　刘岳兵

刘晓峰　吕耀东　李　薇　杨伯江　杨栋梁　宋成有　张季风

张建立　吴怀中　尚会鹏　周维宏　胡　澎　胡令远　赵京华

郭连友　高　洪　徐　梅　唐永亮　崔世广　韩东育　董炳月

编 辑 部

唐永亮　叶　琳　陈　祥　李璇夏　张耀之　陈梦莉　孙家坤　项　杰

2023年第1辑（总第9辑）

集刊序列号：PIJ-2019-365

集刊主页：www.jikan.com.cn/日本文论

集刊投约稿平台：www.iedol.cn

中文社会科学引文索引（CSSCI）来源集刊
AMI（集刊）核心集刊
中国学术期刊网络出版总库（CNKI）收录
集刊全文数据库（www.jikan.com.cn）收录

COLLECTION OF JAPANESE STUDIES

日本文论

1 **2023**
（总第9辑）

吴怀中　主编

社会科学文献出版社
SOCIAL SCIENCES ACADEMIC PRESS (CHINA)

日本文论

2023 年第 1 辑（总第 9 辑）

2024 年 1 月出版

· 笔谈特辑：日本史研究笔谈 ·

日本史学术名词使用和翻译问题 ······················ 徐建新　刘　晨

梁晓奕　胡炜权　康　昊　王玉玲　刘晓峰／1

· 专题研究：日本历史研究中的文献学 ·

从抗战后中国"日本人论"看新理论的接受

——以新发现的 1947 年《菊与刀》中文书评为中心

···························· 初晓波　于子涵／30

幕末日本接纳西方文明过程中的过渡性与矛盾性

——以涩泽荣一《航西日记》的记述为中心

···························· 章晓强　戴秋娟／45

一脉相承：日本敦煌本《文心雕龙》校勘三白眉 ············· 冯斯我／63

"百王"与"道理"

——《愚管抄》史论的深层逻辑 ····················· 葛栩婷／81

· 政治篇 ·

论日本宪法生存权的社会主义法特征及其困境 ············· 米　多／106

·思想篇·

鹤见俊辅的"实用主义"研究与实践 ················· 邱　静 / 135

论神田喜一郎中国学研究中的实证主义 ················· 莫嘉茵 / 153

·经济篇·

日本个人所得税税前扣除制度的维度及其演进 ············ 李清如 / 168

Table of Contents & Abstracts ················· / 193

《日本文论》征稿启事 ················· / 201

CONTENTS

Special Study: Bibliography in Japanese Historical Studies

The Acceptance of New Theories from the "Theories about Japanese" in
China after the Counter-Japanese War
—*With a Focus on the Newly Discovered Chinese Book Review*
of The Chrysanthemum and the Sword Published in 1947
Chu Xiaobo and Yu Zihan / 30

The Transitional and Contradictory Characteristics of Japan's Acceptance
of Western Civilization during the End of the Shogunate Period
—*Focusing on the Account in Shibusawa Eiichi's Voyage of Journey*
to the West *Zhang Xiaoqiang and Dai Qiujuan* / 45

A Line of Continuous Tradition: Three Leading Scholars in Japan
about Collating Dunhuang's Version of *Carving a Dragon at the*
Core of Literature *Feng Siwo* / 63

"Hundred Kings" and "Principles" (Dōri)
—*Deep Logics of the Historical Theory of Gukanshō*
Ge Xuting / 81

Political Research

Characteristics and Dilemma of Socialist Law of the Right to
Life of the Constitution of Japan
Mi Duo / 106

Ideological Research

Tsurumi Shunsuke's "Pragmatism": Analyses and Practices
Qiu Jing / 135

Kanda Kiichiro's Positivism in His Chinese Study *Mo Jiayin* / 153

Economic Research

The Development, Reform Trends and Enlightenment of Japan's Tax
Deduction System for Individual Income Tax

Li Qingru / 168

Table of Contents & Abstracts　　　　　　　　　　　/ 193

The Notice for Inviting Contributions to *Collection of Japanese Studies* / 201

日本史学术名词使用和翻译问题

徐建新　刘　晨　梁晓奕　胡炜权　康　昊　王玉玲　刘晓峰

编者按：从事日本史研究无论如何都无法避免翻译行为，这不仅是一种语言和思维方式从日文或其他外文转换到汉语的过程，还包括各种资料、用语、问题的解释过程。清末启蒙思想家严复在《天演论》的"译例言"讲道："译事三难：信、达、雅。"日本史研究者在从事研究工作之际，除了需要具备高超的使用原始文本展开研究的能力，还需要有相应的译介能力，使所译之文准确并可读。针对近年来日本史研究中存在引入较多难于理解的术语、短语等现象，本刊特邀请中国日本古代史学界七位学者介绍日本史学术名词使用和翻译经验，希望能对中国的日本史研究起到一定的启迪作用。

中国日本史研究中的日语学术名词使用和翻译问题

徐建新[*]

刘金才和张凌云两位学者联名发表过一篇文章，题为《关于加强中国"日本学"话语体系建构的思考》[①]，该文提到当前中国日本学研究中照搬了不少日本词语，没有完成从日语到汉语的语言模式转换，很多词语的使用是不适当的，会招致中国学界的诟病。刘金才老师在文章中提到的那些例子，有些属于学术翻译的能力问题，也有些存在学术立场问题。这

---

[*]　徐建新，中国社会科学院世界历史研究所研究员，主要研究方向为日本古代史。

[①]　刘金才、张凌云：《关于加强中国"日本学"话语体系建构的思考》，《日语学习与研究》2021 年第 6 期。

篇文章可谓首次不是从语言学和翻译学的角度，而是从日本学研究的角度，探讨了中国学者论文中的日语学术术语问题，是十分有意义的，也是必要的。不过，我认为该文中针对一些日文词语提出的翻译方案还有进一步讨论的余地。

实际上日语学术名词使用和翻译问题在改革开放之初就存在，只是由于以前中国日本学和日本史研究的规模不大，并且老一辈学者比较重视汉语表达，所以没有形成一个显著的问题。我们曾经把夹杂着一些词义不明的日文词语的中文论文戏称为"协和语"论文。我还注意到，有些论文连思维逻辑、分析方式和遣词造句都是日本式的，阅读起来十分拗口。中国的日本史研究是中国世界史研究的一部分，这个领域论文的读者包括中国史和世界史领域的读者以及学术界众多关注日本问题的人。其他专业的人看不懂"协和语"论文，就会使日本史论文的影响力大打折扣。

我在南开大学举办的一次学术会议上谈到过这个问题，会后也引起了会议参加者的一些议论，为了消除误解，我想以日本史论文为例，对这个问题再做一些说明。中国日本史论文中所用的日文词语大体有三类，而我们所说的"协和语"现象主要指后两种情形。

第一类是与日本历史事实密切相关的历史学专业名词。比如，"杖刀人首""屯仓""部民""大纳言""幕府""御家人""一揆"等，这些都是在日本历史发展中形成的固有名词，有明确的含义，在日本史辞典上都可以查到，也不能随意改译为别的名词。对于这类词语，在论文中使用时，可根据需要在行文中解释或加注释说明。但对于一些历史事实方面的名词，中国学者需要表明学术立场和政治态度，不能直接采用日本学界的命名，如"日中戦争"（中国抗日战争、日本帝国主义发动的侵华战争）、"南京事件"（南京大屠杀）等。中国出版界在审稿时对这类名词也是高度关注、严格把关。

第二类是日本近代史学产生后，在史学研究中形成的一些专业概念和术语，其中很多词语是中日学界从西语翻译过来的，有固定表述，且中日学界表述往往不尽相同，因此不可混淆。比如，中日双方在马克思主义语境下讨论社会发展史问题时一些名词的对译关系，包括"生產樣式"（生产方式）、"上部構造"（上层建筑）、"下部構造"（经济基础、生产力和生产关系的总和）、"亞細亞的生產樣式"（亚细亚生产方式）、"野蠻社會"（蒙昧社会、采集经济社会）、"未開社會"（野蛮社会、金属器铁器时代）等。有一些是日本学者在研究过程中自创的专业术语，如"一国史观"、"首长制社会"、"归化人"（渡来人）、"在地首长制"、"东亚世界论"、"王朝国家"、"权门体制论"等。对于这类术语，如果不了解相关学说史背景，不经翻译和添加注释直接使用的话，往往会让读者不解其意。

第三类是日本学者在论文写作中使用的一些常用词、高频词，比如"受容"（接受）、"変容"（变化、改变）、"変貌"（变化、改变）、"展開"（扩展、发展）、"移行期"（过渡期）、"画期性"（划时代的）、"重層化"（多重的）、"相互補完"（互相补充）、"自我完結"（靠自身完成、自律的）、"時代区分論"（历史分期的讨论）等。

总之，上述第二类、第三类学术名词，如果大量照搬日文原文，往往会让国内读者感到似是而非，难解其意。

中国日本史研究（包括论文和译文）中的日语学术名词使用和翻译问题不仅涉及翻译规范，而且需要强调学术性和研究性。下面以一段日本学者的论文为例做简单说明：

　　　日本考古学において、国家論は近年極めて多様化している。その多様性は次のように整理できる。まず古墳時代を社会進化のなかでどの段階に達しているかで議論がある。つまりそれを都出比呂志の提唱する初期国家とするのか、あるいは鈴木靖民が主張するような、アメリカ合衆国新進化主義の枠組みに基づく「首長制」段階（国家の前段階）なのか、あるいは1970年代、80年代に広く受け入れられていたように「部族同盟」と考えるのか。また部族同盟論以上に社会の階層性を重視した立場であろうか、古墳時代「首長同盟」論も近年は支持が広い。やや極端な考え方として、弥生時代をすでに国家段階とする研究者もいる。さらに、首長制や国家、都市社会などの概念を包括するような意味で、「複合化社会complex society」という概念を古墳時代社会理解に導入する試みもみられる。

　　我的译文如下："在日本考古学研究中，有关国家问题的讨论，近年来变得极为多样化。关于这种多样性可以做如下整理归纳。首先是日本古坟时代在社会进化过程中到底达到了怎样的阶段，围绕这个问题存在不同的讨论。就是说，究竟是把古坟时代视为都出比吕志提倡的早期国家阶段呢，还是视为铃木靖民主张的基于美国新进化论框架的酋邦阶段（即前国家阶段）呢，抑或将其看作在20世纪七八十年代被广泛接受的'部落联盟'呢？另外，相较重视'部落联盟'的观点，人们更加重视社会分层，也许是出于这样的立场，近年来认为古坟时代是'酋长联盟'的观点得到广泛的支持。有的学者还提出一种较为极端的观点，即认为弥生时代已经进入国家阶段。还有学者试图在包括酋邦、国家、城市社会等概念的意义上，将'复杂化社会'（complex society，或称'复合型社会''复杂社会'——译者注）这一概念用于对古坟时代社会的研究。"

　　也就是说，要理解日本学者论文的含义，首先需要了解其提到的那些名词和概念（比如"初期国家""首長制""部族同盟""複合化社会""新進化主義"等）在学术史上的意思，还要知道在国际学界和中国学界与这些名词和概念相对应的概念用语，这些都需要平时的研究和积累。在上面的译文中，我刻意保留了日本学者的"酋长联盟"一词，因为这是日本学者自创的一个名词，用以和"部落联盟"的概念相区别。

　　关于中文论文中哪些日文词语可以照搬使用，哪些不可以照搬使用，中国学界并没有统一的标准。有些日本传来的名词，如"氛围""问题意识""违和感"已经在中国社会流行开来，不至于引起误解。其实论文写作和翻译的基本要求不在于用什么名词，而在于要让当下的国内广大读者看懂，不让人产生迷惑。这个问题与研究者的写作志趣和文化品位无关。

推动中国日本史研究话语体系建设的一点感想

刘 晨[*]

近年来，中国的日本史研究取得了巨大的进步和丰硕的成果。在老一辈学者奠定的坚实基础上，中国的日本史研究在学科规模、从业人数、研究领域等方面都实现了持续发展和全面突破。加之研究资料和海外研究成果的广泛引进，以及国际学术交流的不断拓展，如今相关研究成果无论在数量、质量还是在国际影响上，较之以前都有了显著提升。

当然，在构建中国日本史研究的学科体系、学术体系、话语体系的过程中，依旧存在相当多的挑战与难题。比如，近代以前的日本史研究相对滞后，这不仅与史料收集和解读等现实条件的限制直接相关，也与课题方向和方法论受制于日本学界的传统范式，缺乏体系化、创新性和独立的研究视角有关。这些问题虽已引发中国学界的高度关注并积极应对，但仍然持续阻碍着中世、近世等日本古代史研究相关领域的发展。前辈学者早已指出，新时期的中国日本史研究有必要在学科建设上补短板，在历史分期、术语翻译等方面做进一步规范和统一，深化学术话语权的独立性与创新性。

仅就个人所见与所感，我认为中国的日本史研究应更多地在以下三个方面着力，以期有所突破。

首先，实现与海外日本史研究以及中国世界史研究之间有效且合理的交流和对话。

学术研究从来不是闭门造车，高水平的学术交流是推动研究进步、确保研究价值的重要内容。从世界史立场出发的中国日本史研究与海外学界

---

* 刘晨，山东大学儒学高等研究院副研究员，主要研究方向为日本近世政治与政治思想。

特别是日本学界的沟通自然不可或缺。同时，与日本史以外的欧洲史、东南亚史等其他世界史研究对话和相互理解也是构建日本史研究学术体系的关键指标。这不仅需要自身学科体系的相对完整，以及构建通行于各研究领域的学术话语体系，还需要把握各领域既有成果和最新研究动态，这些都是中国日本史研究中亟须提升的重要内容。

中国的日本史研究在很多方面取得了优异的成果，特别是以"明治维新"和两次世界大战时期为中心的日本近现代史研究，不仅内容丰富、议题全面，而且具有极高的创新性和独立性，可以说已经形成了相对完备的学科体系和话语体系。相比之下，日本古代史研究仍主要集中在大化改新、万历朝鲜战争等关键时期的重要事件，或中日交流史、思想史等少数领域，研究视野尚未涵盖日本古代史的全部发展阶段和各阶段的核心议题。尤其对日本学界通行的历史分期"四分法"中的"中世"和"近世"两个时期，中外研究之间的差距最为明显。当然，近年来相关成果不断涌现，比如，有关镰仓、室町时期中日交涉的研究，有关江户幕府的社会治理、外交政策乃至意识形态等问题的讨论，已有优秀专著和论文出版与发表，呈现出欣欣向荣的发展态势。不过，如何由点及面地扩大研究的深度和广度，补上学科体系的短板，仍将是今后很长一段时间内中国日本史研究特别是日本古代史研究的核心议题。

开展有效且合理的学术交流也需要在学术用语的翻译和应用上达成共识。学术翻译本就对意义的精确传达有着极高要求，世界史的翻译还要兼顾史料用语和学术惯用语间的平衡。与欧美史学相比，日本史研究还面临如何处理日本汉文即"和制汉语"的翻译问题。对此，我们理应规范学术用语的中文表达，避免所谓"协和语"的生搬硬套和滥用。同时，我们也必须正视日本史文献资料的特殊性，即史料用语和研究术语中有很多难以有效对应现有的中文词语，需要通过借用、添加注释甚至创造新词的方式完成翻译。事实上，亚非拉史研究中有很多通过音译或借用产生的学术词语，用来避免专有概念的混淆与误解，可见同样具有特殊性和概念边界的日本史用语也未必要全部抛弃。

问题的关键在于能否准确传达学术概念，那么除误读、漏译等技术层面的改善外，翻译时的词语选择在学界内部达成普遍共识与实现广泛应用，或许才是解决翻译问题的当务之急。换言之，整理、讨论全部学术概念用语，并据此确立规范标准，也是推动中国日本史学科体系构建的关键议题。

其次，立足于世界史、外国史研究的基本立场，发现、提出并解决真问题和好问题。

有效且合理的学术交流能够促进中国日本史研究对日本学界以及海外学界研究成果的吸收、利用与批判。必须承认，中国学者在日本史研究上与日本学界尚存较大差距，特别是在一手史料的收集、整理与解读等实证研究层面，需要持续吸收日方研究成果以弥补自身的不足。同时，我们也应该意识到，与日本学界立足于"国史"立场的研究不同，中国学者研究日本史的基本立场是将其作为世界历史的组成部分或者说与中国密切相关的东亚历史的一部分加以理解和认识的，所以中日两国日本史学界的核心关切与整体方向并不一致。

比如，日本史学界深受兰克史学的影响，历来重视并坚持实证研究方法和史料主义原则，在此基础上形成了独具特色的地方史研究传统。特别是自 20 世纪 70 年代以来，在经济高速增长的刺激下，日本地方史料得到大规模的收集与整理，由此推动了各地城市、乡村等"自治体"史研究的持续发展。然而，这种基于高度同质化的史料和研究方法上的史学研究路径，虽然有助于日本"国史"研究的全面发展，对考察和理解日本史的整体面貌与独特性却意义不大。相比之下，受制于方法论僵化和新史料匮乏而未受到重视的诸多中世、近世政治史议题反而具有更重要的现实意义与研究价值，而且极有可能通过打破传统历史分期法的局限、重新思考相关历史的连续性，实现方法论和研究成果的更新，这理应成为中国日本史研究的关注重点。

换言之，日本学界的既有研究虽然充分，但是其从"国史"立场出发的研究方法和问题意识并不完全适用于从世界史立场出发的中国日本史研究。在前辈学者长期积累的基础上，近年来我们已经初步具备了从自身立场出发进行独立思考的能力，有必要根据新时代的发展要求和中国日本史研究的基本情况提出值得深入探讨的真问题、好问题。中华人民共和国成立以来，中国日本史研究一直保持着对自身立场和问题意识的关注与强调，这一学术传统应该继续受到重视与发扬。

最后，推动中国特色的日本史研究学科体系、学术体系和话语体系的全面确立。

在补上学科短板、完善话语体系、巩固自身立场的基础上，我们就能够争取实现从史学理论到史料分析等各方面的整体进步。一旦具备了足以与日本学界正面对话的整体研究水平，我们就有望进一步完成对学术话语的共识构建，并基于自身立场和诉求形成独立创新的问题意识，中国的日本史研究也就可以不再拘泥于一直以来的学术边界，拓展出崭新的学科内容与研究议题，甚至打破日本学界的某些固有研究范式的局限。

值得注意的是，包括历史分期"四分法"在内的诸多日本史学术体系基础观念，其实是在 20 世纪初近代日本史学研究草创阶段，受西方传统史学研究的影响形成的。比如，"近世"这一概念便是由江户经济史学者内田银藏在 1902 年留学欧洲期间正式提出，其依据则是西方史学界对欧洲 15 世纪晚期到 18 世纪末这一中世纪与近代之间过渡时期的描述，即近代早期（Early-modern）。日本学界在使用"近世"一词时其实将其等同于江户时代（或包括江户以前的织丰时期），最初确实是为了强调其作为近代以前最后阶段的过渡期性格。到了 20 世纪 60 年代，日本的近世史研究以"太阁检地争论"为契机实现了学科发展的"自立"，持续的"武家统一权力"则成为"近世"概念的核心性格。但如此一来，"近世"作为历史分期概念的内涵就发生了重要改变——其过渡期的性格就此消失。这导致当我们以近世或近代早期的视角关联日本与东亚各国或世界其他地区的历史演进时，就难免发生歧义和误解。如果我们从世界史立场出发思考江户时代的历史，就有必要对"近世"这一概念在东亚世界中的非同步性和非同义性保持自觉，或者进一步打破近世分期对江户时代前后日本历史连续性的割裂，在东亚视野下重新思考 16～19 世纪的日本历史演进及其与东亚世界其他地区的关联和互动。

可以说，打破既有学术体系的窠臼，从符合现实需要和学科发展规律的前提出发，重新讨论和构建新时代日本史研究的学科规范、学术体系和话语体系，既是中国日本史研究的重大机遇，也是中国日本史学者理应肩负的学术使命。

翻译的不确定性：是困难也是机遇

梁晓奕*

关于跨语言交流的困难与翻译可能导致的语义变迁，古来译经师早已有"五失三不易"之语，其间艰难毋庸赘言，但从奎因于 20 世纪 60 年代提出翻译的不确定性（indeterminacy of translation）问题开始，似乎出现了一种新的研究倾向，即不将此视作译介的困难与局限性，而是主动将其视作跨语言、跨文化交流的表征，主动寻找翻译不确定性现象，分析其间不确定性的产生过程。

奎因给出的翻译不确定性案例主要可分为两大类型。第一种是缘于词语本身含义的多样性，其典型如"两头蛇"究竟是"双头之蛇"还是"两只蛇"，这一类型的翻译不确定性属于所谓的独立句翻译不确定性（holophrastic indeterminacy），多数喜剧有时甚至刻意追求这种不确定性以制造笑料。

学界讨论学术用语与翻译问题时的忧虑通常属于第二种类型，即当对象语言中不存在特定概念时的情况。典型案例如 19、20 世纪之交大量舶来品与舶来思想给中日社会带来的翻译问题。这一类型的翻译不确定性其实来源于双方间共享的背景知识体系不同步，因此这一问题的最终解决也只能期待对话双方之间同步率的提高。乐观而言，随着对话交流的增多，关于哪些专有名词需要翻译、哪些可以直接使用的问题，终究是可以在磨合中逐渐解决的，诸如"权门体制"之类的研究概念假以时

---

* 梁晓奕，北京大学历史系助理教授，主要研究方向为日本古代史。

日或许也会像"想象共同体""东方主义"等概念一样不太需要过多的介绍与说明。

当然，具体到特定的细节问题上，我们还有无数亟须解决的问题，关于这些问题，想来各位前辈同人必有高论，本文想要换个角度，探讨另一种情况，尝试说明翻译的不确定性并非只是翻译工作烦恼的来源，有时也能够为我们指明一些新的研究方向。我略微占用一些篇幅介绍一个日本思想史上的例子，即日本净土真宗创始人亲鸾（1173~1263?）论证其核心教义——彻底的"他力本愿"（"他力＝如来本愿力"，即完全依赖阿弥陀佛的宏愿而得解脱的信仰方式），由此一窥翻译不确定性带来的正面效果。

简而言之，净土系信仰大体上都来源于"净土三部经"，亲鸾本人也属于其中主张"称名念佛"的一派，这一理念来源于阿弥陀佛四十八愿中与"称名"相关部分的解释（也就是所谓"本愿"，这也是"本愿寺"之名的由来）。

在亲鸾之前的净土教理中，虽然同样主张通过念佛而得解脱的信仰，但仍然认为"念佛称名"的手段是功德的积累过程（因此，相对亲鸾彻底的"他力本愿"理念，这仍然属于某种意义上的"自力救济"型理念）。因此，亲鸾的理论创新在于对第二十愿（至心回向愿）的独创性解释。

这一大愿的原文如下："设我得佛，十方众生，闻我名号，系念我国，殖诸德本，至心回向，欲生我国，不果遂者，不取正觉。"通常而言，根据中文习惯我们自然会认为，"十方众生"之后、"欲生我国，不果遂者"之前的部分都是修饰"十方众生"的定语，但亲鸾在释读"至心回向"时，为其增补了"賜えり"的句尾敬语助词，将"回向"的主体由诵念佛名的功德，转而解释为阿弥陀佛根本大愿的无上愿力，由此完成了他彻底的"他力本愿"逻辑。关于教理的问题在此不多做探讨，本文想要强调的是，亲鸾之所以会得出这样的教义，正是基于翻译的不确定性以及由此而来的意义的多元性。

众所周知，日语有复杂的敬语体系，一个简单的"惶恐谨言"之类的结尾，往往可以对应长达数十音节的日语；这又与日语省略体言的习惯相辅相成，被省略的主语或宾语往往通过不起眼的敬语得到某种形式的补全。通过书信内容中各种敬语的不同使用方式，判断行文中一共出现了几位人物、有几位隐藏于敬语体系背后的大人物，是日本古文书学知识的核心构成要素之一，也是入门级别的训练内容。

换言之，上述亲鸾的释读虽然非常不符合中文的阅读习惯，在中国读者看来似乎是教义先行之后再强行寻找符合这一理解的读解方式，但亲鸾所补充的这个敬语绝非为了教义而强行曲解本文，而是日语语言体系下自然形成的一种行为。接触过《古事记》《万叶集》等早期文献的读者大概都会记得经常出现在令中文读者难以理解的位置上的"赐"字，或宣命体中经常出现的"定赐""宣赐""奉赐"等表记，这些与亲鸾增补的敬语一致，是用于表现对高位者行为的敬语。平安时代之后随着日本文人汉文水平的提高，当用汉文书写记录时，这类日语口头的表现有时会被省略，但并非从实际的日语使用场景中消失（可参看各种训点材料），这也是我一直认为日本史学者需要掌握汉文训读的相关知识与能力的原因所在。

篇幅有限，本文不再涉及更多的具体案例，总而言之，笔者认为对于翻译问题，可以不必太过忧虑，也不妨看看其中开拓新研究领域的方面。毕竟我们的立场并非只是单纯的译介者，本业仍然是研究者；身为译者时，为这一问题殚精竭虑自然是本分所在，身为研究者时则不妨关注这一翻译困境同时也为我们提供了更为广阔的研究领域与研究对象。

另外，金文京教授几年前在岩波新书出版的一部经典小书《汉文与东亚世界》（笔者个人更喜欢他在日本版中使用的副标题——训读的文化圈）近年来在中文圈与英文圈均得到了译介，希望这本书的译介能够带来相关知识的进一步普及以及学界整体上对这类跨文化交流手段关注度的提高。

中国日本史研究的基本问题和困难

——兼论编纂专门术语辞典的必要性

胡炜权*

一　从四个层面谈日本史研究的基本问题

中国的日本史研究已有十分悠久的历史，积累了丰硕的成果。然而，目前我们在研究上和教育上面对一个十分大却又基础的问题，即日本史的专门术语、概念的翻译和解释问题。可以毫不讳言地说，这个问题急需同人一起解决（特别是近现代以前的），因为这个问题已经严重影响到我们的研究水平和教学质量。

作为研究日本古代史的研究者，以及在大学从事日本史教学的教员，我就谈一下个人在教学和研究上遇到的问题，也包含一些同行的看法和建议，并分成四个层面来考虑，即教学层面、社会层面、研究层面、交流层面。

首先，从教学层面来看，在日本史教学现场以及指导学生阅读日本的史料、学术论文和专业著作时，由于学生不太熟悉日本史，而且不少学生缺乏日语基础，需要讲解很多概念与名词的意思和来源。这在任何外国史乃至中国史教学上都是一样的。可是，在日本史领域由于至今仍然没有相对统一或大致的规范和准则，许多名词的说明与解释在不同图书和论文里莫衷一是，不少是按汉字字面的意思去解释，或者直接套用中文里存在的近似词（后述）加以理解。

表面上看，这是中文使用者才能做到的。可是，这本来就是无奈之举，也是不符合历史研究基础法则的胡乱行为。当我们看到日文里的汉字词语，就直观地认为其意思跟中文的差别不大，因而肆意地去解释，其后果就是在图书、论文以及学术讨论中出现语意不同的问题，而且从研究者

---

* 胡炜权，山东大学历史文化学院副教授，主要研究方向为日本古代史、东亚古代关系史。

到学生都在围绕日本史的字词定义展开争论和商榷。

这种情况在日本史、日本文学和日本语专业的硕士与博士研究生学位论文答辩上尤为明显。答辩委员经常看到学生的中文论文里出现大量"非中文的"词语。这些词语的使用自然是参考了日文的图书、论文和史料。就学术规范而言，答辩委员针对一些词语的使用提出质疑并要求学生修改。然而，随即出现新的问题，即怎样翻译才对呢？

遇到这个问题，即便答辩委员能够基于自身的研究经验和专业给予建议，也不一定保证其建议就是标准的，充其量是解决当前问题的临时办法。于是，这个问题还是由学生和其指导教师来承担。这些论文出版成书，面向公众和学界时，上述的技术问题大多仍未得到解决，被束之高阁。

其次，用词解释和翻译问题给教学带来困难的问题不止于此，这就牵扯到社会层面上的问题。

目前，中文的日本史图书（包括各种专著和译著）和参考材料林林总总。从好的方向来看，参考图书和材料大量涌现，为学生和教师提供不同的参考资料，在一定程度上丰富和提高了日本史和相关领域的学习内容、教学质量。客观而言，现在的大学生在课堂之外能够利用不同的渠道获得比以前更多的信息。

研究人员与教学人员对此应该积极欢迎和乐见其成。可是，伴随这个现象涌现的问题也十分明显且深刻。各种专著与译著特别是后者的质量已经引起过不少学界同人的关注和批评。从人名、地名到术语，再到原著中引用的史料，出现了各种各样的翻译错误。归根究底，问题的发生主要有两大成因。

一是译者的问题。当前日本史译著大多由非日本史研究者翻译，较为常见的是日本语专业、日本文学专业学者或者能够完成日文—中文翻译的译者。当然，我们必须肯定他们在翻译工作上付出了极大的精力，力求尽善尽美的努力。但是，正所谓"隔行如隔山"，在缺乏对日本史的充分认识，以及欧美和日本学界的日本史学史知识不足，也不了解词语和史料来历的情况下，虽然他们在翻译时参考了各类资料，但由于他们没有经过专业培训，在查找与判断网络和纸质参考材料时也必然遇到诸多困难，这就导致错译的情况很难得到改善。

二是中国学术界的问题。既然译者不是相关专业的，翻译出来的作品不够专业、错漏百出，那么换成研究日本史的国内学者就能解决问题吗？其实也不尽然。中国日本史研究存在明显的偏向性，大多数研究者研究日本近现代史，专门从事日本古代史（明治维新以前）研究的学者寥寥可数。即便是日本近现代史，用词和话语方式接近现代日语，相对古代史而言看起来易于处理，其实也不然（详见下一节）。加上上述的用词翻译和解释问题，推动学术界来翻译日本史专业著作对于解决问题来说杯水车薪，也无法从根本上解决问题。

翻译有关日本史的外文著作还需要出版社编辑协同作业，可是编辑大多不是历史学出身，更遑论对外国史有充分的理解。站在出版界的角度来说，他们理应比学术界更希望有可以依据的专业标准和参考材料。

随着传播手段不断发展创新，当下除了传统图书类的资料外，网络和自媒体也是重要的翻译载体。放眼自媒体平台，各种包括日本史在内的外国史节目、短片琳琅满目，同时也存在质量参差不齐的问题。笔者在课堂上经常遇到学生拿着自媒体的内容来讨教。

从教学互动层面而言，这自然是一个非常好的现象，我们应该正面评价和利用自媒体平台的力量。但新传播手段往往是一把双刃剑。考虑到自媒体的创作者大多是业余爱好者，我们当然不能苛求他们有很高的专业水准。可是，既然自媒体的力量和影响力越来越大，学术界既要善用这个平台，如何减少自媒体质量参差不齐的内容对学生学习产生的影响，也是我们必须加以思考和应对的课题。

这个层面上的问题与本文一再强调专门术语、概念的翻译和解释问题是一脉相通的。眼下，各种有问题的日本史解说与翻译充斥于图书和网络世界，根本上还是因为"无处可依"、各说各话。只有学术界推动翻译和解释标准化，让老师、学生、爱好者便于参考，才是唯一的出路。

再次，除教学层面和社会层面之外，研究层面的问题也颇为严峻，这深刻地关系到中国日本史研究的水平和质量。日本史专业中的一些专门术语和词语的解释不清不楚、莫衷一是，降低了学术论文的整体质量，并连带影响到其他与日本相关的领域。

最后，在交流层面上，我们也同样面对很大的难题。不管是否曾赴日本留学，包括笔者在内的中国学者在研究日本史的时候，必然阅读了大量日本学术界的专业著作和史料。久而久之，我们习惯于沿用日本史学的概念与思维去理解和做研究。

然而，说到底这仍然是一种模仿，受其影响而已。我们尝试反向思考，想象自己能否用母语向国人说明、普及介绍这些概念和知识呢？又可曾想象自己跟日本以外的其他国家学术界研究人员用英语来交流日本史呢（当然还有其他国别史）？

笔者到此提出的问题对象，视野不止于对标日本学术界，要真正发出与确保中国学术界在日本史研究领域的声音和话语权，还必须考虑到日本以外的学术圈。然而，要达到这个状态，则更加需要我们纯熟地掌握这些概念和知识，用自己的语言进行交流。

在这里，笔者必须强调一点，追求规范和标准并不意味着"权威""绝对"，使学术界沦为"一言堂"，凡事一锤定音。与之相反，笔者坚定地认为这个作业是流动性的、持续性的，从结果上促使学术界利用这个机会打好基础，提高学术水平，以求更快地实现跟日本、欧美学术界平等交流和切磋，继而更有效地达成"发出中国学术界的声音和争取话语权"的目标。

二　日本史专门术语翻译的困难

在前一节，笔者讨论了当今日本史研究与教学上专门术语、概念的翻译和解释问题及困难，接下来有必要说明出现这些困难的根本原因。

首先，我们要从问题的本质谈起，也就是日本史料和学术概念的问题。日本是中国以外世界上唯一在母语中仍然大量使用汉字的国家，而且从古代至今，日本人在书写各种文字记录时使用大量汉字词语。从初期转用并参考古代中国和朝鲜半岛的儒学、佛教经典，到后来积极自主地生产大量"日式"汉字词语和日语词语，如"天皇""幕府""天下""百姓""一揆"等。从这些词语表面上看，中文使用者似乎能大致理解这些词语，但在说明层面上则是另一回事。

例如，"天皇"既是日本君主的称谓，也被用来指称日本的王权制度（"天皇制"）；又如，"大名"既是日本封建时代某段时期的地方统治者，也是研究上泛指统治武士家族的个人。如何区分与使用乃至向学生、读者说明这些词语均十分考验研究者对于历史与史学史的理解和掌握。

再具体举几个能反映问题的例子。例如，日语中的"幕府"一词来自中国古代，指称将领办公之处。一般中文的日本史图书中说明"幕府"是"日本武士政权"的称呼，但这一说明是有问题的。古代日本虽然从古代中国引进了上述说明和语源，但随着历史发展，古代日本人并没有积极使用"幕府"来指称武士政权。在日本史料里，除了极少数的个别例子外，一直到 18 世纪，当时的日本国学者和儒士修纂历史书时才重新启用"幕府＝武士政权机构"的概念。在这之前，常用的有"公仪""武家"等词语。

另一个明显的例子是"一揆"。"一揆"原本也出自中国古代儒学经典（《孟子》），在日本古代和前近代，"一揆"的本义泛指"一群为了共同目标而集体行动的人"（揆于一），而目前的中文图书（包括译著）里大多翻译、说明成"百姓暴动/武装"，而且往往附加了"起义"一词辅助说明。然而，这个解释不够严谨。首先，"一揆"只在江户时代才能指代"百姓"（指村落的上层代表，跟中国的"百姓"不一样）的武装抗争，而且其目的是抵抗领主的过度剥削和压榨，要求领主和"幕府"高抬贵手，他们完全没有推翻日本封建制度的意图和目标，自然谈不上中文语境中的"起义"了。再者，在江户时代之前的室町时代和战国时代，"一揆"的发起者除了村落、庄园外，还有地方的武士领主，各自的目的也完全不同。因此，解释"一揆"的意思和进行说明不仅要按时代，还得按不同情况来区分，不能"一刀切"。

其实，上述的问题也存在于日本近现代史的研究。例如，二战前的日本军事制度里，日本陆军方面有"士官生徒""陆军士官学校"两个词语。中文和日文里都有"士官"一词，在中文和日文里这种字一样但意思不一样的词不太好处理。而且，若统一翻译成"军官"，看似可行，但考虑到目前从日文翻译成中文的图书里早已沿用"陆军士官学校"一词，那么是否需要全面更换？如果一律改成"陆军军官学校"，似乎也不太自然。结果，很可能出现同一篇文章里混用"陆军士官学校"和"军官"的尴尬情况。

我们继续以近现代日本军事史的词语为例。二战前的日本兵役法里有"归休兵"一词，在中国的军事制度里似乎没有对应的词语和兵种。另外，当时日本征召预备役的方式有六种，同时代中国的军事制度里也没有对应的词语。

最后再举一个稍微复杂的例子，即"日本陆军参谋本部"。目前，中文图书里直接照搬这个称呼。但日本人也称呼当时俄国、德国的军方参谋中枢机关为"参谋本部"。于是，有些译者翻译包含这两个国家近代史的图书时就直接套用，然而，按照中文习惯和用法，在这种情况下，我们应该把"参谋本部"翻译成"总参谋部"。

综合上述例子，衍生的问题不仅仅是语言和用词的选择问题，事实上我们在翻译和应用专门术语上存在两大缺陷：一是没能系统地解释和翻译日本的汉字词语；二是逆向而行，借用日本的词语到其他领域也就是以中文强行解释日本史的专业术语，结果是既无法解决问题，还带来更大的混乱。虽然我们可以从字面上粗略地理解日本汉字词语的意思，但这样做明显不严谨和不认真。站在研究层面和教学层面，我们不能不负责任地要求学生"自己按字面字义"去理解。

单单是日本的汉字词语和概念已经有那么多的技术问题，更何况我们还要面对那些非汉字词语或者以日语语义与本土文化风俗发展的词语和概念［如ミウチ（身内）、ケガレ（穢）］。

三　编纂专门术语辞典刻不容缓

在前两节，笔者明确指出了当下中国日本史研究存在的词语、专门术语与概念翻译和解释不够规范的问题。除了中国，美国学术界同样意识到规范和正确把握日本史专门术语与概念的必要性。美国学者早在20世纪80年代便深刻地意识到这个问题的迫切性。

当时的美国学术界由哈佛大学的J. W. 霍尔（J. W. Hall）教授与斯坦福大学的马斯教授（J. P. Mass）带领和推动，开展了日本史料和词语的英语翻译工作。其中，霍尔早在1983年发表的论文里就已经尝试编译日本史的常见词语和概念①。踏入21世纪第二个十年，日本学术界为了加强国际学术对话，也积极开展日本史常用词语和史料的英语翻译工作，并且鼓励学者到欧美国家组织各种学术研讨活动。

站在中国学界的角度来看，我们原本更方便跟日本学术界展开类似研讨，但我们未能及时推动中文和日文的沟通。不过，笔者认为我们应自发地推进这个工作，而不是等着日本学术界"反客为主"。

那么，翻译日本的历史学用词和概念，自然不是单方面让学生学日语就能解决的问题。最好的办法是在教学层面推进"双外"课程设计改革，但这显然不是能简单、迅速做到的事情。

现在我们能做的事情，一是仿效美国学术界当年做过的工作，同时增补《日本历史文化词典》《日本史词典》②，参考最近的研究成果和日本的同类工具书，由更新常用的词语和概念的说明开始做起，尽快提供一部学术性和参考功能兼备的工具书。或者按照事项种类，优先编纂专门的工具书，如日本军事史辞典。

长远而言，编纂专门术语辞典既能提高学术水平，甚至可以期待日后就个别概念与词语，参与日本学术界和欧美学术界的相关讨论，也有助于我们更好地规范今后中国的日本史学术论文和专著写作。进一步展望，编纂专业术语辞典就是推进学术界正面面对日本史料，组织对日本史料整体的整理和翻译作业。

---

① 具体可参阅John Whitney Hall，"Terms and Concepts in Japanese Medieval History：An Inquiry into the Problems of Translation"，*Journal of Japanese Studies*，Vol. 9，No. 1，1983，pp. 1-32。

② 成春有、汪捷主编《日本历史文化词典》，南京大学出版社，2010；吴杰主编《日本史词典》，复旦大学出版社，1992。

以上建议目前在操作层面仍然十分困难，也存在很多的技术问题。但笔者认为，这将是中国日本史（或者说外国史）研究者和教育者必须完成的工作。

我们需要怎样的"他山之石"？

—— 对当前世界史题材图书"日本史热"的思考

康　昊*

当前，中国的世界史图书翻译进入十分繁荣的时期。世界史题材图书占据京东、当当等网络销售平台及各大书店显著位置，"甲骨文""汗青堂""启微""理想国""光启"等丛书的热销标志着中国已进入"全民读史"甚至"全民学习世界史"的时代。在日本史领域，除作为单行本引进的著作外，成套翻译的就有"讲谈社日本的历史"（文汇出版社）、《倒叙日本史》（商务印书馆）、《岩波日本史》（新星出版社）、《剑桥日本史》（浙江大学出版社）等多个多卷本系列。如此成批量、大规模地引进多卷本日本通史在整个国内世界史图书市场都是少见的。这反映出日本史题材图书所具有的持续高涨的关注度，也体现了读者对日本史领域极大的兴趣。

然而，就目前状况来看，近年来翻译引进的日本史图书多为市场导向，以短小精悍的岩波新书、中公新书为主，缺乏具有足够影响力和分量的学术专著。比如，中公新书在日本畅销的"乱"系列（《应仁之乱》《观应扰乱》《承久之乱》）现已有两本在国内出版；又如，日本著名东亚海域史家、中世史家村井章介的著作仅有筑摩文库的一本《中世日本的内与外》被引进（笔者译，社会科学文献出版社，2021），而村井章介影响力更高、在学术史上意义更大的其他著作如《亚洲中的中世日本》①、《日本中世境界史论》②、《日本中世的异文化接触》③、《日明关系史研究

---

* 康昊，上海师范大学人文学院特聘副教授，主要研究方向为日本中世史、东亚海域史。

① 荒野泰典・石井正敏・村井章介编『アジアのなかの日本史』、東京大学出版会、1992。
② 村井章介『日本中世境界史論』、岩波書店、2013。
③ 村井章介『日本中世の異文化接触』、東京大学出版会、2013。

入门》① 等都尚未引进；再如，20 世纪 70 年代以来日本社会史的引领者、著名历史学家网野善彦的著作仅仅引进了一部《日本社会的历史》（社会科学文献出版社，2011），原书亦为岩波新书，其分量远不足以代表网野的学术成就。网野的代表作《日本中世的非农业民与天皇》②、《中世的东寺与东寺领庄园》③ 等均无译作。读者仅从这些"大家小书"入手，难以了解相关学者的学术观点、学术思想和理论的全貌。

那么，近年来世界史图书整体的翻译情况是怎样的？与日本史领域成批量引进的通俗历史读物不同，世界史丛书系列近年均引进了不少有分量的著作，如"汗青堂"的《三十年战争史：欧洲的悲剧》（2020）、"甲骨文"的《全球危机：十七世纪的战争、气候变化与大灾难》（2021）等。在商务印书馆的学术名著系列"汉译世界学术名著丛书"中，以欧洲中世纪史为例，进入 21 世纪以来翻译出版了马克·布洛赫《封建社会》（2004）、《国王神迹：英法王权所谓超自然性研究》（2021），亨利·皮雷纳《中世纪的城市》（2006），埃马纽埃尔·勒华拉杜里《蒙塔尤》（2007），布罗代尔《地中海与菲利普二世时代的地中海世界》（2013）等多部经典著作。与之相比，该系列所收日本史题材经典著作较少，日本中世史领域至今尚无一本译著收入。日本中世史学在 20 世纪 70~90 年代最为经典的几部著作，如黑田俊雄《日本中世的国家与宗教》④、佐藤进一《日本的中世国家》⑤、笠松宏志《日本中世法史论》⑥、永原庆二《日本中世社会构造研究》⑦ 等均未引进。就连被视为战后日本史学开基者的石母田正的代表作《中世世界的形成》⑧ 都无中译本。从世界史学科的整体发展状况来看，这也是不正常的。

因此，当前日本史著作的翻译引进存在两个相反的趋势。一方面，国

---

① 村井章介編集『日明関係史研究入門』、勉誠出版、2015。
② 網野善彦『日本中世の非農業民と天皇』、岩波書店、1984。
③ 網野善彦『中世東寺と東寺領荘園』、東京大学出版会、1978。
④ 黒田俊雄『日本中世の国家と宗教』、岩波書店、1975。
⑤ 佐藤進一『日本の中世国家』、岩波書店、1983。
⑥ 笠松宏志『日本中世法史論』、東京大学出版会、1979。
⑦ 永原慶二『日本中世社会構造の研究』、岩波書店、1973。
⑧ 石田母正『中世的世界の形成』、伊藤書店、1946。

内日本史图书翻译追逐前沿，引进了大量刚出版、未经学术界充分讨论和检验的通俗读物，让国内日本史学人能够第一时间掌握日本历史学界的最新动态，图书市场存在显著的"日本史热"；另一方面，对战后历史学最为关键的20世纪70~90年代经典著作没有给予足够的重视。这使刚接触日本史研究的学生在没有充分掌握学术史背景知识的基础上就接触了未得到学术界充分认可的最新观点，这实际上会对中国日本史学科的建设和研究生教育产生一定负面影响。对眼下世界史题材书刊的"日本史热"，我们仍然要保持高度的清醒和冷静。

若从翻译引进图书的状况来看，日本中世史学（或者日本前近代史学）的基本理论、经典学说至今仍未成体系地介绍到国内。何谓"权门体制论"，何谓"王朝国家论"，何谓"显密体制论"，何谓"大名领国制论"，因为缺乏相关经典著作的翻译和介绍，在国内仍难以展开充分的讨论、分析和批判，这使中国的日本中世史学研究的基础仍不扎实。张绪山指出，国际学术界已经建立起相对成熟的世界史学科学术规范，需要对其加以介绍以作为我们进一步研究的基础。[①] 日本史领域亦然。若不能充分地翻译一批在史学史上具有重要意义、在理论思想上影响深远的经典著作，就无法对相关学说观点展开充分讨论，对日本学术界学说的超越、克服也就无从谈起。因此，以开放、包容的心态对日本史学界自20世纪70~90年代以来经典著作开展有组织、有计划、有步骤的翻译引进，对其中的经典理论、学说、思想与流派展开史学史的探讨和批判，是中国的日本史学界（特别是前近代史学）逐步在一部分领域实现理论突破，形成具有中国特色的日本史话语体系的先决条件。

翻译外国历史著作是认知域外文化的有效途径，对于本土文化建设而言见效快、意义大，同时体现了本土文化的开放性、包容性，增强了后者的生命力。[②] 新中国的日本史研究开启后，始终重视翻译国外学者的日本

---

① 张绪山：《学术著作的翻译与世界史研究的前景》，《北大史学》第12辑，2007，第467~470页。

② 陈恒：《学术全球化时代如何推进中国世界史研究》，《探索与争鸣》2020年第6期，第43~50页。

史研究著作，特别是改革开放后一批重要著作翻译出版，如霍尔《日本：从史前到现代》（1997）、丸山真男《日本政治思想史研究》（2000）等，中国的日本史学界在翻译国外史著的同时已经形成了自己的研究传统和特色。① 日本国内的历史学者从未停止与国外特别是欧美学术界的对话。举例来说，20 世纪 70 年代日本史学界社会史热潮兴起后，随即开始与年鉴学派进行学术对话，在 1983~1985 年有组织地翻译引进《经济与社会史年鉴》杂志，在二宫宏之、桦山纮一、福井宪彦的组织下编译出版了四卷《年鉴学派论文选》，题为"巫女与喧哗""家的历史社会学""医疗与疾病""城市空间的解剖"，引起了很大的反响。② 这种由知名学者有组织、有计划开展的翻译引进工作，将年鉴学派的基本观念成体系化介绍到日本。年鉴学派关于社会史的学说、理论和问题意识遂通过日本西方史学者的介绍对网野善彦、石井进等日本史学者也产生了影响。日本史在 20世纪 80 年代以后迎来以社会史为首的飞速发展和理论突破，与日本学术界有计划地开展翻译活动是密不可分的。因此，对中国的日本史研究来说，建设中国学派、中国特色，形成中国意识、中国眼光，仍然离不开体系化的翻译引进。其中，最值得翻译引进的就是 20 世纪 70~90 年代日本现代历史学的经典著作。这是当前迫切需要的"他山之石"。

关于专门学术用语的使用

王玉玲*

　　何为学术用语？简单来说，可以将其理解为在学术论文写作中使用的词语。由于现代日语中存在大量的汉字词，因此在中国有关日本的学术论

---

① 宋成有：《新中国日本史研究 70 年综述》，《世界近代史研究》第 16 辑，2020，第 124~146 页。

② 二宫宏之・桦山纮一・福井宪彦编集『歴史を拓く 「アナール」論文選 1 魔女とシャリヴァリ』、『歴史を拓く 「アナール」論文選 2 家の歴史社会学』、『歴史を拓く 「アナール」論文選 3 医と病い』、『歴史を拓く 「アナール」論文選 4 新都市空間の解剖』、評論出版社、1983~1985。

* 王玉玲，南开大学日本研究院副教授，主要研究方向为日本中世史。

文中时常出现对日语词语照搬使用的问题，如"受容""变容""变态"等即日本学论文中十分常见的"协和语"。毋庸置疑，这种在汉语的学术论文中直接使用日语的做法是不对的。在学术论文的写作中，不仅有普通的学术用语，也有专门的学术用语，如果说普通的学术用语不可照搬，那么专门的学术用语应当如何处理？这里有必要对这两种不同的学术用语进行区分与界定。一般来说，区别于口语、可用于论文书写的书面用语基本上都可以视为广义上的学术用语，而专门的学术用语通常与特定的历史背景、事件直接相关，或是源于对学术研究历史与传统的继承，或是源于对文献中历史叙述的直接引用。实际上，这些专门的学术用语在学术论文中的使用往往是更具争议的。大体上，专门的学术用语可以分为两大类：一类是日本学者依据自身研究创造的"新日语"，如"守护领国制""庄园公领制""显密体制""神佛习合"等，对于这些学术用语，在加以解释的基础上直接使用通常不会引起争议；另一类则基本属于历史用语，既有日本特有的历史用语，如"知行""镇座""起请"等，也有来自汉语的历史用语，如"上皇""幕府""一揆"等，这一类历史用语能否在学术论文中直接使用就是值得讨论的问题。

日本特有的历史用语尽管采用了汉字书写，但汉语中没有相同的用法，因此对其进行翻译后再使用是理所当然的。那些来自汉语的日本历史用语尤其是汉语中有相似用法的用语在学术论文中往往被直接拿来使用。但是，这些专业学者耳熟能详的历史用语未必能在中国读者中引起同样的共鸣。因为这些历史用语虽然源自汉语，却在日本的历史环境中使用、发展，进而衍生出新的语义。以"一揆"为例，"一揆"，原为汉语词语，语出《孟子》"先圣后圣，其揆一也"。关于其中的"揆"，朱熹《孟子集注》注曰："揆，度也。其揆一者，言度之而其道无不同也。"换言之，"揆"即道理、准则之意，"一揆"即道理、准则相同的意思。当然，"揆"在汉语中还有其他的含义，如表示估量、管理的动词之意，指代宰相或相当于宰相之职的名词之意。但当"一"与"揆"组词为"一揆"时，无论是在《孟子》中，还是在《清史稿》中，"一揆"基本上都是表达道理、准则相同的意思。

在日本平安时代的史料文献中，"一揆"也有与之完全相同的用法。例如，《续日本后纪》中的"上行下化，古今一揆"，《三代实录》中的"济世之权，事从一揆"，都是以"一揆"表达道理、准则相同之意的用例。不过，进入 11 世纪以后，日语中"一揆"的语义发生了诸多延伸，在原义的基础上引申出在诸多方面相同、一致的含义。例如，在记录镰仓幕府历史事迹的史书《吾妻镜》中即出现了"两议一揆""众议令一揆"等用例，都是以"一揆"表达内容、观点相同的意思。基于此，还出现了以"一揆"表达思想、认识方面一致，即表达同心、团结之意的用法，如《吾妻镜》"于国敌者，天下勇士可奉合一揆之力"等。与表达内容、观点相同的"一揆"相比，当"一揆"表达同心、团结之意时，往往与军事活动有关，并且多作为动词使用。

进入 14 世纪以后，"一揆"的语义进一步发生变化，从思想、精神上一致的抽象含义发展为行动上一致的具体含义，并衍生出指代某个行为集团、组织的用法。尤其是在日本南北朝内乱期间，出现了众多军事集团性质的"一揆"，以南北朝时代为背景的《太平记》中出现的众多"……一揆"就是战场上具有一致性特征的武士军团。此后直至 16 世纪末，从都市到村落，从武士到农民，"一揆"几乎成为日本社会中无处不在、全民参与的一种社会行为或组织。与此同时，"一揆"的语义也趋于固定化，其表达道理、观点等方面一致的用法减少，表达同心、团结以及集体行为、组织的用法越来越普遍。简而言之，当"一揆"表达集体行为之意时，可以将其理解为由众多个体参加的、组织化的、一时性制度外政治行为。在此行为进行的过程中或结束后形成的集体组织也称为"一揆"，这种"一揆"与共同体相似，可以理解为由具有共同社会基础的若干个体为达成某种特定目的，通过人与神之间的契约结合而成的一种新共同体组织。这种共同体的运作以内部的平等、一致为原则，强调内外、自他的区别，是一种具有自治属性的临时性组织。

像"一揆"这样来自汉语但在日语中的用法与汉语中的原义大不相同的词语，在日语中并非个例。关于此类用语在学术论文中的使用，首先翻译并非最佳的选择，因为无论是"暴动""社会运动""农民起义"还是"民众运动"都不足以体现"一揆"的全部内涵。相对而言，直接引用不仅更加直观、具体，而且还可以体现出其特殊性。当然，直接引用的前提是不能因为该用语源自汉语便不求甚解，直接以汉语思维对其进行惯性理解。由于在日本没有形成自己的文字之前，中国的文字已经传入日本并在叙述上占据了优势地位，因此，在古代日本，上至国史，下至贵族、僧侣的私人日记，基本都采用汉字进行书写。尽管这样的文献皆以汉字写成，其文体称"汉文"，但古代日本的"汉文"与中国的古代汉语存在显著区别，并且很多来自汉语的词语的用法、语义都随着历史的发展发生了变化。因此，对于研究日本古代史的中国学者而言，首先应避免以汉语思维对日语进行理解，对这种"形同义异"的中、日学术用语进行区别、辨析也应是中国日本史学者的基本工作。

另外，直接引用专门学术用语对于学术交流的开展也是有利的。对于中国学者而言，日本史首先是外国史，这也是强调中国的日本史研究应具备中国学者的视角和中国的问题意识的原因。同理，中国日本史学者对话、交流的对象既包括日本学界，也包括国际上的日本研究界。只有具有共识性的学术用语才是进行对话，构建有利于交流、具有学术影响力的话语体系的基本前提。与翻译相比，直接引用专门学术用语显然更有利于开展跨越国界的学术交流。

最后，需要指出的是，对非汉字文化圈国家的历史进行书写时，基本不存在照搬使用他国语言的可能性，翻译是撰写相关学术论文的必经之路。而当日本、韩国以及越南等在历史上曾使用过汉字的国家历史成为书写对象时，则不可避免地需要面对如何处理专门学术用语的问题。这对中国的日本史学者而言是值得重视的问题，因为这个问题也体现了中国与这些国家在历史文化方面存在的密切联系。如何恰当地在日本学论文中使用专门学术用语，不仅影响着相关学术观点与认识的形成，而且关系到汉字文化圈国家间历史文化联系的直观呈现。

在东亚的立场上思考未来

刘晓峰[*]

　　组织这次笔谈的动机是参加南开大学举办的日本古代史研讨会。学者们在会上、会下围绕日本史的学术术语和翻译问题都展开了很热烈的讨论。准确地说，这样的问题是日本史研究的特殊问题，作为一名日本史研究者，这也是一个长期困扰我的问题。所以我很期待身边优秀的研究日本史的同人能有机会就此展开一次讨论。感谢徐建新、刘晨、梁晓奕、胡炜权、康昊、王玉玲诸位老师拨冗参加这次笔谈。在日本史的学术术语和翻译上，不会因为此次笔谈就从根本上解决一切问题，但问题越辩越明，我想这样的讨论对促进中国日本史研究的发展是非常重要的。

　　在金文京教授的《汉文与东亚世界》[①] 出版前，出版方曾找到我，希望我为这部著作写几句推荐的话。为此我认真读了《汉文与东亚世界》，并读了其他几本和东亚汉字文化圈相关的书。思考日本史学术名词使用和翻译这个非常专业的问题，让我想起了阅读过程中的许多思考，所以下面我尝试从东亚这个区域视角来谈一下自己的看法。

　　研究日本历史，东亚视角是一个我们必须给予充分重视的思考方向。一方面，日本和东亚各国一样，处于古代中国思想文化影响的延长线上，是中国古代思想文化的继承者；另一方面，东亚各国又根据自己的需求发展和改造了中国古代思想文化，这又昭示了东亚文化丰富性的一面。中国与其他东亚国家之间的文化交流是一个漫长而复杂的历史演变进程，涉及的历史时段长、范围广，研究起来很难把握，所以有很多方面并没有得到很好的学术梳理。比如，日本史学术名词的使用和翻译问题就是一个从来未得到过充分讨论的领域。

---

　　* 　刘晓峰，清华大学历史系教授、博士生导师，主要研究方向为日本史、中日关系史。
　　① 　〔韩〕金文京：《汉文与东亚世界》，上海三联书店，2022。

东亚文化圈最重要的一个核心点在于汉字。雅斯贝斯曾在《论历史的起源与目标》① 中强调文字的重要性，认为文字实为文明的标志。集音、形、义于一体的中国古代汉字曾经是东亚各国的国际通用文字。汉字是表意文字的词素音节文字。和音素文字非常不同，汉字的字义与词义可以完全独立于语音，不依靠语音意义也能传达。汉字在传播中存在的一个重要现象就是字形、字义的确定和字音的漂移问题。实际上从古代到当代，一个汉字的意义通常比较确定，各种辞书可以把一个汉字的意义确定得很准确。但在实际生活中，一个汉字的发音在不同地区、不同族群中可能一直是不同的，且发音还随着时代推移发生变化。这个现象体现在时间上是古今之变的语音之变；体现在空间上是国内不同地区方言中同一个字的发音不同。在中国周边的东亚各国，对同一个汉字读音有自己不同的读法，这是汉字特殊性的一个方面。表意文字的汉字何以有如此强大的传播力量，值得我们深入思考。我认为其中一个重要原因是汉字之中蕴含的中国古代思想与文化的力量。在古代东亚世界，中国古代思想与文化的权威性是不容置疑的。汉字是这一权威思想文化体系的载体，两者之间互为表里。中国古代思想与文化通过汉字获得准确传达的形式，是由汉字排列组成的文章。这也是金文京教授在其著作题目上使用"汉文"而非"汉字"的用意所在。他用"汉文"强调汉字在中国古代思想与文化传播过程中语音的漂移。这对于我们思考汉语的特殊性，思考汉语中汉字字形与字义结合产生的强大传播能力，汉字字形与字义的结合赋予中国古代思想与文化传播的高度稳定性，是非常有启示意义的。

如果我们认真观察中国文化在东亚各国影响力的展开过程，就会发现实际上漂流的不仅仅是语音，在不同的历史时期和不同的民族中，汉字的字形不断被改造和变换，汉字所传达的中国古代思想与文化同样因时因地发生了很多变化，存在意义上的漂流。我曾在研究中处理过不少类似的文化事项，对于其中的复杂性有比较深的体认。

汉字虽然在音、形、义等多个层面存在漂移与变化，却并没有影响历

---

① 〔法〕卡尔·雅斯贝斯：《论历史的起源与目标》，李夏菲译，漓江出版社，2019。

史上汉字作为沟通工具，且实际上在古代东亚各国之间发挥了非常重要的沟通作用。汉字为不同地区、不同民族的人相互沟通架起了桥梁，王勇教授把笔谈称为"无声的对话"。古代东亚各国人员之间语言不通，但如王勇教授指出的，千余年来，东亚各国之间人物往来频繁，除了政府使节之外，还有逐利而行的商贾、不期而至的漂民、怡情山水的游客。他们通过书写汉字的方式，沟通信息、传授知识乃至问答酬唱，"凡舌所欲言，出以笔墨，纵横自在，不穷其说则不止"（《芝山一笑》）。王勇教授认为，古代笔谈不仅形成了一种新的文体，而且为历史研究留下了珍贵的史料和开拓了重要的研究渠道。他对东亚留存的笔谈史料进行了系统挖掘和研究，不仅生动地揭示了东亚各国间的历史交往，而且从新的角度深化了东亚历史研究。从很早的年代开始，东亚就出现了笔谈。例如，渤海国使者去日本，出面接待的都是日本文采最好的贵族，沟通大都是通过文字书写来进行的。王勇教授的课题组发掘整理的数百年前的笔谈留下的记录真实地反映出对话现场的氛围、对话双方的心声、对话情景。他负责的国家社会科学基金重大课题"东亚笔谈文献整理与研究"已经以优秀成绩结项，相信相关研究成果的面世会让我们对东亚笔谈有更全面的了解。

在这里回顾这样一个交流过程，是因为我认为这对思考中国日本史研究中学术名词的使用和翻译有很大启发意义。第一，我们需要认识到，中国日本史研究中，在学术名词的使用和翻译上之所以会出现很多问题，与汉字在这一地区的使用和传播有密切关联。我们面临的问题是，同样使用汉字的学术用语在不同国家的语言环境中有意或无意出现歧义和模糊性的情况该如何应对和处理？这样的情况实际上只存在于日本、韩国、古代琉球和越南等"汉字文化圈"。这样特殊的烦恼出现的前提就是历史上这些国家和地区长期使用汉字，与我们有着共同的文化缘分。第二，正因为同样使用汉字，正如金文京教授在《汉文与东亚世界》中所展示的那样，在漫长的使用过程中，汉字与东亚诸国的环境、历史与文化相结合，从发音到字形再到字义，可能出现局部漂移甚至意义转换，这部分就需要认真地逐条辨析。特别是近代以来，不仅学术话语体系作为民族国家意识形态的一部分缠绕于民族国家之间的复杂角力过程中，而且这一过程与欧洲工业革命以后以文明、现代化、科学为号召的现代学术浪潮席卷了包括中国在内的整个东亚的过程相表里。在这个意义上，学术用语的讨论和语言学领域开展词汇研究一样，是学术史研究重大的历史课题。第三，在全球化浪潮不断发展的大趋势中，世界历史正在进入一个新的区域化进程。展望明天，我们看得到区域化进程正在不断加速。从中国长远的文化发展战略角度思考，如何因应这一新的区域化发展进程是一个非常重要的问题，这同时也是我们思考日本史的学术术语和翻译问题的一个重要维度。

（审校：陈　祥）

从抗战后中国"日本人论"看
新理论的接受

——以新发现的1947年《菊与刀》中文书评为中心

初晓波　于子涵*

内容摘要：本尼迪克特的《菊与刀》是世界范围内"日本人论"研究的代表作品之一。本文新发现 1947 年 1 月 4 日发表在美国新闻处主办的《新闻资料》上的《菊与刀》中文书评，在介绍这篇书评内容及发表背景的基础上，结合抗战前后中国的"日本人论"研究，回答了尽管当时中国已经注意到《菊与刀》这本研究日本的重要著作的出版，但没有给予足够关注，也没有全文翻译出版的原因。由此，思考一种新的日本研究理论被接受所必需的条件，如研究主体要尽可能排除对研究对象的情感因素，回答受众所关注的核心问题；新理论需要有更强的解释力，得到前人所未道的创新结论；高度重视研究方法的优缺点，不断增强研究的专业性。

关 键 词：日本人论　《菊与刀》　文化类型　文化人类学

按照中国学界的一般理解，"日本人论主要是以作为日本文化主体的日本人的生活方式、民族性格与其他文化背景的人（主要指欧美人）相比之下所凸显出的不同特性为研究对象，重点回答如何定位日本文化和日本人性格的整体性论考，其产生、发展和繁荣有着独特的社会历史环境，

---

* 初晓波，北京大学国际关系学院教授，主要研究方向为日本政治与外交、危机管理；于子涵，北京大学国际关系学院博士研究生，主要研究方向为日本政治外交与社会发展。

是一种日本特有的文化现象"。①

近代以来，世界范围内出现了大量的"日本人论"研究成果，其中 1946 年出版的鲁思·本尼迪克特所著《菊与刀：日本文化类型》②（以下简称《菊与刀》）是最有代表性的作品之一。该书自问世以来，"虽然受到许多人的批评，但该书一直作为研究日本民族性的名著而被文化人类学界广为引用"。③ 包括港、澳、台地区在内，中国对《菊与刀》的全文翻译相对比较晚，但笔者发现一份 1947 年初出版的珍贵中文资料，从时间上看，它可能是世界范围内最早公开发表的《菊与刀》书评之一。

本文在梳理《菊与刀》重要影响的基础上，介绍这篇书评的主要内容，并思考抗战结束后中国"日本人论"研究的特点，尝试回答当时中国学术界没有对这篇书评以及《菊与刀》予以重视的原因，探究日本研究新理论在中国的接受过程及其规律性特征。

一 《菊与刀》 及其传播与影响

《菊与刀》最开始是鲁思·本尼迪克特为美国战时情报局（U. S. Office of War Information）撰写的名为《日本行为类型》的研究报告④。1946 年 11 月该书公开出版后立即在学术界引起巨大反响，实际上建构了战后美国人对日本的基本看法，并且在战后日本的民主化改造、美日关系发展等多个方面都发挥了重要的参考作用。书中"耻感文化"（shame culture）、"罪感文化"（guilt culture）等重要概念对人类学和日本学研究产生了深远影响。美国学者戴维·帕尔斯和罗伯特·史密斯甚至认为，

① 杨劲松：《日本文化认同的建构历程：近现代日本人论研究》，中国建筑工业出版社，2011，第 30 页。中国学术界一般也把"日本人论"研究称为日本民族性研究，本文对这两个概念不做区分。

② Ruth Benedict, *The Chrysanthemum and the Sword: Patterns of Japanese Culture*, Boston: Houghton Mifflin Co. , 1946.

③ 尚会鹏：《中国人与日本人：社会集团、行为方式与文化心理的比较研究》，台北：南天书局，2010，第 329 页。

④ 有关《菊与刀》一书完成背景的详细研究，参见福井七子「『菊と刀』誕生の背景」、『日本研究』第 13 号、1996。

"1946 年《菊与刀》诞生后，从某种意义上说，我们的研究只是在给它做注脚"。①

《菊与刀》在美国正式出版两年之后，1948 年被翻译成日语出版②，在日本学术界引起了轰动，至今仍然不断被重印、重译③。日本著名学者船曳建夫认为，长期以来日本学界对《菊与刀》的评价存在巨大分歧，"日本人对此书的评价混杂着强烈的否定、支持，加之有'因为她是外国人也有不明白的地方'之类的不屑，等作者去世（1948）后，又为她对日本的理解是否妥当而争论不休。人们不重视她所采用的文化人类学的研究方法及整体立场，只是指出其中的几个错误、列举几个关键词（'耻感文化'），若干年后又出版了论点相似的书籍，仅此而已"。④ 研究"日本人论"的大家南博虽然认为《菊与刀》有很多不足之处，但他坦承："本尼迪克特以文化人类学的方法剖析了连日本人自己也没有注意到的地方，因此，《菊与刀》可以说是外国人写的'日本人论'中最杰出的一本。"⑤

值得注意的是，进入 21 世纪，有韩裔美国学者指出《菊与刀》忽视了 1945 年以前日本对外扩张的罪恶和殖民历史，二战结束后日本社会围绕该书展开讨论，实际上起到了助长日本政府对其战前和战时在亚洲暴行的战后健忘症的作用。也可以说，作为一本历史性的文本，《菊与刀》帮助塑造了今天的日本对其殖民历史的习惯性遗忘。⑥

学术界一般认为，与日本及世界其他国家的日本研究界相比，中国

① David J. Plath and Robert J. Smith, "How 'American' Are Studies of Modern Japan Done in the United States?", in Harumi Befu and Josef Kreiner, eds., *Othernesses of Japan: Historical and Cultural Influences on Japanese Studies in Ten Countries*, Munich: Iudicium, 1992, pp. 218-222.
② ルース・ベネディクト『菊と刀』、長谷川松治訳、社会思想研究会出版部、1948。
③ 新翻訳版本如ルース・ベネディクト『菊と刀：日本文化の型』、越智敏之・越智道雄訳、平凡社、2013。
④ 〔日〕船曳建夫：《新日本人论十二讲》，蔡敦达译，华东师范大学出版社，2011，第 135 页。
⑤ 〔日〕南博：《日本人论：从明治维新到现代》，邱琡雯译，广西师范大学出版社，2007，第 171 页。
⑥ Sonia Ryang, "Chrysanthemum's Strange Life: Ruth Benedict in Postwar Japan", *Asian Anthropology*, Vol. 1, No. 1, 2002, pp. 87-116.

对《菊与刀》的了解比较晚，重视程度也大相径庭。在《菊与刀》出版近 30 年后，中国台湾才出现了最早的完整翻译版本，即 1974 年黄道琳在台湾桂冠书店推出的《菊花与剑》。直到 1977 年，才出现针对黄道琳译本的书评，如许木柱在《书评书目》杂志第 10 期上发表的《浅评〈菊花与剑〉》；1978 年许秋煌在《出版与研究》第 9 期上发表的《从〈菊花与剑〉（Ruth Benedict 著，黄道琳译）看日本民族文化的模式》。在中国大陆，1979 年正规出版物中才出现了《菊与刀》的相关信息。童斌在《国外社会科学》第 5 期发表了《跨学科研究与历史学》一文，其中转引了德国学者对《菊与刀》的评价。而第一个完整翻译版本《菊花与刀——日本文化的诸模式》到 1987 年 6 月才由孙志民、马小鹤、朱理胜翻译，由庄锡昌校对，由浙江人民出版社出版并被收入了"世界文化丛书"。这本译著选取的是 1974 年原著英文修订版，并参照了长谷川松治 1972 年日文翻译版。难能可贵的是，译本还附录了日本著名学者川岛武宜的《评价与批判》一文，显示了开阔的研究视野和审慎的学术态度。1990 年，在参考 1946 年英文版原著和 1965 年长谷川松治日文翻译版的基础上，商务印书馆推出了吕万和、熊达云和王智新的译本《菊与刀——日本文化的类型》。该译本也成为至今流传最为广泛的中文译本。

令人意想不到的是，在《菊与刀》问世一甲子后的 2005 年，这本学术著作突然成为中国大陆的畅销书，市场上有 10 多个不同翻译版本，各种版本一年内总销量达到 70000 册。① 一部半个世纪前的学术著作引发如此热潮与中日关系热点不断，而中国大陆学者又没有提出令人信服的"日本人论"解释有一定关系。日本学者福井七子认为大部分中文译本没有完整、全面地忠于英文原著，受到日文译本的影响很大，特别对部分中文译本增加很多与原著无关的照片和浮世绘配图的做法提出了尖锐的批评。②

---

① 陈黎：《一本叫〈菊与刀〉的学术书还在畅销》，《南方都市报》2006 年 3 月 27 日。
② 详细参见福井七子「ルース・ベネディクト、ジェフリー・ゴーラー、ヘレン・ミアーズの日本人論・日本文化論を総括する」、『外国語学部紀要』第 7 号、2012 年 10 月、81 頁。

在中国大陆，真正唤起中国人对《菊与刀》关注的应该是金克木先生。他在 1981 年《读书》杂志第 6 期上发表了《记〈菊与刀〉——兼谈比较文化和比较哲学》一文，并且认为应该把书名意译为"樱花与武士"。他推荐《菊与刀》其实不是为了介绍"日本人论"观点，而是出于对当时中国学术理论界状况的担忧。他提出："我们这几十年不谈人类学、民俗学，新中国成立前的一点点介绍和工作已经差不多都中断或改了名目了。我觉得实在可惜。"① 从周谷城先生为浙江人民出版社"世界文化丛书"所写的总序，以及《菊花与刀——日本文化的诸模式》一书《译者的话》中，也能够看到类似的努力，即《菊与刀》在中国大陆的最初译介不是为了介绍并推动中国"日本人论"本身的研究，而是为了努力让中国学术界拓展学术视野，推动比较文化研究，特别是引入如文化人类学等新的研究方法，推动学术界不断"睁眼看世界"。② 综上可见，中国对《菊与刀》的译介、研究起步非常晚，这种观点在学术界已经成为一个共识。

二　《人类学者眼中的日本：日人民族性充满矛盾》书评及其内容

前文笔者提到的那篇有关《菊与刀》的珍贵中文书评为《人类学者眼中的日本：日人民族性充满矛盾》③。该书评发表于 1947 年 1 月 4 日由美国新闻处（United States Information Service）编印的《新闻资料》总第 132 期，作者姓名不详。虽然书评中提及《菊花与宝剑》是"一份战时工作报告"，但很明显，这个题目不是工作报告的题目，而是直到《菊与刀》出版前才确定的图书题目。本尼迪克特在 1946 年 10 月 21 日写给人

① 金克木：《记〈菊与刀〉——兼谈比较文化和比较哲学》，《读书》1981 年第 6 期。
② 〔美〕本尼迪克特：《菊花与刀——日本文化的诸模式》，孙志民、马小鹤、朱理胜译，庄锡昌校，浙江人民出版社，1987，第 1~2 页。
③ 佚名：《人类学者眼中的日本：日人民族性充满矛盾》，美国新闻处编印《新闻资料》总第 132 期，1947 年 1 月 4 日。

类学家杰弗里·戈尔（Geoffrey Gorer）的信中明确谈到了这一点①。在这个时间出现全面介绍《菊与刀》的中文书评，让人非常震惊。因为《菊与刀》是 1946 年 11 月在美国波士顿出版的，而这篇中文评论在 1947 年 1 月 4 日已经正式刊印，也就是说，1946 年底这篇中文评论就已经写作完成了。在第二次世界大战刚刚结束，资讯传播速度有限的时代，这多少有些令人难以置信。

　　在进一步的考察中，笔者发现另外一篇署名"梅心"的《"菊花与宝剑"：日人民族性充满矛盾》的文章发表在 1947 年 1 月 20 日的《宁波日报》上。笔者认为这两篇书评应该存在密切关联。于是，笔者从宁波市档案馆找到这篇文章原文，并比较两篇文章，发现除了题目上有些许变动以外，正文内容完全一致，《宁波日报》上的文章是对《人类学者眼中的日本：日人民族性充满矛盾》的转载。由此可见，1947 年 1 月 4 日《新闻资料》上的书评与梅心关系密切。梅心是民国时期的国际问题学者②，民国杂志上有很多他发表的研究国际问题的作品③。另外，从 1932 年《中央周报》第 198 期的报道中可以看到，梅心曾经与梁漱溟、杨堃、刘揆一等学界名人共同参加国难会议。

　　关于主办《新闻资料》的美国新闻处，它最早是 1941 年 7 月 11 日由罗斯福总统设立的从事宣传工作和心理战工作的信息协调局（Office of the

---

① 福井七子「ルース・ベネディクト、ジェフリー・ゴーラー、ヘレン・ミアーズの日本人論・日本文化論を総括する」、84 頁。本尼迪克特在写作阶段曾经多次更改图书的名称，使用过"我们和日本人"（We and the Japanese）、"日本人的性格"（Japanese Character）、"文化类型：日本"（Patterns of Culture；Japan）等。写作完成后，出版社向本尼迪克特推荐了 3 个书名，即"弯刀"（The Curving Blade）、"瓷棒"（The Porcelain Rod）和"莲花与宝剑"（The Lotus and the Sword），并竭力推荐最后一个。本尼迪克特接受了最后一个书名，但把"莲花"改为"菊花"，并最终确定下来。

② 民国时期还有一位研究李清照以及图书馆学的学者李文裿也曾经用过"梅心"的笔名，中华人民共和国成立后曾任北京市市立第一图书馆馆长，但专业方向差别很大，与书评作者并非一人。详见陈玉堂编著《中国近现代人物名号大辞典》（全编增订本），浙江古籍出版社，2005，第 406 页。另外，有署名"梅心"的译者曾翻译过芥川龙之介名作《阿福的贞操》，是否与《"菊花与宝剑"：日人民族性充满矛盾》作者为同一人，尚待考证。详见〔日〕芥川龙之介《阿富的贞操》，梅心译，《日本评论》1942 年第 3 卷，第 122～127 页。

③ 例如，梅心：《戈林被俘前后》，《大观楼旬刊》1945 年第 10 期；梅心：《伊朗内幕》，《海潮》1946 年第 1 期；等等。

Coordinator of Information），1942 年 6 月该局改组为战时情报局和战略事务局（Office of Strategic Services）。战时情报局在各个国家的驻外机构成为美国新闻处，战略事务局最终演变为战后的中央情报局。① 值得注意的是，本尼迪克特是在战时情报局的支持下完成了《菊与刀》的研究工作。

关于美国新闻处在中国开始工作的具体时间说法不一。据曾经在美国新闻处工作过的于友回忆，"美新处从 1943 年初开始在中国持续工作，直到 1949 年 5 月上海解放，为时有 6 年之久"。② 美国著名学者费正清（John King Fairbank，1907-1991）在回忆录中明确记载，自己受美国国务院委托，于 1945 年 10 月到达重庆担任陆军情报局驻华办公室主任。其时，战时在中国从事对日心理战的 150 多名美国人归国，而新闻报道工作移交给新成立的美国新闻处。美国新闻处在美国大使馆领导下开展新闻报道工作和文化联络工作。费正清于 1945 年 10 月到上海担任美国新闻处驻华总办公处主任。他规定了美国新闻处在华业务的四条宗旨：提供新闻报道资料，而不是蓄意宣传；既要增进理解，又要化理解为行动；推动各国实现现代化而不是美国化；建议各国采取现实主义而不是向它们推销美国的观点。③

当时，美国新闻处在华的一项重要工作就是收集从旧金山、纽约或华盛顿邮递以及无线电广播接收的在美国公开发表过的文章并翻译，汇编成《新闻资料》。《新闻资料》每期 8 页，包括 8~10 篇报道，每期发行 5000 份，免费提供给中国媒体作为参考。④ 因为《新闻资料》是美国新闻处编印的内部资料性刊物，所有刊载的作品都没有信息来源、作者署名、译者署名，发行量不大，影响相对来说比较有限。

根据中央档案馆解密的《中央关于美国新闻处发稿问题的指示》档

---

① 1999 年美国新闻署解体，对外文化事务全部归属国务院，其发展历程参见 "The United States Information Agency：A Commemoration"，http：//dosfan. lib. uic. edu/usia/abtusia/commins. pdf，accessed May 2, 2023。
② 于友：《报人往事》，群言出版社，2013，第 259 页。
③ 〔美〕费正清：《费正清对华回忆录》，陆惠勤等译，章克生校，知识出版社，1991，第 359~264 页。
④ 于友：《报人往事》，第 260 页。

案，1949 年 2 月 10 日，中央针对美国新闻处等外国驻华新闻机构发稿问题专门下发文件，要求所有通讯社向军管会登记，除新华社外，"其他中外通讯社目前均不发登记许可证，即一律不得发稿"。① 实际上这意味着美国新闻处在华工作的结束。

名为《人类学者眼中的日本：日人民族性充满矛盾》书评篇幅不长，正文共 836 个字。首先介绍了作者本尼迪克特（文中翻译为"班妮狄克"）的个人情况和《菊与刀》（文中翻译为《菊花与宝剑》）的写作背景，指出该书的写作目的是"美国战时情报局鉴于对日本文化有基本认识的必要"，强调她作为文化人类学者所使用的方法——"文化类型"研究，《菊与刀》"是她第一次将文化类型的理论应用于一个开化的国家——日本"。书评作者还说明了因为战争时期无法进行实地调查，本尼迪克特只能参考既有研究，通过部分人物访谈以及利用日本电影和一些日本公开文件等资料来进行研究分析。

书评介绍了《菊与刀》一书的具体内容，引述了该书的核心观点："日人行为的极度矛盾：他们爱好菊花，又爱好宝剑。"也就是说，认为日本人既勇敢又胆怯，既保守又开放。书评还简单总结了书中对日本民族性形成根源的分析。在战后的特殊背景下，文章尤其注意到，"日本人看国际关系犹如他们传统的社会组织"，认为国际关系也存在森严的等级，并以日本侵占中国东北和"天皇至上"为例来进行说明。"早在侵略中国东北时，日本就企图将世界各国拥日本为首处于'适当状态'，而天皇则又高于一切。"书评结尾处还谈到"每个日本人都掉在社会与道德的责任义务的复杂网中"，具体论述时涉及《菊与刀》中非常关键的两个概念：义理问题（书评中翻译为"债务"）以及耻感（书评中翻译为"羞辱"）。②

这篇书评的意义首先在于，它很可能是全世界最早公开发表的《菊与刀》的书评之一。目前能够查找到的美国方面最早正式发表的书评是夏威

---

① 中共中央宣传部办公厅、中央档案馆编研部编《中国共产党宣传工作文献选编：1937~1949》，学习出版社，1996，第 792 页。

② 佚名：《人类学者眼中的日本：日人民族性充满矛盾》，美国新闻处编印《新闻资料》总第132 期，1947 年 1 月 4 日。

夷大学的约翰·F. 恩布理教授于 1947 年 1 月发表在《远东观察》杂志上的①，加利福尼亚大学洛杉矶分校的哈里·霍耶尔教授于 1947 年 2 月发表在《太平洋历史评论》上的书评时间也很早②。笔者比对上述两篇文章以及到 1947 年 8 月发表的几篇《菊与刀》的英文书评，发现它们与 1947 年 1 月 4 日发表在《新闻资料》上的中文书评的内容都不同，显然这篇中文书评不是对美国方面已经发表的书评的简单翻译。

日本学者最早的评论是 1949 年别技笃彦在日本社会地理协会编写的《社会地理》上发表的《鲁思·本尼迪克特著〈菊与刀〉》③；第一次关于《菊与刀》的大型学术座谈会是饭塚浩二、矶田进与幼方直吉等学者于 1949 年 4 月组织的，随后他们在《知性》上发表了《日本人的解剖——讨论〈菊与刀〉的方法》④；1950 年 5 月日本民族学会编写的《民族学研究》杂志刊发了一系列探讨《菊与刀》的重要文章，包括诸多学术泰斗的著述，如川岛武宜的《鲁思·本尼迪克特著〈菊与刀〉——评价与批判》、南博的《鲁思·本尼迪克特著〈菊与刀〉——社会心理学的立场》、有贺喜左卫门的《鲁思·本尼迪克特著〈菊与刀〉——日本社会构造阶层制的问题》、和辻哲郎的《鲁思·本尼迪克特著〈菊与刀〉——对科学价值的疑问》、柳田国男的《鲁思·本尼迪克特著〈菊与刀〉——寻常人的人生观》等⑤。在这些评

---

① John F. Embree, "Reviewed Work: The Chrysanthemum and the Sword by Ruth Benedict", *Far Eastern Survey*, Vol. 16, No. 1, 1947, p. 11.

② Harry Hoijer, "Reviewed Work: The Chrysanthemum and the Sword by Ruth Benedict", *Pacific Historical Review*, Vol. 16, No. 1, 1947, pp. 108-109.

③ 別技篤彦「ルース・ベネディクト著『菊と刀』」、日本社会地理協会編「社会地理」第 16 号、1949、10-11 頁。

④ 飯塚浩二・磯田進・幼方直吉［他］「日本人の解剖—『菊と刀』の方法を検討する（座談会）—」、『知性』第 4 巻第 2 号、1949、2-19 頁。

⑤ 川島武宜「ルース・ベネディクト『菊と刀』の与えるもの—評価と批判—」、日本民族学会編『民族学研究』第 14 巻第 4 号、1950、1-8 頁；南博「ルース・ベネディクト『菊と刀』の与えるもの—社会心理学の立場から—」、日本民族学会編『民族学研究』第 14 巻第 4 号、1950、9-12 頁；有賀喜左衛門「ルース・ベネディクト『菊と刀』の与えるもの—日本社会構造における階層制の問題—」、日本民族学会編『民族学研究』第 14 巻第 4 号、1950、13-22 頁；和辻哲郎「ルース・ベネディクト『菊と刀』の与えるもの—科学的価値に対する疑問—」、日本民族学会編『民族学研究』第 14 巻第 4 号、1950、23-27 頁；柳田国男「ルース・ベネディクト『菊と刀』の与えるもの—尋常人の人生観—」、日本民族学会編『民族学研究』第 14 巻第 4 号、1950、28-35 頁。

论中，既有对本尼迪克特研究的肯定，尤其肯定了其研究方法的价值，也从日本人的视角出发，对《菊与刀》的若干重要结论提出了质疑。无论是赞同还是反对本尼迪克特的研究，这些学术大家积极参与讨论引起了日本学术界对《菊与刀》的高度重视，日本乃至世界日本研究界掀起了相关研究热潮。

结合上文介绍的美日两国学术界对《菊与刀》的早期评介，中国对《菊与刀》的研究相对落后，1947年1月4日《新闻资料》上的书评对于思考中国的"日本人论"研究学术史有重要意义。但由此带来了一系列疑问，当时中国学术界既然已经注意到美国出版的日本研究著作，并且有了基本的介绍和比较准确的评价，但为什么没有予以重视，尽快推出全书译本并展开深入讨论？为什么在战后中国迫切需要重新认识日本的背景下这本书却销声匿迹，直到半个多世纪后才引起中国学术界的重视？要回答这些问题，需要回顾和思考抗日战争结束前后中国"日本人论"研究的若干特征。

三　抗战结束前后中国"日本人论" 与学者选择

中国对日本这个国家和日本人的研究与认识，随着时代的变迁有明显的阶段性差异。[①] 民国早期，有关"日本人论"的重要作品应该是1928年戴季陶的《日本论》和1939年蒋百里的《日本人——一个外国人的研究》[②]，抗战胜利后，"日本人论"研究出现了一些新的变化。

首先，当时的"日本人论"研究带有鲜明的感情色彩。半个世纪的敌对历史和举国民众的浴血奋战，无数国民惨遭杀害，无论是普通民众还是专家学者，对日本存在真实的敌对情绪。陈麟瑞曾说："说老实话，我现在很想打你们几下，踢你们几脚……如果我没有这一点感觉，我想我不

---

① 详见初晓波、李尧星《中国的日本研究：历史、现状与展望》，《国际政治研究》2020年第2期。

② 戴季陶：《日本论》，民智书局，1928；蒋方震：《日本人——一个外国人的研究》，大公报，1939。

但不是一个中国人，连人性都丧失无遗了。"①

1945 年，吴其昌发表在《民族正气》杂志上的《日本民族性探考》一文列举了研究日本民族性的多重视角，认为特殊自然环境造就了日本人的诸多特点。吴其昌从长时段历史分析的角度，结合从汉代到清末中日往来的历史事实，特别是日本对华"前恭后倨"的表现，认为日本人民族性存在"两种极端的现象：一种是柔懦、谄媚、贪婪、无耻的奴性型；一种是凶戾、暴酷、惨毒、残忍的兽性型"。② 他认为，日本与西方殖民列强同流合污发动了侵略战争。文章中使用具有鲜明感情色彩的词语来描述日本的民族性特点。如前所述，《菊与刀》和第一篇中文书评都没有详尽阐述日本对中国和朝鲜半岛的罪恶殖民历史，当然也不会考虑解答或分析中国人心目中的"日本像"，在当时的环境下，也就难以吸引学者的视线，触动国民的内心。

其次，一部学术著作如果想引起读者的关注，必须提供与此前类似研究明显不同的结论或者认识框架。《菊与刀》的第一篇中文书评很好地展示出这本著作的特点，但在这篇书评发表之前，已经有中国学者通过不同的方式方法得到了类似结论。

《人类学者眼中的日本：日人民族性充满矛盾》书评中强调了本尼迪克特研究日本民族性的客观性特征，"用科学家冷静与忍耐的客观态度再加上她认为研究社会学必要的坚定与大度，班博士察觉日人行为的极度矛盾"。③ 吴其昌在《日本民族性探考》里也有类似提醒："我们对于任何民族性的批评，应该纯客观的，毫无国界的，不分敌友的，是则是，非则非，忠实的直说。"④

《人类学者眼中的日本：日人民族性充满矛盾》书评中言及本尼迪克特分析日本民族性方法时提出："整个民族和个人行为一样也由环境来决定。"⑤

---

① 陈麟瑞：《写给日本人》，《导报》1946 年第 5 期，第 10 页。
② 吴其昌：《日本民族性探考》，《民族正气》1945 年第 3 卷第 6 期，第 28 页。
③ 佚名：《人类学者眼中的日本：日人民族性充满矛盾》，美国新闻处编印《新闻资料》总第 132 期，1947 年 1 月 4 日。
④ 吴其昌：《日本民族性探考》，第 28 页。
⑤ 佚名：《人类学者眼中的日本：日人民族性充满矛盾》，美国新闻处编印《新闻资料》总第 132 期，1947 年 1 月 4 日。

赵南柔于 1946 年发表的文章《日本民族性及其改造》是抗战结束后中国"日本人论"研究的代表性成果。赵南柔在文章中把民族性的决定因素分为三种，即遗传、环境和教育，并且在专门论述环境对一个国家民族性的影响时，更详细地把"环境"这个模糊的说法具体区分为六个方面——位置、地势、面积、气候、动物区、景色等。① 在遗传因素的分析中，赵南柔反对日本是所谓"神国"的说法，以大量人种学、语言学研究成果论证了日本民族并非单一民族，而是混血，也就是一个融合的结果。从环境影响来看，赵南柔强调了日本的岛国特性，也分析了日本在面对外来文化时适应性强的特征。遗传和环境因素很难改变，赵南柔认为改变日本的民族性要依靠教育，彻底摒弃封建残余，才能真正建立起和平民主的国家。显然，与《菊与刀》相比，赵南柔的分析更能满足中国人对日本民族性改造的关切。

最后，从研究方法层面考虑，《人类学者眼中的日本：日人民族性充满矛盾》书评强调的文化类型研究没有引起中国学界的共鸣。书评介绍了这种研究方法的来源，认为"对人类学原理的新解释，业已赢得了国际人士的承认"。②

本尼迪克特的研究方法受她的老师"美国人类学研究之父"哥伦比亚大学人类学教授弗朗兹·博厄斯（Franz Boas）的影响很大。中国著名学者吴文藻先生回忆在哥伦比亚大学留学期间，"对我后来研究方向有重大影响的是开始接触了人类学专业。先是旁听了人类学系主任、帝国历史学派创始人博厄斯（F. Boas）的'人类学'（有时由他的女弟子本尼迪克特代课）"。③ 由此可知，吴文藻非常熟悉本尼迪克特在《菊与刀》中使用的文化类型研究方法。虽然她早年的名著《文化的类型》（*Patterns of Culture*）、《种族：科学与政治》（*Race：Science and Politics*）等当时没有译成中文，但 1945 年博厄斯的《人类学与现代生活》已经翻译成中文并

---

① 赵南柔：《日本民族性及其改造》，《日本论坛》创刊号，1946，第 10、13 页。

② 佚名：《人类学者眼中的日本：日人民族性充满矛盾》，美国新闻处编印《新闻资料》总第 132 期，1947 年 1 月 4 日。

③ 吴文藻：《吴文藻教授自传》，载中国人民政治协商会议江苏省江阴县委员会文史资料研究委员会编《江阴文史资料》第 8 辑，1987，第 69 页。

由商务印书馆出版。① 中国国内对本尼迪克特的研究方法也有一定了解。1935 年与 1945 年，吴文藻两次回到母校哥伦比亚大学，都见到了本尼迪克特。1945 年吴文藻的访问重点是了解老师们在战时和战后的研究计划与动态②，他很可能知道本尼迪克特当时正在开展对日本的研究。

《菊与刀》出版之时，吴文藻受时任中国驻日代表团团长朱世明邀请，担任代表团政治组组长并兼任盟国对日委员会中国代表顾问。与本尼迪克特的工作类似，他发挥自己作为社会学家的优势，展开了对日本社会的全面研究，包括天皇制、新宪法、政党政治、经济复兴计划等，为当时中国代表团提供情报资料，作为制定对日政策的依据，直到 1950 年 6 月辞职辗转回到中国大陆。据此推测，当时吴文藻不会不知道在日本引起轰动的《菊与刀》的出版，但没有留下明确的评论文字。究其原因，应该与吴文藻人类学研究方法的转向有关。

吴文藻在自传中讲道："我在美国学习时，曾对以博厄斯为首的美国历史学派很感兴趣，但我在开展社区研究时却没有采用历史学派的理论和方法，原因就是我认为一方面历史学派过于强调研究文化的片段，如博厄斯的大弟子罗维所说的名言：'破碎补缀的文化'，而不是像功能学派那样强调'从整体和各个部分的密切关系上来研究文化'；另一方面，历史学派的实地调查方法和民族志专刊的编写，也不如功能学派那样完整。"③ 吴文藻开始推崇功能学派而逐渐远离博厄斯和本尼迪克特的研究方法可以追溯到 1932 年，吴文藻为孙寒冰主编、上海黎明书局出版的《社会科学大纲》撰写第三章"文化人类学"。虽然文中对博厄斯学说的介绍详尽，但他已经开始高度关注马林诺夫斯基、英国学派和功能主义（当时称"功用主义"）。1935 年，他连续撰写了《功能派社会人类学的由来与现状》《布朗教授的思想背景与其在学术上的贡献》《文化表格说明》等多篇文章，邀请功能学派创始人之一的拉德克利夫·布朗来华讲学。他批评本尼迪克特，"她的目的是在寻求每一特殊文化的'灵魂'（genius）而将

---

① 波亚士著，杨成志译述：《人类学与现代生活》，商务印书馆，1945。
② 吴文藻：《吴文藻教授自传》，第 81 页。
③ 吴文藻：《吴文藻教授自传》，第 77~78 页。

文化分为若干类型……这种文化特性的素描,虽可以引起文学艺术上的兴趣,而对于科学的文化分析,是无大裨益的"。① 吴文藻不再认可本尼迪克特的研究方法,也就很难关注其撰写的《菊与刀》。

另外,吴文藻没有关注《菊与刀》可能还与本尼迪克特本人不懂日语,没有去日本进行实地考察有关,而田野工作是文化人类学研究的核心。书评中做了解释:"虽然一个文化人类学者必需进行实地研究,可是此外还有其他途可循。"② 但吴文藻肯定不会接受这种说法。吴文藻高度重视人类学、社会学研究中的实地调查工作,1932 年就提出,"野外工作,现在已公认为人类学调查所必经的途径,凡由此途径所搜到的材料,才是一切归纳的校正之必须的基础"。③《菊与刀》一书在研究方法和研究手段两方面都与吴文藻的学术风格存在差异,而且吴文藻是中国社会学、人类学研究的代表人物,李安宅、林耀华、费孝通等著名学者都出自他的门下,他的态度和判断对当时中国学界的影响非常重要。

当然,考虑到《菊与刀》的出版时间和第一份中文书评发表的时间正值盟军占领日本后推动其民主化改造,尝试建设一个与战前彻底决裂的崭新日本;而 1946 年 6 月 26 日,中国内战全面爆发,国内民众和学术界对日本研究的关注程度有所下降,这也是当时《菊与刀》没有得到中国学术界重视的关键背景性因素。

结　语

第一篇《菊与刀》中文书评的发现展示了当时复杂环境下中国"日本人论"研究的一个片段。虽然这篇准确归纳了《菊与刀》精华的书评在当时没有引起更广泛的关注和后续的深入研究,但是其在中国"日本人论"、中国日本研究的学术史上仍留下一笔。

---

① 吴文藻:《文化表格说明》,载吴文藻《吴文藻人类学社会学研究文集》,民族出版社,1990,第 218 页。

② 佚名:《人类学者眼中的日本:日人民族性充满矛盾》,美国新闻处编印《新闻资料》总第 132 期,1947 年 1 月 4 日。

③ 吴文藻:《吴文藻人类学社会学研究文集》,第 64~65 页。

　　本文以这篇书评为线索，介绍了抗战结束后中国的日本研究的若干特点，并且从理论研究接受的视角分析这本著作和书评没有得到重视的原因。这篇书评在今天也能带来诸多启发和思考。例如，研究主体要尽可能排除对研究对象的情感因素，回答受众所关注的核心问题；必须用解释力强的理论方法去剖析研究对象，并得到前人所未道的创新结论；在关注各种"日本人论"或者日本研究具体结论的同时，还应该高度重视研究方法的甄别与研究专业性的提升。杉本良夫和罗斯摩尔列举了相关研究的若干不足，如缺乏有意识的明确概念和标准定义；同质同调的许多所谓"理论"并不具有预测性，没有提出能够经受事实检验的假设；缺乏对实证数据的整理；模糊观察样本在多大程度上代表母本等。他们提出，"比较社会论、比较文化论在方法论基础方面还远未到达理论与实证紧密结合的高度。所以，最好别在日本人的行动、思维方式上随意粘贴'日本式'的标签。事实上，现在所谓的很多'日本式'的现象既可能是'西式'的，也可能是'全球式'的，我们必须要直面这个问题"。① 今天，缺少方法论支撑依然是当下"日本人论"、日本研究普遍存在的问题。从这个意义上说，《菊与刀》还值得我们继续关注和讨论。

（审校：吴　限）

---

　　① 〔日〕杉本良夫、〔澳〕罗斯摩尔编著《日本人论之方程式》，袁晓凌等译，华东师范大学出版社，2007，第 107 页。

幕末日本接纳西方文明过程中的过渡性与矛盾性

——以涩泽荣一《航西日记》的记述为中心[*]

章晓强　戴秋娟^{**}

内容摘要： 如何在传统文化和西方文明之间找到平衡点，一直是日本乃至所有非西方国家走向近代化时面临的难题。近代日本通过"脱亚入欧"步入了先进资本主义国家阵营，而幕末日本在学习西方文明的过程中表现出过渡性和矛盾性的特征。其中既有来自传统文化的桎梏，也与幕末日本社会和西方文明之间存在文化隔膜有关。涩泽荣一在《航西日记》中对本初子午线和度量单位的使用从侧面反映了幕末日本接纳西方文明过程中的过渡性和矛盾性特征。

关 键 词： 日本　涩泽荣一　《航西日记》　本初子午线　度量单位

幕末开国后，日本在接纳西方文明的问题上呈现出明显的过渡性和矛盾性的特征。过渡性意味着妥协、不彻底，矛盾性则意味着犹豫不决、前后不一致，这两个特征伴随日本从开国走向明治维新。近代中国人在日本求学之际对此也颇有感触，明明是依照西洋范式富强起来的国家，为何遵从"腐朽"的孔子之道而提防自由民主的卢梭之法？^① 要了解日本在接纳西

---

* 本文为北京外国语大学2020年度"双一流"建设项目"全球史和跨国史前沿丛书"（编号：2020SYLZDXM022）的阶段性成果。

** 章晓强，南开大学日本研究院/世界近现代史研究中心博士研究生，主要研究方向为近代中日交流史、思想史；戴秋娟，北京外国语大学历史学院/全球史研究院副教授、硕士生导师，主要研究方向为日本经济思想、企业史。

① 严安生：《灵台无计逃神矢：近代中国人留日精神史》，陈言译，生活·读书·新知三联书店，2018，第30~31页。

方文明过程中的过渡性和矛盾性，有必要回到日本开国之初探求其中缘由。

"黑船来航"之后，日本自上而下陷入一种前所未有的危机。德川幕府开始尝试深入接触西方文明，在这一过程中产生的一系列疑问和东西方文明差异带来的冲突刺激着日本领导阶层的敏感神经。江户幕府顺势而为，在巴黎万国博览会召开之际正式派出了以将军德川庆喜之弟德川昭武为团长的高规格官方使节团。使节团于 1867 年 2 月从横滨港出发，1868 年 12 月归国，访问了法国、英国、比利时等欧洲主要国家，涩泽荣一（1840~1931）随团出访，并以日记的形式记录了旅途见闻和体会，后编为《航西日记》① 出版。《航西日记》中记述了本初子午线和度量单位标准的使用，作为研究幕末日本接触西方文明的珍贵史料，对日本学界研究本初子午线和度量衡问题也有重要的参考意义。

《计量史研究》杂志是日本学界研究近代度量衡问题的"主阵地"，刊载的研究成果大都从"计量史"的角度出发②，辨析、梳理日本近代度量衡制度的变迁过程，较少涉及"计量"与社会变革之间的联系。唐纳

---

① 涩泽荣一在《航西日记》的序言中特别提了日记编撰过程，从 1867 年 2 月 15 日出发至 1868 年 12 月 16 日返回日本，他作为使节团的庶务全程记录了使节团的活动及日常琐事，《航西日记》的原型是他的"数册日记"，但因为"日记所记不过是雪泥鸿爪"，所以同时还收录了另一位随行幕臣杉浦霭人的记录。至于二人的分工情况在日记中并未做详细说明，但考虑杉浦霭人后因事中途归国，并非德川昭武使节团出访的全程参与者，本文认为《航西日记》的主要内容体现了涩泽荣一的个人意志。《航西日记》还与《御巡国日录》《巴里御在馆日记》一起，作为涩泽荣一所记日记被收入 1928 年日本史籍协会刊行的《涩泽荣一滞法日记》。

② 其中有代表性的研究成果有：高田誠二「『米欧回覧実記』に現われる度量衡」、『計量史研究』第 11 巻第 1 号、1989；小泉袈裟勝「明治度量衡制度の 2 案（制度局と大蔵省の）」、『計量史研究』第 17 巻第 1 号、1995；橋本萬平「西洋度量衡の受容（1）」、『計量史研究』第 20 巻第 1 号、1998；橋本萬平「西洋度量衡の受容（2）」、『計量史研究』第 21 巻第 1 号、1999；橋本萬平「西洋度量衡の受容（3）」、『計量史研究』第 22 巻第 1 号、2000；富田徹男「度量衡の歴史展」、『計量史研究』第 24 巻第 1 号、2002；今村徹「メートル条約と基礎研究」、『計量史研究』第 26 巻第 2 号、2004；山田研治「英国外交官が見た幕末日本度量— S. ロコック一等書記官の下院報告書の分析—」、『計量史研究』第 23 巻第 1 号、2001；山田研治「近代度量衡制度の展開—松平春嶽と瓜生三寅—」、『計量史研究』第 26 巻第 1 号、2004；山田研治「江戸時代末期の尺度問題—観齋叢書を中心に—」、『計量史研究』第 31 巻第 2 号、2009；山田研治「『鈴林必携・上巻』巻頭「泰西尺度量衡」と『ミリタイレサックブック』—尺度を中心に—」、『計量史研究』第 34 巻第 1 号、2012；山田研治「『鈴林必携・上巻』巻頭「泰西尺度量衡」と『ミリタイレサックブック』—量衡を中心に—」、『計量史研究』第 35 巻第 1 号、2013。

德·金（Donald Keene）围绕前近代时期日本接纳"洋学"问题介绍了1720～1830年西方文明在日本的传播过程。① 吉田春雄以田中馆爱橘②和原敬③的学术经历为例，分析了近代日本推行"米制"度量衡标准与社会近代化之间的联系，还介绍了推行过程中的"巴黎"因素。但二人的活跃时期处于19世纪中后期，我们难以从中了解幕末转型期日本社会在度量衡单位上的取舍情况。④

关于本初子午线的问题，日本学界主要开展科技史、地图史方面的研究⑤，还有从旅行史、思想文化变迁史角度进行的研究，和田博文梳理了近代日本走向世界过程中的航路开辟历史，其中虽关注到"海交史"下的东西方社会生活差异，但未涉及东西方度量衡标准不一致的问题，也未能深入探讨幕末日本在接纳西方文明过程中的态度问题。⑥ 西本郁子则从长时段分析了近代以来日本"时间意识"的变化，除了分析日本采用"标准时"（实行国际本初子午线标准）前后社会大众时间观念的变化，还介绍了"标准时"制度实行前后近代日本社会的整体变迁。⑦ 桥本毅彦、栗山茂久等人考察了近代西方时间观念的传入给近代日本社会带来的影响，但主要论述明治改历以后的社会变迁情况，较少涉及"幕末—明治"这段虽短但重要的历史转折期。⑧

整体来看，围绕度量衡和本初子午线，日本学界对近代东西方文化交流过程中出现的若干特性的研究较少。本文聚焦涩泽荣一《航西日记》

---

① 〔日〕唐纳德·金：《日本发现欧洲（1720—1830）》，孙建军译，江苏人民出版社，2018。
② 田中馆爱橘（1856～1952），近代日本地球物理学者，东京帝国大学名誉教授。
③ 原敬（1856～1921），明治、大正时期政治官僚，曾在近代日本接纳西式度量衡的过程中起到了举足轻重的作用。
④ 吉田春雄『メートル法と日本の近代化─田中舘愛橘と原敬が描いた未来─』、現代書館、2019。
⑤ 日向政明「航海技術の発達史─本初子午線変遷の沿革─」、『航海』第17巻、1963；金坂清則「R. H. ブラントン編の日本図 Nippon〔Japan〕をめぐって」、『地図』第36巻第3号、1998；等等。
⑥ 〔日〕和田博文：《海上新世界：近代日本的欧洲航路纪行》，王丽华译，社会科学文献出版社，2018。
⑦ 西本郁子『時間意識の近代─「時は金なり」の社会史─』、杉の井書店、2006。
⑧ 橋本毅彦・栗山茂久編著『遅刻の誕生─近代日本における時間意識の形成─』、三元社、2001。

中关于幕末日本社会对度量单位和本初子午线标准的接受过程，辨析幕末日本在接纳西方文明过程中的若干特性。

一　涩泽荣一与《航西日记》

涩泽荣一出身于富农家庭，由于父亲经商，自小耳濡目染，培养了良好的商业经营头脑和能力。得益于此，1867 年涩泽荣一担任日本官方外交使节团——德川昭武使节团的陆军奉行支配调役（兼主簿和会计之职），随团出访法国，他将此次外访的所见所闻详细记录下来，后编为《航西日记》。《航西日记》虽为个人日记，但在创作、整理、出版以及再版过程中先后得到伊达宗城①和日本史籍协会的支持，这也证明《航西日记》记载的内容已得到日本官方的认可，具备充分的史料研究价值。

目前在日本学界，与《航西日记》相关的研究主要以巴黎博览会（1867）为切入点。例如，椙西贞雄通过博览会上展出的日本庭院建筑研究了近代东西方文化交流现象。② 关根仁介绍了涩泽荣一参加博览会的见闻及其对西方社会的印象。③ 关水信和围绕涩泽荣一出访巴黎的过程论述了此次出访经历对涩泽荣一日后成长为"近代日本资本主义之父"的重要影响，同时在"货币与度量衡"一节中指出，正是由于涩泽荣一在博览会上发现了各国度量衡标准不统一的情况，所以他才会在明治维新政府负责旧制度量衡的修改工作，并成为近代日本新制度量衡标准的起草者之一，为近代日本度量衡标准与国际接轨贡献智慧。④ 遗憾的是，关水信和只论述了涩泽荣一的货币改革实践，未涉及他的度量衡改革实践。涩泽荣一的《航西日记》作于其推行"改正"度量衡政策之前。通过日记中记述的度量衡使用规范，

---

① 伊达宗城（1818~1892），江户后期大名，明治初期政治家，伊予国宇和岛藩第 8 代藩主，时任明治政府驻大清国钦差全权大臣、大藏省最高长官（大藏卿）。
② 椙西雄雄「海外萬國博覧會に於ける日本庭園」、『造園雑誌』第 12 卷第 1 号、1948。
③ 関根仁「渋沢栄一が見たパリ万国博覧会と西洋近代経済社会」、『資本市場』第 427 卷、2021。
④ 関水信和「渋沢栄一における欧州滞在の影響—パリ万博(1867 年）と洋行から学び実践したこと—」、『千葉商大論叢』第 56 卷第 1 号、2018。

我们可以了解涩泽荣一对于东西方度量衡标准的理解和使用逻辑。

《航西日记》主要记载了 1867~1868 年德川昭武使节团自日本浮海前往法国路途上的风土见闻。此次随团出使是涩泽荣一第一次到访西方国家，此番经历不仅让其感受到近代东西方国家的国力之差，也使其深切体会到西方科技、文化之盛，特别是商业之繁荣。涩泽在巴黎目睹商人与法国政府官员平等地谈笑风生，其深受传统重农抑商观念影响的思想受到巨大冲击。涩泽一行人在弗吕里-埃拉尔①等西方人士的带领下领略了欧洲各地的风土人情，接触了工业革命后的西方社会，这些均在无形之中为涩泽日后成长为"近代日本资本主义之父"提供了积极的思想转变基础。涩泽荣一《航西日记》字里行间表露出的感情色彩在一定程度上反映出日本在开国之后对待西方文化的积极态度，书中采用的本初子午线和度量单位标准也体现了这一倾向。

受中华传统文化的影响，日本长期以来将京都（国都）作为其本初子午线，而度量标准也基本沿用唐制形成了近世的"尺贯法"。然而，在东西方文明相遇之际，随着各类西式本初子午线概念以及度量单位标准的东传，新旧碰撞之间，不仅体现出个人与社会对先进、落后之分的判断，也暗藏了近代西方国家竞相侵略东亚国家的玄机。

本文通过分析《航西日记》中使用的经度来辨析涩泽荣一采纳的本初子午线的内涵，并梳理全书中度量单位的使用情况，在论证度量单位标准的基础上，介绍明治维新前日本社会有关度量单位使用规范的各种观点，借此把握幕末日本社会对东西方文明的态度。

二　幕末日本接纳西方文明过程中的过渡性
——以本初子午线标准选择为例

（一）《航西日记》中"上海"位置考辨

《航西日记》中首次出现经度的句子为："正月十七，公历 2 月 21

---

① 弗吕里-埃拉尔（Paul Luce Hippolyte Flury-Hérard，1836-1913），法国银行家，日本名誉总领事，主要从事日法商贸活动。

日。北纬 31°15′，东经 119°9′。晴。中午从上海出发，出吴淞江往长江入海口去。"① 由该句可知，涩泽荣一一行人于阴历正月十七，即公历 2 月 21 日自上海港出发。此处的上海港经纬位置是北纬 31°15′、东经 119°9′，与目前通行的上海经纬度范围北纬 30°40′~31°53′、东经 120°12′~122°52′略有出入。因为涩泽荣一一行人是从港口乘船出发，故所记经纬度应为港口位置。结合 "一路上两岸迎春的杨柳也散见于各处村落，颇有风情"② 的 "两岸" 一词可知，涩泽荣一所乘邮船应已驶入内河航道。"上午 11 点左右，我们停靠下来"，"我们雇了一艘船头画着鱼眼的红头船在上海港登陆"，"下午 3 点，我们到达附近一处英国旅馆，有英法等国家的人员和本地官员来此慰问。之后在英国人的陪同下沿江散步。江边两岸外国馆舍、官邸都高悬各自国家的国旗，宣示主权。其中有挂着 '江海北关' 匾额的税馆（纳税的地方），馆门正对黄浦江，有一码头（新关码头）。码头上修建了长廊，长廊上铺有铁轨，运输货物上岸十分便利"③。从这些记述可知，涩泽荣一等人的住所与邮船停靠位置之间的脚程应该不超过 3 个小时，加上他们在江边闲逛时看到各类国家建筑和江海北关（现为上海外滩 13 号海关大楼），可以推测涩泽荣一一行人的住处应在上海外滩附近，再结合 "北纬 31°15′" 的记载与黄浦江的水文状况，可知 "中午从上海出发，出吴淞江往长江入海口去" 中的 "上海"（港口、码头）应位于现今吴淞江（苏州河）南岸、外滩 13 号（北纬 31°23′，东经 121°48′）以北。并且该河段纬度差异不大（外滩以下的黄浦江有一段平行于纬线的河段），所以涩泽荣一此处所记经纬度应有根据。该区域位于东经 121°48′~121°49′（从现上海市河南路桥到吴淞江汇入黄浦江的河口的经度范围），显然与《航西日记》中 "东经 119°9′" 的记述不符，由此可见《航西日记》中的纬度划分依据符合现代标准规范，而经度划分依据则与现今以本初子午线

① 渋沢栄一・杉浦靄人『航西日記　巻一』、耐寒同社、1871、9 頁。原文无断句，为便于理解笔者做了断句，下文引文与此相同。
② 渋沢栄一・杉浦靄人『航西日記　巻一』、4 頁。
③ 渋沢栄一・杉浦靄人『航西日記　巻一』、5 頁。

为准的惯例不符。结合近代"子午线"之争的史实①，涩泽荣一援引的经度划分依据应为法国巴黎的玫瑰子午线（也称巴黎子午线，现经度位置为东经 2°20′）。

此外，《航西日记》中记载："正月二十九，公历 3 月 5 日。北纬 1°45′，东经 102°13′。晴。天热，风顺。早上在西边见有两岛，下午渐渐靠近陆地航行。下午 2 点，驶过新加坡的灯塔……傍晚 5 时，停靠在新加坡港。"②结合实际地理位置③可知，对于这段记载中的"东经 102°13′"，涩泽荣一使用的经度标准与现在通行的格林尼治本初子午线存在一定差距，误差为 1°~2°。因此可以进一步佐证，《航西日记》中采用的本初子午线应是玫瑰子午线。

经线标准关乎地区计时，在国家政治统治中具有重要意义。在 1884 年国际本初子午线大会以前，不同国家的本初子午线各不相同，日本便以京都为本初子午线。既然江户时代日本将京都作为本初子午线，那么为何涩泽荣一不在《航西日记》中沿用？涩泽荣一不使用日本传统经度划分标准是出于便利的考虑，还是为了与"国际"接轨呢？

（二）日本本初子午线标准的变迁

1884 年，在美国华盛顿举行的国际本初子午线会议上，22 个国家投票同意正式确定格林尼治天文台子午线作为全球经度的起点，自此格林尼治子午线成为国际本初子午线标准。1886 年 7 月 12 日，明治天皇签署第 51 号敕令《本初子午线经度计算方法及标准时的规定》④，正式承认 1884 年确定的国际经度标准，即以东经 135° 的地方时为日本标准时间。这是

---

① 近代西方各国子午线标准不一，其中使用较为广泛的标准分别是英国的格林尼治子午线和法国的玫瑰子午线，近代的子午线标准之争便产生于此。

② 渋沢栄一・杉浦靄人『航西日記　卷一』、18 頁。这里记载的是涩泽荣一一行人乘船从安南地区去往新加坡的路途。

③ 新加坡东西两端经度大致范围为东经 103°35′~104°，而涩泽荣一等人当日停泊于新加坡港内。

④ 原名为「本初子午線経度計算方及標準時ノ件　朕本初子午線経度計算方及標準時ノ件ヲ裁可シ玆ニ之ヲ公布セシム」。

自 1872 年"明治改历"之后，日本计时方式与国际接轨的又一举动，自此日本的日时概念与近代国际社会趋同。

需要注意的是涩泽荣一于 1867～1868 年随团出使法国，而《航西日记》第一版刊行时间为 1871 年。从第一版《航西日记》可知，涩泽在明治政府颁布法令之前已经接受了西式的本初子午线。但是，根据高桥景保修订的《重订万国全图》① 中以日本京师（京都）为中心的世界地图（《定日本京师为心图》），日本在 1854 年接受《神奈川条约》后依然将京都作为本初子午线。这在一定程度上反映出当时日本精英阶层对待近代西方文明的"矛盾"之处：一方面，肯定近代西方地理学的成就，另一方面仍放不下传统的"上国"观念，即仍将京都作为日本所认识的"世界"的"中轴线"（本初子午线）。高桥景保于 1855 年绘制成《重订万国全图》，此时的日本社会知识精英对西方地理标准尚存有疑虑，但《五国条约》后，随着日本开国力度加大和西方文明进入，这种状况也逐渐发生了改变。1858 年武田简吾等人翻译了英国人约翰·珀迪（John Purdy）在 1845 年制作的世界地图《新镌万国航海图》②，从中明显可以看到其时日本的"世界中心"视角转向了西欧。

日本制作世界地图的历史最早可追溯到 17～18 世纪兰学盛行的时代。当时荷兰因居于世界强国之列，为航海之便兴起了编修世界地图之风，这也极大地影响了日本的兰学。1570 年，荷兰制图师亚伯拉罕·奥特里乌斯（Abraham Ortelius）在绘制世界地图的过程中首次将佛得角群岛的最东端作为本初子午线。而这幅图也成为日本在兰学盛行时代绘制的诸多世界地图的样板，高桥景保的《重订万国全图》、司马江汉（1747～1818）的《地球全图》、桂川甫周（1751～1809）的《地球全图》和桥本宗吉（1763～1836）的《和兰新译地球全图》等对当时及后世日本社会认识世界产生较大影响的地图基本都将佛得角群岛的最东端作为本初子午线。耐人寻味的是，这些地图尽管已经划出了经度线且基本都标出了纬度（南

---

① 高橋景保『重訂萬國全圖』、児彰常校訂、江戸暦局、1855、京都大学図書館蔵。
② 庸普爾地（イヨンビュルヂー）輯『新鐫萬國航海圖』、武田簡吾訳、（和蘭）エ・スネル校正、1862、神戸大学図書館蔵。

北纬各 90°），但并没有标记经度。

由上可知，近世日本对本初子午线的概念并不陌生，但仍有部分地图甚至在明治维新之后还将京都作为世界地图的本初子午线，比如后藤七郎右卫门所作《万国精图》（1886 年 9 月 29 日刊行）等。在《万国精图》刊行前的两个月，即 1886 年 7 月 12 日，日本已经正式承认格林尼治子午线。之所以出现如此"不合时宜"的现象，除从地图绘制到刊行存在的时间差等因素外，幕末日本社会对"京都本初子午线"的坚持也是重要因素。日本在宣布接受格林尼治子午线后依然公开出版发行以京都为本初子午线的世界地图的举动并不难理解。当时，中国清政府直到 1902 年才正式承认罗伯特·赫德（Robert Hart，1835-1911）的"海关时"，不过也仅限于在通商口岸应用，广大内陆地区依旧以各自的传统地方时为准。① 幕末日本社会也存在实行两套不同的本初子午线标准规范的可能性。

那么涩泽荣一为什么在日记中将玫瑰子午线作为标准？原因主要有两点：第一，随着西方文明的东传，涩泽荣一逐渐意识到日本传统以"自我"为中心的世界观和地理观不再适应时代的需求，同时这一点也逐渐被幕府和日本社会所接受，因此，作为日本开国以来的第一部"外事"日记，必然不能出现如此"夜郎自大"的地理常识错误，以免贻笑大方。这也就决定了涩泽荣一和日本官方必须选择一种国际上较为通用的本初子午线标准。第二，既然不能以"自我"为世界中心，那就只能选择一种国际通用的本初子午线标准。近代国际社会存在两种通用的本初子午线标准，即英国格林尼治子午线和法国玫瑰子午线。从当时的日法关系来看，法国作为幕末日本官方的重点学习和亲善对象，自然成为日本社会步入近代化的标杆。于是，玫瑰子午线自然成为日本学习西方确立本初子午线的标准。

尽管当时的涩泽荣一和日本官方默认以玫瑰子午线为日本本初子午

---

① 封磊：《从海关时到北京时：近代中国的"时区政治"及其嬗替》，《史林》2020 年第 4 期，第 132 页。

线的标准，但未得到官方文件认可的玫瑰子午线在明治维新后的 1886 年正式被格林尼治子午线取代。这种变化固然受到日法关系逐渐冷却的影响，更重要的是明治维新后的日本在步入近代化过程中逐渐抛弃了幕末接纳西方文明成果的"暧昧"态度，开始以法律等强硬手段巩固学习西方文明的成果。

三　幕末日本接纳西方文明过程中的矛盾性：
——以度量单位"里"和"海里"的转换与使用为例

（一）《航西日记》中以"里"为代表的度量单位辨析

作为一部"旅游"日记，《航西日记》中必不可少地会记载距离，对航海距离的描述散见于各处，如"从昨天出发到今天中午，已航行 300 里"[①]，"今天航行 280 里"[②]，"上海是中国领土，自我国横滨到此海路距离有 1035 里，一般要走 6 天时间"[③]，"今日航行 265 里"[④]，"今日航行 247 里"[⑤]，"今日航行 199 里"[⑥] 等。如果不理解涩泽荣一使用的以"里"为代表的度量单位，就难以了解德川昭武使节团的具体行进路线，甚至会影响《航西日记》史料的真实性。因此，辨析《航西日记》中以"里"为代表的度量单位，不仅能够更加清楚地梳理使节团一行人的行程经历，也能基于涩泽荣一对东方、西方度量单位的使用态度从侧面了解幕末日本在接纳西方文明过程中表现出的矛盾性特征。

首先，"里"在幕末日本并不鲜见，受古代中国影响，江户时代的日本一直沿用以唐制为基础的"尺贯法"，换算方法如表 1 所示。

---

① 渋沢栄一・杉浦靄人『航西日記　巻一』、2 頁。
② 渋沢栄一・杉浦靄人『航西日記　巻一』、4 頁。
③ 渋沢栄一・杉浦靄人『航西日記　巻一』、5 頁。
④ 渋沢栄一・杉浦靄人『航西日記　巻一』、9 頁。
⑤ 渋沢栄一・杉浦靄人『航西日記　巻一』、18 頁。
⑥ 渋沢栄一・杉浦靄人『航西日記　巻一』、20 頁。

表 1　日本"尺贯法"中的长度计量单位旧制换算与米制换算

度量单位	旧制换算	米制换算
1 里	36 町	3.9273 千米
1 町	60 间	109.09 米
1 丈	10 尺	3.03 米
1 间	6 尺	1.8182 米
1 尺	10 寸	30.303 厘米
1 寸	10 分	3.0303 厘米
1 分		3.0303 毫米

资料来源：「尺貫法」、大日本図書ホームページ、https：//www.dainippon-tosho.co.jp/unit/shakkan.html。

那么，《航西日记》中所载的"里"是不是"尺贯法"中的长度单位"里"？若将《航西日记》中的 1 里记为 3.9273 千米，则从横滨到上海的海路距离有 4064.7555 千米（1035 里×3.9273 千米），"一般要走 6 天时间"。

当时日本和中国一样，计算航海行程采用木片投海的方式，所以这里作为航程计算单位的"里"也有可能为海里。近代以来，中日两国的海里一般记为"浬"，陆上英里记为"哩"，[①] 直到 1929 年国际水文地理学会议（International Extraordinary Hydrographic Conference）才确定海里的标准长度，即 1 海里为 1.852 千米。此前各国海里标准不一，比如英国标准为 6080 英尺（约合 1853.2 米），美国标准为 6087 英尺（约合 1855.3 米）。[②] 不过，由于海里等于地球椭圆子午线上纬度 1 分所对应的弧长[③]，

[①] "浬"的解释可参见諸橋轍次『大漢和辞典　巻六』、大修館書店、1985、6861 頁；新村出編『広辞苑』、岩波書店、2008、474、2937 頁。"哩"的用法可参见湖南铁道编辑社社员编辑《铁道全编》下卷（湖南铁道编辑社，1907，第 165 页）和袁德宣、朱卓藩编译《实用铁道新编》（清国留学生会馆，1906，第 7 页）。另外，日文文献中关于"哩"的记载有："谷の周囲は一哩の四分の一位である"（エドガー・アラン・ポー、『十三時』）；"それが殆んど四哩も向う"（シャーロット・ブロンテ、『ジエィン・エア 2』），参见ふりがな文庫、https：//furigana.info/w/哩：マイル。

[②] 逆井保治編『英和海事大辞典』、成山堂書店、2011、266-267 頁。

[③] 由于地球子午圈是一个椭圆，不同纬度的曲率是不同的，因此纬度 1 分所对应的弧长也是不相等的。最短的海里在赤道，最长的海里在两极。

各国标准之间的数值差别不大，均为 1.85 千米左右（下文均在 1.85 千米的基础上计算），故根据该数值推算，若《航西日记》中表示航路的"里"是海里，从横滨到上海的距离大概是 1914.75 千米（1035 里×1.85 千米）。

然而，以上推断皆建立在涩泽荣一已经接受西方"海里"概念的基础上，倘若涩泽荣一遵从的标准规范仍为当时日本社会所认同的"里"的概念，比如 1826 年出版的《自浪速至东都海路图解》便在《自浪花东都迄海路行程》一图中详细介绍了具体港口之间的距离，野村昌孝[1]和加藤亮二[2]也通过论证和举证得出了 1 里为 1.87 海里的结论，那么由此换算得知，从横滨到上海的海路距离应为 3580.5825 千米（1035 里×1.87 海里×1.85 千米）。

因此，《航西日记》中的度量单位"里"可能有以下三种解释：第一，沿用"尺贯法"的名称；第二，直接借鉴近代西方海里概念算出；第三，以当时日本航海习惯为标准。由于暂缺涩泽荣一等人所乘邮船的航海图，所以只能根据《航西日记》中记载的时间，即以"一般要走 6 天时间"中的"6 天"进行推算。以下根据上述三种解释计算得出航船时速：

第一种：4064.7555 千米÷6 天＝677.45925 千米/天

677.45925 千米/天÷24 小时[3]≈28.227 千米/时

第二种：1914.75 千米÷6 天＝319.125 千米/天

319.125 千米/天÷24 小时≈13.297 千米/时

第三种：3580.5825 千米÷6 天≈596.76 千米/天

596.76 千米/天÷24 小时≈24.865 千米/时

---

① 野村昌孝「海路図の電子化とその活用」、『海事博物館研究年報』第 38 号、2010。

② 加藤亮二「『自浪速至東都海路図解』（浪花から江戸大航海図）の現代比較—卒業研究論文から抜粋—」、『海事博物館研究年報』第 36 号、2008。

③ 之所以选择"24 小时"，是因为《航西日记》中"因为昨天船上的蒸汽动力设备出了小故障，所以自凌晨 3 点开始便一直漂在海里，直到 5 点才整修完毕重新出发"，"今天拂晓 4 点，邮船因机械设备再度受损而抛锚"等记载提到涩泽荣一等人乘坐的邮船夜间仍保持航行，参见渋沢栄一・杉浦靄人『航西日記 巻一』、20-21 頁。

关于当时邮船的一般速度可以参考同期游人记述，比如 1876 年傅兰雅在《格致汇编》第一册《海洋所见巨动物》中记载"当时船之速每一小时行九海里又四分海里之一"①，即船速为每小时 17.112 千米（9.25 海里×1.85 千米）。此外，马军详细阐述了晚清外交官员乘坐的法国邮船的相关数据，加之当时的"法邮"公司承担了"洲际运送人员的使命"，所以可以通过了解同时期诸多法国邮船的航速数据间接得出涩泽荣一一行人乘坐的邮船航速数据。马军通过一系列详细的举证，介绍了 19 世纪六七十年代行驶在东西方交通线上的法国邮船的航速，其中最慢的邮船航速为 12 节（knot，即 1 海里），最快的邮船航速为 16.8 节②，其次为 14 节。③根据马军的研究，当时法国邮船航速大多为 12~14 节，由此可推算出涩泽荣一一行人乘坐的邮船航速为 22.224 千米~25.928 千米。通过以上分析可知，第三种说法即以当时日本航海习惯为标准的"里"更具说服力，即涩泽荣一采用的测量航海距离的单位应与 1826 年出版的《自浪速至东都海路图解》相同，即"1 里 = 1.87 海里 = 3.4595 千米"。

（二）《航西日记》中的高度单位"步"的使用

除了航海行程距离的记载，《航西日记》中还有对高度的记载。比如，"海岸西边有铁制灯塔，高度据说有 60 步（フート，foot），换算成日本曲尺为八丈多"；④"殿内供奉 7 码（ヤールト，yard）高的释迦牟尼涅槃像，换算成日本曲尺是两丈一尺余"。⑤ 其中，"步"可见于美浓国郡上藩主青山幸哉在 1855 年撰写的《西洋度量考》：

诸国规制有所不同：莱茵兰的"步"长度或为一尺三分四厘或为一尺四分三厘……布鲁塞尔的"步"长度与莱茵兰相同，阿姆斯

---

① 黄河清编著《近现代辞源》，上海辞书出版社，2010，第 306 页。
② 该船于 1882 下水，时间上与涩泽荣一随团出访时间 1867 年相距较远。
③ 马军：《上海与马赛之间——晚清外交官体验的"法邮"远洋轮船》，《近代中国》第 25 辑，上海社会科学出版社，2016，第 99~115 页。
④ 渋沢栄一・杉浦靄人『航西日記　巻一』、22 頁。
⑤ 渋沢栄一・杉浦靄人『航西日記　巻一』、23 頁。

特丹的"步"长度有九寸三分二厘或九寸四分，法国的"步"长度或为一尺七分七厘三毛或为一尺六分八厘，德意志地区的"步"长度或为一尺一厘四毛或为一尺一分或与我国（日本）一尺相等，伦敦的"步"大约是七寸长。①

由上可知，法国标准下的"步"最长约为一尺七分（最短约为一尺六分），此处省略记为"1步＝1尺"。英国标准下的"步"最短，大约为7寸，此处省略记为"1步＝0.7尺"。此外，1码为3步。

因此，《航西日记》中的"灯塔"高度为80尺（60步＝8丈）。而"释迦牟尼涅槃像"高度为21尺（7码＝21步＝2.1丈）。于是，得出"1步＝0.75尺"和"1步＝1尺"两种情况。将前述英国标准和法国标准进行对比后发现，《航西日记》中前后使用的丈量单位标准不同，即"灯塔"高度采用英国标准，"释迦牟尼涅槃像"则使用法国标准。《航西日记》中存在东西方度量单位并用以及换算标准偏差的情况，这很大可能是因为涩泽荣一对西方度量标准的理解不到位。由此可以看出，以涩泽荣一为代表的幕末日本社会精英阶层在接触西方文明过程中表露出的矛盾性——在接受西方度量单位的同时仍受到东方传统度量单位的影响。因此，《航西日记》中出现记述偏差和矛盾并不意外。

（三）幕末日本度量单位的近代化

如上所述，幕末日本通行"尺贯法"，但在海上则以投木片、绳结入海的方式计算航程。随着幕末以来西方科学知识传入，西方文明不仅影响着日本人的思想观念和生活习俗，日本度量单位的使用也逐渐发生了转变。

这种转变主要发生在两方面。一是称呼的延续或者转换。比如，将英里记为"哩"，英尺记为"呎"，英寸记为"吋"，海里则记为"浬"。②

---

① 青山幸哉『西洋度量考』（郡上藏版）、川村直㤴・中泉晋・金井清輔校、郡上藩、1855、31-32頁。

② 查阅《康熙字典》《正字通》《字汇》《类篇》等汉字字典后发现"哩"、"吋"和"浬"为中国固有字，但字义均与度量单位没有联系，在以上字典中未见"呎"字。关于这些单字含义是从何时与度量单位产生关联，有待更多研究。

此类以"里""尺""寸"等传统单位为基础的幕末度量单位，表面上虽然接受了近代西方度量单位的用法，但依然残存着传统度量制度的影子，故此为称呼的延续。此外，还可以从日本外来语中看出称呼的转换，前文列举的"フート""ヤールト"分别是对"foot"和"yard"的音译，而以外来语的形式对近代西方度量单位词语的借用，反映了幕末日本对西方度量观念的认可和日本社会吸收西方文化的一种趋向性。

二是度量单位的标准化发生转变。关于这种转变，不得不提到 1875 年 5 月 20 日在法国巴黎签订的《米制公约》。1885 年 4 月 20 日，明治天皇签署敕令正式加入该条约，日本政府也于同年 8 月 5 日签发《度量衡取缔条例》，规定"尺"的标准采用伊能忠敬的"折衷尺"，即 1 尺约等于 30.304 厘米，尺与其他单位的换算方式不变。1891 年颁发的《度量衡法》则规定米制与尺制并行。这种并行机制直到 1952 年颁布《计量法》才宣告终结，即日本废除尺制，以米制作为单一度量标准。

四　《航西日记》中的"时间"

《航西日记》记录了涩泽荣一随使节团漂洋过海的经历，其中关于"时间"单位的记述也值得关注。与上文经度（本初子午线）、度量（长度和高度）单位的近代化相同，涩泽荣一的时间观念也明显受到了西方的影响。

江户时代日本并用定时法①（一时刻拥有固定时长）与不定时法（一时刻的时长根据季节、日照时间变化），而在不定时法下昼夜为六等分，因为各季节的昼夜长短不一，故而昼夜等分依据也不一样。

无论哪种计时方法，基本上都将京都作为本初子午线，这便是"京都历"。不同时期的"京都历"虽大致相同，但也略有变化。比如，高桥至时根据《谙厄利亚航海历》并参照《葛罗巴历》，从英国航海历得出京

---

① 定时法，又称五十刻制，一日分为十二辰刻，一辰刻为五刻，一刻有六分，一分相当于现在的 4 分 48 秒，子辰二刻一分是为现在的半夜十二点。

都时间为格林尼治时间 9 时 3 分①；涩川景佑则在《新巧历书》（1826）序言中写道，巴黎与京都之间的时差为 8 时 54 分 27 秒，而巴黎与英国格林尼治的时差为 9 分 16 秒，故记京都时间为格林尼治时间 9 时 3 分 43 秒。②

不过，根据涩泽荣一《航西日记》卷一、卷二中有关时间的记述，他没有使用"京都历"计时方式。其中卷一的时间表述共 45 处（上午 19 处，中午 4 处，下午 18 处，夜晚/凌晨 4 处），卷二的时间表述共 59 处（上午 18 处，中午 5 处，下午 23 处，夜晚/凌晨 13 处）。③ 这些表述表明涩泽荣一接受 12 小时制的同时仍保留了使用传统不定时法的习惯。比如，"因为昨天船上的蒸汽动力设备出了小故障，所以自凌晨 3 点（夜三时）开始便一直漂在海里，直到 5 点（同五时）才整修完毕重新出发"④，"今天拂晓 4 点（今晓四时），邮船因机械设备再度受损而抛锚"⑤，其中的"凌晨 3 点""5 点""拂晓 4 点"便是不定时法中根据可见度区分时间的例子。此外，"下午 3 点（夕三时），骤雨来袭，不一会儿海面上升起一团乌云"⑥，"下午 5 点半（夕五时半）左右，我们与镇台汇合并与之一同返回马赛"⑦，"晚上 7 点（夕七时）抵达里昂"⑧，其中的"下午 3 点""下午 5 点半"和"晚上 7 点"，"夕"指日落前的那段时间，按照常理应该只有"下午 5 点半"一处符合要求，而"下午 3 点"和"晚上 7 点"两处也使用"夕"来形容，不仅是因为天气的影响（比如海上乌云蔽日），也是涩泽荣一通过真实的视觉感官做出的判断⑨。《航西日记》中既能看到近代西式计时方式对涩泽荣一时间观念的影响，也能看到传统不定时法的影子，这在一定程度上反映出幕末日本社会对待新旧文化的矛盾和纠结心理。

---

① 这是 1802 年得出的数据，1803 年修订为格林尼治时间 9 时 1 分 30 秒。
② 内田正男『暦と時の事典―日本の暦法と時法―』，雄山閣、1986、290-291 頁。
③ 卷一和卷二中表述"上午"的词语有"朝""午前"，表述"中午"的词语有"午时"，表述"下午"的词语有"夕""暮""午后"，表述"晚上/凌晨"的词语有"夜""晓"。
④ 渋沢栄一・杉浦靄人『航西日記　卷一』、20 頁。
⑤ 渋沢栄一・杉浦靄人『航西日記　卷一』、21 頁。
⑥ 渋沢栄一・杉浦靄人『航西日記　卷一』、24 頁。
⑦ 渋沢栄一・杉浦靄人『航西日記　卷一』、11 頁。
⑧ 渋沢栄一・杉浦靄人『航西日記　卷一』、13 頁。
⑨ 受纬度影响，涩泽荣一当时途经地区的实际日落时间比日本本土晚两个小时。

结　语

　　涩泽荣一是日本近代的精英人物，他在幕末作为末代将军德川庆喜的家臣崭露头角，后又受到明治新政府的重用，为日本发展资本主义经济进行制度设计。通过《航西日记》，我们可以详细了解他的思想变化之脉动，也能见微知著，一瞥幕末日本在走向世界过程中思想文化和生活方式的转变。本文在辨析涩泽荣一《航西日记》中使用的经度以及距离等单位的同时，进一步分析产生这些标准的历史背景，从而借解析《航西日记》中出现的经度、度量单位一窥近代日本与西方文化交流、碰撞之貌。

　　幕末日本的社会精英在时代裹挟下逐渐接受了西式标准，从而与国际接轨，这一过程充满了过渡性和矛盾性。在经度（本初子午线）标准的使用上，涩泽荣一并未采纳传统"京都本初子午线"和佛得角群岛最东端的本初子午线作为此番出航的经度记录依据，而是使用玫瑰子午线。原因在于：首先，使节团乘坐的邮船为法国邮船，以其航图标准为依据便于记述；其次，当时的德川幕府与法国交好，在国际社会围绕本初子午线标准争论不休之际，以涩泽荣一为代表的日本知识精英采用玫瑰子午线无可厚非，而明治维新后改用格林尼治子午线在一定程度上也受到国际外交关系因素的影响。

　　尽管涩泽荣一已经接纳了西方本初子午线的标准，但梳理同时期日本的其他地图作品，可以发现还有为数不少的人在应用西方近代地理学知识的同时保留了以日本为"世界中心"的态度，由此可见幕末日本社会在接纳西方文明的过程中存在较为明显的"新旧"交锋。本初子午线标准上的"新旧"交锋虽然于1886年在官方层面上彻底平息，但并不意味日本社会上下就彻底认同了西方本初子午线，仍有少部分人在此之后依旧采用"京都本初子午线"，例如后藤七郎右卫门所作《万国精图》等。在幕末日本社会思想文化的"新旧"交替之际，日本知识精英阶层对西方文化的接纳经历了一个过渡阶段，在接受西式本初子午线概念的过程中，一方面保留了部分传统以"自我"为中心的地理观念，另一方面又认可西方的近代地理学知识，并最终接受西方国家主导制定的本初子午线标准，改变了在这个问题上的"自我中心"观，总体呈现出"西化"趋势。

此外，涩泽荣一在记述的过程中并没有特意规范度量单位使用，《航西日记》中"里"和"步"的使用标准前后不一致等情况是在《度量衡取缔条例》颁布前幕末日本社会度量标准混乱的缩影。对"步""码"等西式度量单位和"丈""尺"等东方度量单位的区别使用①，也从侧面反映了幕末日本社会精英面临时代变革之时的矛盾心理。

最后，涩泽荣一《航西日记》中在时间单位上混用不定时法与 12 小时制，这也是幕末日本社会对近代西方文明成果抉择的缩影。从不定时法与定时法的并行到定时法的一家独大，从传统"日出而作，日落而息"的计时标准到近代西方标准化的计时方式，推动幕末日本社会"时间"标准近代化的重要力量逐渐形成。

学界对明治日本的政治、经济、教育、军事等"大视角"领域的研究已有丰硕成果，可随着相关研究的深入，在宏大历史叙事下诸如本初子午线、度量单位标准等"小视角"的改革虽不及"大视角"领域下的变革那般轰轰烈烈、波澜壮阔，但正是这些看起来微不足道的改革才逐渐造就了现今日本社会的某些民族特色，比如日本人的守时观念。近代日本为与西方社会接轨，不仅接受了西式本初子午线，也对传统的度量制度进行了一系列改革。这一改革过程不仅是对西方度量单位标准的简单引进，还包括对传统度量单位标准的改良，在近现代日本社会的发展过程中起到了一定积极作用。比如，通过建构"尺"与"米"之间的联系来建立近代日本社会与西方社会的联系，这也反映出幕末日本在引进西方文明时所展现的兼容并蓄、和洋共用的态度。

（审校：李璇夏）

---

① 《航西日记》所使用的西式度量单位以大字书写，使用东方传统度量单位则以小字书写，对西式度量单位起解释之用。

一脉相承：日本敦煌本《文心雕龙》校勘三白眉[*]

冯斯我^{**}

内容摘要： 唐代草书手抄本《文心雕龙》即敦煌本《文心雕龙》是《文心雕龙》的重要刊本。日本"《文心雕龙》学"的生成从一开始便与敦煌学紧密相连，其关联点便是敦煌出土的唐人草书《文心雕龙》残卷。日本铃木虎雄于 1926 年、1929 年先后发表的论文《敦煌本文心雕龙校勘记》和《黄叔琳本文心雕龙校勘记》，标志着近代日本中国学、"《文心雕龙》学"的勃兴。其后，户田浩晓的《〈黄叔琳本文心雕龙校勘记〉补》和《作为校勘资料的文心雕龙敦煌本》，以及斯波六郎的《文心雕龙范注补正》和其关于《文心雕龙》前四篇的札记进一步完善了铃木虎雄的校勘。特别是斯波六郎在校勘的同时还对字词、文义做了疏释，从而建构了颇具特色的日本《文心雕龙》校勘研究，彰显了敦煌本《文心雕龙》的历史地位和价值。

关 键 词： 敦煌本《文心雕龙》　校勘　铃木虎雄　户田浩晓　斯波六郎

对于唐代草书《文心雕龙》残卷，学界常称作敦煌本《文心雕龙》（简称"敦本"）或《唐写文心雕龙残本》（简称"唐写本"），在"《文心雕龙》学"中占据着重要地位。该文献原出土自甘肃敦煌鸣沙山千佛洞石窟①，

---

* 本文为国家社会科学基金青年项目"日本《文心雕龙》校注研究"（编号：21CWW003）的阶段性成果。日本人常用"白眉"一词形容各行各业出类拔萃的人才。日本《文心雕龙》校勘大家户田浩晓最早使用"白眉"一词评价铃木虎雄的校勘记。

** 冯斯我，文学博士，广东外语外贸大学日语语言文化学院讲师，日本福冈大学人文学部研究员，主要研究方向为日本中国学、比较文学研究。

① 《文心雕龙》残卷于 1899 年出土，现石窟编号为 288。

1907 年被匈牙利人斯坦因（M. Aurel Stein）从敦煌石窟盗走，现藏于伦敦大英博物馆东方图书室。敦煌本《文心雕龙》的现世轰动海内外，至今已有十多位学者对它进行了校注工作和细致的研究，如铃木虎雄、赵万里、潘重规、斯波六郎、户田浩晓、范文澜、杨明照等。学者或者以敦煌本《文心雕龙》为底本，对其进行校勘或注疏类研究；或者以其为重要参校本，校对其他刻本。至 20 世纪 90 年代，学者认为可据此"校正今本文字者，已有四百七十余字之多"。① 而由敦煌本《文心雕龙》校勘所引发的近代《文心雕龙》研究蔚然成风，至今已经形成了一门世界学林显学——"《文心雕龙》学"或"龙学"②。在这一历程中，日本的敦煌本《文心雕龙》校勘成果引人瞩目。铃木虎雄于 1926 年发表的论文《敦煌本文心雕龙校勘记》③ 震惊海内外学界，不仅带动了世界范围内敦煌本《文心雕龙》研究热潮，而且标志着日本"《文心雕龙》学"的正式崛起。因此，日本"《文心雕龙》学"的生成从一开始便与敦煌学紧密相连，其关联点便是敦煌出土的唐人草书《文心雕龙》残卷。其后，户田浩晓、斯波六郎等都对敦煌本《文心雕龙》进行了多方面的补充完善，从而建构了最能凸显日本"《文心雕龙》学"特色的校勘研究④。本文拟以日本著名的《文心雕龙》校勘三大家，即铃木虎雄、户田浩晓和斯波六郎为个案，通过对他们相关研究成果的比较分析，阐释日本敦煌本《文心雕龙》校勘，从侧面揭示敦煌珍本文献《文心雕龙》的历史地位和价值。

一　铃木虎雄的对校与勘订

收藏于大英博物馆的敦煌本《文心雕龙》现在编号为斯坦因藏卷

① 林其锬、陈凤金：《敦煌遗书〈文心雕龙〉残卷集校》，上海书店出版社，1991，第 56 页。
② 日本学者海村惟一对此有专题性考证研究。他认为中日两国学界分别将《文心雕龙》简称为"龙学""《文心雕龙》学"。详见〔日〕海村惟一《当代"龙学"研究略考》，载日本福冈大学《文心雕龙》国际学术研讨编委会编《日本福冈大学〈文心雕龙〉国际学术研讨会论文集》，台北：文史哲出版社，2007，第 365~368 页。
③ 鈴木虎雄「燉煌本文心彫竜校勘記」，『内藤博士還暦祝賀支那学論叢』，斯文会、1927、23 頁。
④ 关于此，笔者已有研究，不赘述，参见冯斯我《铃木虎雄与斯波六郎师承关系考论——以〈文心雕龙〉校勘记为例》，《宁夏师范学院学报》2016 年第 2 期。

5478。该馆以汉语拼音把"刘勰"和"文心雕龙"书名分别翻译为"Liu Hsieh"和"Wen hsin tiao lung"，并做了文字说明：

> 《文心雕龙》是关于文学各流派的论著。梁朝（6世纪）刘勰所撰。全书50卷，现存第一篇（只有末段）至第十五篇（只有首段）以工整的行书抄写在光滑的草纸上，部分已经没有颜色。长17厘米，宽12厘米，共22册。①

上述介绍同时使用了"刘勰"和"Liu Hsieh"，便于国际交流与使用。《文心雕龙》第一篇是《原道》，第十五篇是《谐讔》。其间的13篇比较完整，字体娟秀，作者采用的是行书和草书混合体。关于书写的大致时间，目前学界还没有定论。日本学者铃木虎雄推测"恐系唐代誊写者"。②户田浩晓认为"从它独特的书体和发现情况等方面来看，该残卷确为唐代抄本"。③中国学者赵万里和饶宗颐认为它是中唐或晚唐抄本。赵万里通过分析其中"渊""世""民"字的书写风格，认为其笔势遒劲，应为中唐学士大夫所书。饶宗颐则常以"唐末人草书《文心雕龙》残卷"称之。杨明照根据敦煌本残卷《文心雕龙·铭箴》中把"张昶"写作"张旭"推断，它应当产生于唐玄宗以后的文人之手。总之，目前为止，虽难以考订敦煌本《文心雕龙》产生的具体时间，但它为唐代写本这一点已成为学界定论。尽管敦煌本《文心雕龙》残缺不全，错误亦不少，但其发现是国际国内学界《文心雕龙》研究史上划时代的大事。在此之前，学界谈及《文心雕龙》的最早版本均指元至正刻本。

---

① 户田浩晓在《作为校勘资料的文心雕龙敦煌本》一文中指出："Stein Rolls No. 5478 的标题上对该写本记载如下：［Wen hsin tiao lung］A discussion of various branches of literature. By 刘勰 Liu Hsieh of the Liang dynasty（6th.cent.）. Chaps. 1（end only）—15（heading only）out of 50. Neat semi-cursive MS. Smooth buff paper partially discolored. Booklet of 22 ff. 17cmnly）."参见户田浩晓『中国文学論考』、汲古書院、1987、79 頁。

② 鈴木虎雄「燉煌本文心彫竜校勘記」、23 頁。

③ 戶田浩曉『中国文学論考』、80 頁。

从公开发表的时间来看，国际国内学界《文心雕龙》研究史上最早对敦煌本《文心雕龙》进行校勘的是日本汉学家铃木虎雄和中国学者赵万里。两位学者在 1926 年出版了各自的研究成果。其中，铃木虎雄是最早对敦煌本《文心雕龙》进行校勘的学者。[①] 在校勘缘由中，铃木虎雄以"敦本"简称敦煌本《文心雕龙》，并明确指出他校勘该本的具体时间是大正 15 年（1926）5 月。铃木虎雄指出："敦煌莫高窟出土本，盖系唐末钞本。自原道篇赞尾十三字起，至谐谲第十五篇名止，文学博士内藤虎次郎君自巴黎将来，余与黄叔琳本对比，大正十五年五月，即有校勘记之作，今之所引，止其若干条耳，余所称敦本者，即此书也。"[②] 内藤虎次郎带回日本的是敦煌出土的《文心雕龙》残卷影印本，铃木虎雄慧眼识珠，认为"此本可贵之处并不仅仅在于它是现存最古本"。[③]

铃木虎雄汉学功底深厚，被誉为日本近代"中国文学研究的第一人"[④]。他在校订"敦本"时使用大量参校本，诸如《文镜秘府论》（四卷）、《困学纪闻》（二十卷）、《洪容斋笔记》（七十四卷）、《抱经堂丛书》以及《札迻》（十二卷）等。铃木虎雄秉承家学，更重视从《玉海》《太平御览》等类书中钩稽佚文、参校勘订。铃木虎雄在京都大学《文心雕龙》的讲义课上，将此校勘研究之法悉数传予弟子。据吉川幸次郎所述，铃木虎雄使用《玉海》和《太平御览》里有关《文心雕龙》的引文校订底本。铃木虎雄"所选底本中的讹误之处在《太平御览》中则是正确的，（故据《太平御览》引文可以校正原文讹误），这就是实证学方法。范文澜也用了同样的方法，是受到了铃木虎雄校勘记的影响"。[⑤] 铃木虎雄使用的基本参校本是清代黄叔琳的《文心雕龙辑注》（简称"黄本"）。黄叔琳（1672~1756）是清代官员，喜爱《文心雕龙》。此书于

① 关于此问题，日本人永田知之做了比较详细的专题性研究，参见永田知之「敦煌本文心雕龙研究事始—初期敦煌学的一齣—」、『敦煌写本研究年报』第 10 号、2016、95-108 頁。
② 鈴木虎雄「燉煌本文心彫竜校勘記」、23 頁。
③ 鈴木虎雄「燉煌本文心彫竜校勘記」、24 頁。
④ 『日本漢文学大事典』、明治書院、1985、345 頁。
⑤ 据小川环树所述，文台先生曾长途跋涉到身延山借阅《太平御览》，参见東方学会編『東方学回想Ⅱ　先学を語る（2）　鈴木虎雄博士』、刀水書房、2000、120 頁。

雍正九年开始酝酿撰写，至乾隆三年定稿，乾隆六年有养素堂本《文心雕龙辑注》，后被《四库全书》收录，并附有纪昀的点评。黄叔琳的辑注存在不少问题①，但它是具有集校、集注性质的《文心雕龙》版本校勘的集大成之作。黄叔琳几乎网罗了明代以来各种《文心雕龙》版本，在校勘注疏方面，均较前人有所发展。自清代中叶黄叔琳《文心雕龙辑注》是《文心雕龙》最通行的版本，近代以来世界各地的《文心雕龙》校勘者无不以此为重要校勘对象或参校本。尽管用以参校"敦本"的善本不多，但铃木虎雄"慨然奋起，努任校雠"②。他对"敦本"的校勘主要从三个方面展开：一是以《太平御览》和《玉海》之前的"敦本"校勘《太平御览》或《玉海》；二是以"敦本"校勘"黄本"③；三是以《太平御览》或《玉海》、"黄本"等校勘"敦本"。例如：

（1）遂客主以首引　首作守。案首字是也。遂字《御览》同。

（2）义兼美恶　义作事，《御览》义作讚，非是。

（3）扬雄覃思文阁　覃作淡。案此非是也。《玉海》作覃思文阁，可从。

（4）以歌九韶　韶作招。《御览》《玉海》同。

（5）清典可味　同。案《御览》《玉海》《困学纪闻》及此本皆作典。典字"是也"。

例（1）"逐客主以首引"和例（2）"义兼美恶"分别出自《文心雕龙》的《诠赋》篇和《颂赞》篇，铃木虎雄先以"黄本"校"敦本"，同时与《太平御览》参校。在例（1）里，指出"敦本""遂"字与《太平御览》相同；在例（2）里指出《太平御览》"义"作"讚""非是"。例

---

① 例如，黄侃认为："其书大抵成于宾客之手，故纰缪弘多，所引书往往为今世所无，展转取载而不著其出处，此是大病。"参见黄侃《文心雕龙札记》，中华书局，1962，第2页。范文澜也引用了此说，详见范文澜《文心雕龙讲疏》，《范文澜全集》第3卷，河北教育出版社，2000，自序，第5页。

② 鈴木虎雄「燉煌本文心彫竜校勘記」、23頁。

③ 在校勘行文当中，铃木虎雄没有提及"黄本"，"黄本"其实是他校勘的隐文本或潜在文本。

（3）"扬雄覃思文阁"和例（4）"以歌九韶"分别出自《杂文》篇和《颂赞》篇，铃木虎雄分别以《玉海》和《太平御览》《玉海》校"敦本"。例（5）"清典可味"出自《明诗》篇，铃木虎雄使用《太平御览》《玉海》《困学纪闻》进行校勘。由此可见，铃木虎雄"条别学术异同，使人由委溯源，以想见于坟籍之初者"。① 通过"敦本"与《太平御览》的对校，铃木虎雄高度肯定了"敦本"，他认为："此本可贵之处并不仅仅在于它是现存最古本，将其与《太平御览》等对校，相互吻合之处虽多，但不同处亦不少。余坚信此本乃完全独立一系统，由于独立而使读者发出'是这样啊'的感慨，这才是最难能可贵之处。"②

一般所说的"校勘"或者说"校雠"包括两层意思：一是"校"，即将同一部书的不同版本和资料进行比对或比"校"，从中确定不同版本的价值；二是"勘"，即在"校"的过程中对所校版本的文字进行修订或勘误。二者铃木虎雄都重视。在《黄叔琳本文心雕龙校勘记》引言部分，铃木虎雄结合自己的实践阐释了自己对校勘的认识：

> 然予犹谓，苟订一字，有一字功，安校多少，何焯尝引冯己苍记云：谢耳伯尝借钱功甫本于钱牧斋，牧斋仍秘隐秀一篇，己苍以天启丁卯，从牧斋借得，因乞友人谢功，甫录之，其隐秀一篇，恐遂多传于世，己苍自录之，焯因论：钱谢之用心，颇近于隘，何焯之言，可谓得学者之公矣。③

"订一字，有一字功，安校多少"可视作铃木虎雄的校勘理念。在校勘过程中，他始终把订讹存真视作目的，勘正形似误、俗正体误、文义误和音近误等讹误，以及错置、脱文、衍文等512条（其中429条是讹文）。兹略举例说明。

---

① 章学诚：《文史通义校注》，中华书局，1994，第945页。
② 鈴木虎雄「燉煌本文心彫竜校勘記」，23頁。
③ 鈴木虎雄「黄叔琳本文心彫龍校勘記」，『内藤博士還暦祝賀支那学論叢』、斯文会、1927、121頁。

1. 讹文

一般来说，讹文主要包括字形误、音近误、文义误、字体误等。其中，字体误指混淆俗体字与正体字、通体字与正体字产生的俗正体误和通正体误。铃木虎雄"敦本"勘误较详尽的是俗正体误①。此外，对于抄写者错误理解刘勰表达的意义造成的文义误，铃木虎雄也做了勘误，例如《徵圣》篇：

（1）先王圣化，布在方册　圣化作声教。
（2）夫子风采溢于格言　风作文。
（3）胡宁勿思　胡宁作宁曰。
（4）微辞以婉晦　以作而。
（5）繁略殊形　形作制。②

这些错误比较明显，对它们的勘正直接影响句子的意思。就语义而言，例（1）里的"圣化"与"声教"，例（2）里的"风采"与"文采"，例（3）里的"胡宁"与"宁曰"，例（5）里的"形"与"制"，这些字词的含义差别巨大。再如，《明诗》篇中"风人辍采"，铃木指出"辍误作掇，采作彩"。"辍"误作"掇"是字体误，"采"作"彩"则是文义误。

2. 脱文、衍文与错置

"敦本"中脱文现象较为严重，铃木虎雄在校勘中进行说明或补正。例如，《徵圣》篇中"圣人之情见乎文辞矣"，铃木标明"无文字"；《明诗》篇中"大禹成功"，铃木标明脱"功"字。

在传抄、印刻过程中误增的文字称为衍文。例如，《辨骚》篇中"观其骨鲠所树"，铃木虎雄校曰："其下衍'所树'二字"。③ 日本学界将文字前后顺序颠倒的情况称为"错置"。铃木虎雄勘出"敦本"里有

---

① 关于铃木虎雄校勘的具体内容和方法等，笔者已经有专论，不赘述，参见冯斯我《铃木虎雄与斯波六郎师承关系考论——以〈文心雕龙〉校勘为例》，《宁夏师范学院学报》2016年第2期。
② 鈴木虎雄「燉煌本文心彫竜校勘記」、23-27頁。
③ 鈴木虎雄「燉煌本文心彫竜校勘記」、25頁。

两处错置，如《宗经》篇"三极彝道，训深稽古"，铃木指出"道、训两字，疑错置"。①

　　除直接校勘"敦本"外，铃木虎雄还将其作为重要参校本校勘"黄本"。1929年，他发表了《黄叔琳本文心雕龙校勘记》。在"敦本"与"黄本"的对校过程中，铃木虎雄一般以"敦本"为标准。"'敦本'作某某"是他校勘记中的常见语。对于"黄本"与"敦本"中的不同，铃木虎雄也首先判定"敦本"②。因此，总体来看，铃木虎雄对"敦本"的校勘既有版本之间的比"校"，也包括大量勘误，还以其校勘"黄本"等其他《文心雕龙》版本或包含《文心雕龙》内容的《太平御览》《玉海》等。通过对日本国内外《文心雕龙》版本校勘成果的比较，户田浩晓认为，"铃木虎雄校勘记实为《文心雕龙》注释类图书中之'白眉'"。③中国学者张少康认为："应该说铃木虎雄是第一个按唐写本残卷来对通行本《文心雕龙》作校勘的，也基本上把唐写本的优点揭示出来了，引起人们对唐写本的充分重视，应该说是居功至伟做出了大贡献的。"④

二　户田浩晓的补苴罅漏

　　铃木虎雄之后，日本学界最早对《文心雕龙》进行专题校勘的是户田浩晓。户田浩晓于1951年3月发表了名为《〈黄叔琳本文心雕龙校勘记〉补》的论文。根据户田浩晓的自述，他撰写此文的时间是1943年1月至1951年1月15日，历时7年之久，可谓呕心沥血之作。他指出，自1943年1月起的大约一年时间里，他在加藤虎之亮的指导下与其他同学轮流讲读《文心雕龙》。此后，他在推敲《文心雕龙》50篇译稿的同时，还注意收集不同《文心雕龙》版本并撰写校勘记。自初稿起修改5次，中间因战败后的混乱曾搁笔，1951年1月15日完稿。⑤户田浩晓指出，

①　鈴木虎雄「燉煌本文心彫竜校勘記」、23頁。
②　鈴木虎雄「燉煌本文心彫竜校勘記」、23頁。
③　戸田浩曉『中国文学論考』、164頁。
④　张少康：《文心雕龙研究史》，北京大学出版社，2001，第187页。
⑤　戸田浩曉『中国文学論考』、156頁。

此作的完成有赖于加藤虎之亮的教导以及同学太田兵三郎、三田胜美和谷内祖道的启发，与斯波六郎的鼓励与催促也分不开。他决定撰写此文的动机主要缘于他发现的数种《文心雕龙》古版本，而铃木虎雄校勘"敦本"时并没有使用这些版本。因此，户田浩晓把自己的论文题目定为《〈黄叔琳本文心雕龙校勘记〉补》，点明了校勘目的，即补充完善铃木虎雄的《黄叔琳本文心雕龙校勘记》。户田浩晓"补"的是铃木虎雄校勘时没有使用的一些古版本。关于这一点，户田浩晓在"凡例四则"里明确指出："本文以铃木博士没有对校的汪一元校本、两京遗编本、五色本、张遂辰阅本和广汉魏丛书本，以及同铃木博士所用本有异的养素堂版黄叔琳辑注本三种，与芸香堂两广节署本对校为主。"① 与铃木虎雄一样，户田浩晓《〈黄叔琳本文心雕龙校勘记〉补》里使用的重要参校本是"敦本"。

为了更好地突出其文"补"的目的，户田浩晓在三个方面因袭铃木虎雄的做法。一是底本，户田浩晓指出他所用底本与铃木虎雄在校勘记中所指出的相同，即道光十三年两广节署刊本（翰墨园藏版）；② 二是体例，为便于同铃木校勘记对照阅读，户田浩晓袭用铃木校勘记体例；三是校勘所用书目的称呼，户田浩晓沿用铃木所定之名。此外，户田浩晓指出：为避免篇幅过长，铃木博士已校诸本及正确的按语都从略；汪一元校本、两京遗编本和四部丛刊所收嘉靖本属于同一个系统的版本，"黄本"校语中"某字一作某"语十之七八与上述三种刻本相同，因此铃木博士所引"黄本"校语称"嘉靖本作某"内容亦大多从略。户田浩晓还指出，自己校勘所用书目中，凡铃木虎雄校勘记中有详细解说者皆从简，仅对他新见到的刻本稍加说明。③ 因此，户田浩晓提示读者，在阅读《〈黄叔琳本文心雕龙校勘记〉补》时，应当同时参看铃木虎雄的校勘记《黄叔琳本文心雕龙校勘记》。④ 对此，著名日本《文心雕龙》研究者冈村繁曾评价道：

① 戸田浩曉『中国文学論考』、164 頁。
② 戸田浩曉『中国文学論考』、156 頁。
③ 戸田浩曉『中国文学論考』、166 頁。
④ 戸田浩曉『中国文学論考』、166 頁。

这部论作，如同题目所示，是对昭和四年（1929）4 月在斯文会《支那学研究》（第一编）上刊载的铃木虎雄博士所著《黄叔琳本文心雕龙校勘记》的补订。根据铃木博士的校勘记对尚未校对的静嘉堂文库藏汪一元校本、两京遗编所收本、户田教授所藏五色套印本、汉魏丛书所收张遂辰阅本、尊经阁文库藏广汉魏丛书所收本以及和铃木博士所用本不同的加藤虎之亮博士与户田教授所藏养素堂刊黄叔琳辑注本、无穷会神习文库藏（三宅真轩旧藏）芸香堂刊两广节署本等着重校对。①

户田浩晓充分认识到"敦本"以及铃木虎雄对其校勘的价值，因此基于"补充"铃木虎雄《敦煌本文心雕龙校勘记》的目的，他于 1963 年发表了题为《作为校勘资料的文心雕龙敦煌本》的论文。《〈黄叔琳本文心雕龙校勘记〉补》的"补"集中体现在户田浩晓以"敦本"为重要底本对铃木虎雄《黄叔琳本文心雕龙校勘记》遗漏部分的补充，其《作为校勘资料的文心雕龙敦煌本》则对铃木虎雄《敦煌本文心雕龙校勘记》里比较薄弱的部分——以"敦本"为参校本对校其他版本——进行了完善。以下介绍户田浩晓与铃木虎雄对"敦本"校勘的相同与不同之处。

首先，两人都高度肯定"敦本"。在校勘一开始，户田浩晓比较全面地陈述了"敦本"最初被发现和校勘研究情况。他完全沿用铃木虎雄的观点，认为它是唐代抄本，"敦煌莫高窟出土，现有《原道》篇赞尾十三字以下至《隐秀》篇的标题，推断为唐代写本。铃木虎雄博士曾将其改排为铅字，后收入《内藤博士还历祝贺汉学论丛》，本文即据上述铅印本（立正大学图书馆藏）"。② 可见，户田浩晓完全认可了铃木虎雄前期的一些基础研究成果，如抄本年代的断定和铅字排版。户田浩晓也袭用铃木虎雄的观点，高度肯定"敦本"的价值，认为"敦本"与《太平御

---

① 〔日〕冈村繁：《关于〈文心雕龙〉的学术交流》，载饶芃子主编《〈文心雕龙〉研究荟萃》，上海书店出版社，1992，第 167 页。

② 戸田浩晓『中国文学論考』、167 頁。

览》所引《文心雕龙》版本属于两个不同版本系统。户田浩晓常称"敦本"为"唐写本"，他指出此残卷为唐代人所誊写，"虽然不完整，却是现存《文心雕龙》最古老、最珍贵的文献。之所以珍贵，不仅仅是因为其最古老，如铃木虎雄博士所说，将此卷与《太平御览》所引《文心雕龙》引文对校，发现二者相合之处虽多，不合之处亦不少。显然，《太平御览》引文与此残卷不同。读者对此叹为观止，此正是'唐写本'的价值所在"。①

其次，两人的侧重点不同。在以"敦本"对校其他版本时，铃木虎雄侧重于"校"，户田浩晓则侧重于"勘"。户田浩晓认为，铃木虎雄"敦本"的校勘工作中"校"多"勘"少。1958年在不列颠协会的帮助下，户田浩晓得到了"敦本"的胶卷，仔细察看之下，他发现铃木虎雄校勘本中有很多未言之处，因此他参照国内外学者相关校勘研究成果，撰写了《作为校勘资料的文心雕龙敦煌本》，介绍"敦本"在校订《文心雕龙》方面所具有的资料价值。② 在该文里，户田浩晓列举了大量实例，指出除在对校各版本方面具有重要价值外，"敦本"还是勘订《文心雕龙》各版本文字或疏通文义的珍贵文献资料，对照"敦本"，过去刊本中意义难解之处便豁然贯通。③

最后，在铃木虎雄校勘基础之上，户田浩晓以"敦本"为底本，进一步从"形似""音近""脱文""倒文""衍文""记事内容"六个方面勘订了汪一元校本、张之象本、两京遗编本、刘云梅本、聚锦堂梅本、谢兆申跋梅本、无刊记梅本、姜氏梅本、钟惺评本、闵绳初本、广汉魏丛书本、张松孙本等版本中的讹误，从而强有力地证明了"敦本"在上述六个方面所具有的校勘文献价值。例如，"敦本"《徵圣》篇中"书契决断以象史"，诸版本中"决断"作"断决"。户田浩晓列举了韩康伯对《易·系辞下》"上古结绳而治，后世圣人易之以书契。百官以治，万民以察，盖取诸夬"里"夬"的注释，即"夬，决也。书契所以决断万事

① 戶田浩曉『中国文学論考』、80頁。
② 戶田浩曉『中国文学論考』、85頁。
③ 戶田浩曉『中国文学論考』、85頁。

也"，并指出"彦和之文盖本此。'敦本'作'决断'是。但'唐写本''夬'误作'史'。铃木博士校勘记云：'夬误作央'。如果不是博士误记，当是印刷时的误植"。① 此处，户田浩晓以"敦本"校正了其他刊本的错误，同时也指出了铃木虎雄校勘记中的错误。

因此，在"敦本"校勘问题上，户田浩晓自称《作为校勘资料的文心雕龙敦煌本》"已断是非不少"②，如果说铃木虎雄是日本"敦本"校勘开山之人的话，那么户田浩晓就是继承并完善者。如同《黄叔琳本文心雕龙校勘记》与《〈黄叔琳本文心雕龙校勘记〉补》一样，把铃木虎雄的《敦煌本文心雕龙校勘记》与户田浩晓的《作为校勘资料的文心雕龙敦煌本》一起研读方能比较完整地窥见日本"敦本"校勘全貌。户田浩晓在《作为校勘资料的文心雕龙敦煌本》开篇也明确提示读者此篇文章要与铃木虎雄的《敦煌本文心雕龙校勘记》一起研读。③

三 斯波六郎的补正与疏解

与户田浩晓相比，出自铃木虎雄门下、参与铃木虎雄校勘"黄本"工作的斯波六郎直接继承了铃木的《文心雕龙》校勘学问。吉川幸次郎曾说："斯波先生与我 30 年前曾同在京都大学聆听铃木虎雄博士讲演《文心雕龙》。此后，斯波先生悉心钻研以此书为一中心的六朝文学。"④ 1952 年斯波六郎公开发表了题名为《文心雕龙范注补正》（以下简称《补正》）的论文，在《补正》例言里解释说："范文澜氏《文心雕龙注》（七册）1936 年由上海开明书店出版。本稿就开明书店版的注聊以补正。"⑤ 这表明斯波六郎该文基本内容是补充《文心雕龙注》中的缺失，纠正《文心雕龙注》中不当之处。他认为范文澜《文心雕龙注》的注释

---

① 戸田浩暁『中国文学論考』、81 頁。
② 戸田浩暁『中国文学論考』、168 頁。
③ 戸田浩暁『中国文学論考』、79 頁。
④ 〔日〕吉川幸次郎：《评斯波六郎〈文心雕龙原道、徵圣篇札记〉》，彭恩华译，载王元化编《日本〈文心雕龙〉研究论文集》，齐鲁书社，1983，第 27 页。
⑤ 斯波六郎『文心雕龍範注補正』、広島大学文学部中国文学研究室、1952、301 頁。

不太详细，有些地方遗漏了出处，而他的"补正"主要就是为此而作。1953 年、1955~1956 年，斯波六郎先后发表了关于《文心雕龙》前四篇的札记①（以下简称"札记"），基本上围绕范文澜《文心雕龙注》，对这四篇里部分文句进行了再次补充完善或勘订。吉川幸次郎对此评价，斯波六郎《文心雕龙范注补正》"对中国《文心雕龙》研究集大成者范文澜之说作了评论，现在又为了倾此书底蕴，以札记形式对全文作详细的训诂"。② 吉川幸次郎此处所说的"详细的训诂"核心内容主要围绕"典据的引证"，并疏通文义上的缺漏。在这一过程中，尽管斯波六郎没有直接校勘"敦本"，但"敦本"在其《补正》和札记里具有十分重要的地位。

与铃木虎雄和户田浩晓一样，斯波六郎在《补正》里十分重视"敦本"和"黄本"。关于其文所用"黄本"，铃木虎雄在《敦煌本文心雕龙校勘记》引言部分明确说明：

> 余所用底本乃现今最通用的黄叔琳辑注本。按先录"黄本"正文，其下记"敦本"之异同的方式校之。黄叔琳注纪昀评本（包括两广节署刊本、湖南思贤精舍刊本等）与"黄本"之间虽无较大差别，但在复核过程中出现讹误时以养素堂本为准。③

现存"黄本"有黄叔琳辑注养素堂刊本和黄叔琳辑注附载纪昀评本两种。其中养素堂刊本指清乾隆六年（1741）姚培谦刻黄叔琳辑注养素堂本，铃木虎雄称之为"黄氏原本"，其卷头有"北平黄叔琳昆圃辑注，吴趋顾进尊光、武林金甡雨叔参订"字样。范文澜在《文心雕龙注》里以这两种"黄本"为底本，以铃木虎雄《黄叔琳本文心雕龙校勘记》为参照本。斯波六郎《补正》一文是对范文澜《文心雕龙注》的"补正"，

---

① 不算他的四篇札记，单就《文心雕龙范注补正》来看，斯波六郎对范文澜《文心雕龙注》的补充和订正就有 400 余条。
② 〔日〕吉川幸次郎：《评斯波六郎〈文心雕龙原道、徵圣篇札记〉》，第 27 页。
③ 鈴木虎雄「燉煌本文心彫竜校勘記」、24 頁。

其所用底本也是"黄本"，这与铃木虎雄与户田浩晓是一样的，斯波六郎《补正》里使用的参校本也与铃木虎雄所使用的一样。从广岛大学斯波文库汉籍目录来看，斯波六郎收藏的《文心雕龙》版本与铃木虎雄的基本相同，主要包括"黄氏原本"（养素堂刊本）、"黄本"（包括两广节署刊本、湖南思贤精舍刊本和扫叶山房石印本的黄叔琳辑注附载纪昀评本）、"梅本"（梅庆生音注本）、"冈本"（冈白驹校正句读本）、"王本"（汉魏丛书王谟本）、"嘉靖本"（四部丛刊本）、"张本"（张松孙辑注本十卷）和"敦本"（唐写本残卷）等。

斯波六郎与铃木虎雄和户田浩晓一样，都十分重视"敦本"。在"敦本"与"黄本"的对校过程中，铃木虎雄一般以"敦本"为标准。他的这种做法被斯波六郎继承。在校勘过程中，与户田浩晓一样，斯波六郎也常把铃木虎雄简称的"敦本"称为"唐写本"，并以此为上，先写明"唐写本"与所校本的异同之处，再考订"唐写本"的是非[1]。例如，在《补正》一文里补正《正纬》篇时，"揉其雕蔚"中"揉"字，"孙云唐写本作采"，"唐写本是。'采'与上文'芟夷'相对"。[2] 事实上，斯波六郎在许多方面进一步补充完善甚至拓展了铃木虎雄的校勘。例如：

（1）"宪章戒铭"，铃木先生校勘记曰："御览敦本'戒'作'武'，是也。"武铭即上文武王之铭。（《补正》）

（2）"后世所同晓者"，铃木先生校勘记曰："'后'字可疑。"案：疑"后"乃"然"字误，盖与《指瑕》第四十一"然世远者太轻，时同者为尤矣"句为同一用法。（《补正》）

（3）"虽湘川曲学"，铃木先生校勘记曰："诸本'川'作'州'"。"川"疑是"州"字误。邓粲是长沙人，故应是湘州。（《补正》）

---

① 对此，笔者已经有专论，不赘述，参见冯斯我《铃木虎雄与斯波六郎师承关系考论——以〈文心雕龙〉校勘为例》，《宁夏师范学院学报》2016 年第 2 期。

② 斯波六郎『文心雕龍範注補正』、306 頁。

（4）"会适"，"唐写本"作"适会"。（范引孙云）通检本校语云："'适会'之语见于《章句》'随变适会，莫见定准'，《练字》'诗骚亭令，而近世忌同'，《养气》'故宜从容率情，优柔雩一'，而'会适'则全书未见。"（《札记》）

铃木虎雄"敦本"校勘长于校异，即比对众本文字异同，列记一旁，语言简短。斯波六郎则有所不同。在例（1）里，他先援引铃木虎雄对"敦本"的校勘语，而后对"武铭"做了注释。例（2）里，他在肯定铃木校语的基础上，举出《指瑕》篇中同一用法的句子，印证了"后"乃"然"字误。在例（3）里，斯波六郎按照铃木虎雄的校对，依据史实考证了"川"字讹误。如果说铃木的校勘记使人"知其然"，那么斯波六郎的考订工作则使人"知其所以然"。例（4）里，他据"敦本"勘订"会适"当作"适会"，随后列举《文心雕龙》中三个分别与"随变""忌同""率情"相对的例子，认为其应解作"适其会"，"适"为"之适"，"会"为"会合"，其意为"在应会合之处安顿下来。从这个角度看来，因上句有'随时'，故下句用'适会'是妥帖的，故宜从'唐写本'。又'随时'与'适会'为互文"。①

在其札记中，斯波六郎关于"敦本"的许多校勘以比较详细的疏或解的方式出现，例如：

"义既极乎性情，辞亦匠于文理"，"极"字，范注云："赵君万里日：唐写本'极'作'挺'，《御览》六百八引作'埏'，以下文'辞亦匠于文理'句例之，则作'埏'是也，唐写本作'挺'，即'埏'字之讹。"赵说为是。②

斯波六郎关于《宗经》篇的札记以"敦本"为核心，对其中"义

---

① 斯波六郎「文心雕龍札記 3」、『支那学研究』第 15 号、1956、46 頁。
② 斯波六郎「文心雕龍札記 3」、『支那学研究』第 15 号、1956、53 頁。

既极乎性情，辞亦匠于文理"句进行校勘。然而，斯波六郎并没有停留于此：

> "埏"音始然反（《老子》释文），为作陶瓦器之模型，《管子·任法》篇云："昔者尧之治天下也，犹埴之在埏也，唯陶之所以为"。此字又可作动词用。如《老子》十一"埏埴以为器"，《荀子·性恶》"故陶人埏埴而为器"，《齐策三》"埏子以为人"等。

斯波六郎旁征博引《老子》释文、《管子·任法》、《老子》第十一篇、《荀子·性恶》和《战国策·齐策》之中"埏"的用法，考证"义既极乎性情"中的"极"字当作"埏"。对于"辞亦匠于文理"中的"匠"字，他解释道：

> "匠"指工匠，如木工之类。此字有用作名词者（《书记》篇、《神思》篇），有用作动词者（《章句》篇）。此处的"埏"和"匠"，大概都是作为名词，即"为埴……""为匠……"之意。而且这里的"匠"不是指普通的工匠，而是指"良匠""宗匠"，可能是取《庄子》"匠石"之意。

斯波六郎从古汉语名词和动词使用的语法角度对"匠"字之义做了释读并列举了《庄子》里的相似用法。接下来，斯波六郎阐释了《宗经》篇里"义既极乎性情，辞亦匠于文理"的意思：

> 此二句当解作："五经之义（内容）本为陶冶性情的模型，辞（文章）亦系裁制文理的宗匠。"彦和认为在使人性完善和文章精练方面都是理想的镕范。《风骨》篇"经典之范"，《才略》篇"经范"都与此处相同。

斯波六郎对"埏"和"匠"的训诂以及引证《风骨》篇和《才略》

篇，进一步补正了"唐本作'挺'，即'埏'字之讹"。"虽然意在补苴罅漏，却不乏首创性。"① 斯波六郎这种注释疏解式校勘，"特以部次条别，疏通伦类，考其得失之故"②，进一步补充完善了有关《文心雕龙》的校勘。吉川幸次郎在评价斯波六郎《文心雕龙》校勘时说："斯波先生钩隐发微，其为文之宏博精深，海内外久未之见。"③ 而从铃木虎雄到斯波六郎，日本《文心雕龙》研究从基础的版本校勘发展到进行注疏的综合性研究。

结　语

以铃木虎雄、户田浩晓和斯波六郎为代表的日本敦煌本《文心雕龙》校勘一脉相承，前赴后继、推陈出新是其显著特色。铃木虎雄的《敦煌本文心雕龙校勘记》和《黄叔琳本文心雕龙校勘记》比较全面校勘了"敦本"，奠定了近代日本"《文心雕龙》学"的基础。此后，户田浩晓和斯波六郎又从不同角度和方面对铃木虎雄的校勘进行了补充完善。与铃木虎雄侧重"校"不同，户田浩晓侧重于"勘"，其《〈黄叔琳本文心雕龙校勘记〉补》和《作为校勘资料的文心雕龙敦煌本》证明了"敦本"是勘订《文心雕龙》各版本文字或疏通文义的珍贵文献资料，斯波六郎的《文心雕龙范注补正》和其关于《文心雕龙》前四篇的札记则注意补注和疏解，钩隐发微。学问贵师承，正是由于户田浩晓和斯波六郎的"补遗""补正"，以敦煌本《文心雕龙》为代表的日本《文心雕龙》校勘呈现出对校与勘订、补正与疏解并重的特点。从铃木虎雄到斯波六郎，日本敦煌本《文心雕龙》校勘也由基础的版本校勘发展到进行注疏的综合性研究。本文基本采用历史比较研究的方法，从内容、方法两个方面，立足于日本敦煌本《文心雕龙》校勘三白眉的校勘实践，比较分析了他们校勘的特点，探讨了以他们为代

① 张少康：《文心雕龙研究史》，第307页。
② 章学诚：《文史通义校注》，第946页。
③ 〔日〕吉川幸次郎：《评斯波六郎〈文心雕龙原道、徵圣篇札记〉》，第31页。

表的日本《文心雕龙》校勘的特色，从一个侧面揭示了以敦煌本《文心雕龙》为代表的中华优秀传统文论在世界文论史上的历史地位和价值。

（审校：孙家坤）

"百王"与"道理"

——《愚管抄》史论的深层逻辑

葛栩婷[*]

内容摘要：《愚管抄》是日本历史上的首部史论著作，作者慈圆出身高贵，是关白大臣藤原忠通之子，也是日本历史上首位四次出任天台座主的僧人。慈圆有着丰富的和汉知识，精通内外经典，在解释日本历史时，遍寻"梵、汉、和"三国的道理，最终将日本历史自身逻辑起点置于神代。该书以"祖神约定"论来解释日本历史，整体上围绕"道理"二字展开，以"百王"延续为思想背景，建构了自神武天皇至第八十四代天皇顺德天皇的日本历史，且联系日本三大神器之一的宝剑为何丢失，对自己身处的保元之乱以后武士的兴起给出解释。本文拟从"梵、汉、和"这一更为宽广的日本中世文化语境出发，对《愚管抄》一书的"道理"做一解析。

关 键 词：《愚管抄》 慈圆 道理论 武士 祖神约定

一 《愚管抄》 研究史略述

《愚管抄》的书目信息最早出现在成书于弘安、正应年间（1278～1292）的《本朝书籍目录》[①] 中。该书作者慈圆（1155～1225）为关白大臣藤原忠通（1097～1164）之子，十三岁得度出家，是日本历史上首位四次出任天台座主的僧人。关于《愚管抄》的成书年代有"承久乱前"与

---

* 葛栩婷，日本京都大学文学研究科日本史专业博士研究生，主要研究方向为日本中世史。

① 《本朝书籍目录》是日本现存最早的图书目录，以神事、帝纪、公事、政要、氏族、地理、类聚、字类、诗家、杂抄、和歌、和汉、管弦、医书、阴阳、传记、官位、杂杂、杂抄、假名等20个部类对493部日本古书进行了分类。《愚管抄》被归在"杂抄"一类。

"承久乱后"两说①，现在一般采信"承久乱前"说，尽管战后日本学界仍有支持"承久乱后"说的声音，但因缺乏确切的史料证据，并未被广泛接受。明治维新以来，以三浦周行②为代表的研究者对《愚管抄》的作者、成书年代、写作目的、卷次与构成等内容展开了实证主义研究。村冈典嗣、石田一良、大隅和雄等学者则对《愚管抄》的文本内容、思想构成做了具体的分析。

村冈典嗣是较早强调《愚管抄》史论价值的学者。村冈认为，《愚管抄》的史论有两个层面，一是与现实的政治形势紧密相关的"经世（致用）论"，二是一种哲学史观。③ 在经世论的层面上，村冈认为慈圆的核心关注点在于论证摄家将军三寅（赖经）④ 存在的合理性；在哲学史观层面上，村冈则着重讨论了《愚管抄》的道理观和佛教世界观。在《愚管抄》的文本分析上，村冈可以说是开先河之人。其后《愚管抄》的文本研究大体在这个框架内展开。

石田一良在上述框架内着重探讨了《愚管抄》的佛教世界观。石田认为，慈圆对日本史的构想与《大方等大集月藏经》第九卷《分布阎浮提品》中佛教史的构想十分接近，其七大时代划分其实是佛教时代划分法的一种体现。⑤ 另外，石田的研究还注意到村冈未曾提及的"时机相

---

①　承久之乱发生于镰仓时代初期，承久三年（1221），后鸟羽上皇发兵讨伐镰仓幕府执权北条义时，后以幕府方获胜告终。承久之乱是日本历史上首次朝廷与武家政权之间发生的武力冲突，承久之乱后，后鸟羽、顺德、土御门三位上皇被流放，幕府对朝廷的政治影响力得到了前所未有的提升（如干涉皇位继承与决定庄园归属等）。"承久乱前"说经由三浦周行（1871～1931）、村冈典嗣（1884～1946）与赤松俊秀（1907～1979）等学者的考证基本得到确认。支持"承久乱后"说的则有伴信友（1773～1846）、津田左右吉（1873～1961）、福井康顺（1898～1991）与友田吉之助（1912～1995）等。

②　三浦周行「愚管抄の研究」、三浦周行『日本史の研究』第 1 辑、岩波书店、1922、1229-1259 頁。

③　村冈典嗣「愚管抄考」、村冈典嗣『日本思想史研究』、岩波书店、1940、21-61 頁。

④　九条赖经是镰仓幕府第四代将军。幕府第三代将军源实朝遭暗杀后，幕府准备迎接一位皇族担任将军，然而态度强硬的后鸟羽上皇拒绝了这一提议。幕府方面无法，作为妥协，商议改为迎接源赖朝之姐（妹）坊门姬的曾孙——当时仅两岁的三寅（赖经）为幕府将军。三寅之父为九条道家，九条道家是慈圆的哥哥九条兼实之孙。

⑤　石田一良『愚管抄の研究—その成立と思想—』、ぺりかん社、2000、95-96 頁。

应"思想①与神道的"祖神冥助"思想②。他认为,《愚管抄》的历史思想构造是一个相互沟通的上下结构。上层是佛教的终末论思想与神道的"祖神冥助"思想,下层是近代末世的意识③与慈圆的摄关家意识④,沟通上下层的桥梁则是"时机相应"思想。除此之外,石田的研究还包含了对慈圆百王思想的研究,可以说相较村冈,石田的研究更为细致,内容也更为丰富。与此同时,需要注意的是,石田的研究过于强调慈圆佛教思想的一面,尤其是在对慈圆百王思想的解释上,石田过于强调慈圆的末法意识,忽略了慈圆在《愚管抄》中提出的百王延续的可能性,而这是慈圆思想中特别重要的一点,因为这涉及慈圆的基本政治立场。作为一名出身于摄关家的贵族僧侣,"君臣的鱼水合体之治"是慈圆的政治理想,所以作为天皇家忠实拥护者的慈圆没有理由鼓吹百王断绝。与之相反,慈圆其实一直在尝试解释武士兴起后王权衰微这一难题。可以说,慈圆的道理论基本上是在这个大前提下展开的。近年,日本学界有学者提出慈圆的思想有着将天皇相对化的倾向⑤,笔者对此持反对意见,因为这就和石田从佛教末法的角度理解慈圆的百王思想一样,都带有一定的片面性。

　　与之相对,一些研究者则更强调《愚管抄》经世论的一面。举一个比较极端的例子来说,长崎浩就是直接否认了《愚管抄》的历史理论性,将《愚管抄》定义为一部非常现实的政论书。在长崎看来,慈圆所说的道理都是站在摄关家的立场上为现实政治服务的。⑥ 与之类似的是坂本太郎。坂

---

① "时机相应"是佛教用语,指施教者所施的教法需同时代(时)与受教者(机)相适应,尤其是在末法时代,施教者更应根据受教者的变化选择正确的教说。

② "祖神冥助"思想具体指"三神约诺"思想。也就是说,摄家将军三寅的出现源自天照大神、春日大明神与八幡神这三位分别代表皇室、摄关家与武家的祖神的约定。

③ 近代末世的意识指随着保元、平治之乱后武士的抬头,贵族社会持有的消极世界观。

④ 慈圆的摄关家意识更具体地说是九条家意识。

⑤ 坂口太郎「『愚管抄』成立の歴史的前提—慈円『本尊釈問答』を素材として—」、元木泰雄編『日本中世の政治と制度』、吉川弘文館、2020、370頁。慈圆在《本尊释问答》中列举了日本的四个"主人",分别是主上、执政臣、太上天皇和武将。这是慈圆基于事实的认识。对于"主上"一项,慈圆为其做注称"不可弃之,似无本说"。坂口据"似无本说"一句认为慈圆有将天皇相对化的意图,但个人认为,"似无本说"也可理解为"不需要特别的解释"。也就是说主上(天皇)治国是自然天成之事。比起"似无本说",前面的"不可弃之"更能代表慈圆的态度。

⑥ 長崎浩『乱世の政治論—愚管抄を読む—』、平凡社、2016。

本认为，通过《愚管抄》看到的是经世家慈圆，而非历史哲学家慈圆。①

最后，关于《愚管抄》的道理论，比较具有代表性的是大隅和雄的研究。大隅把《愚管抄》的道理分为五种：一是道德意义上的应为的道理（如应当孝顺的道理）；二是表明规律的道理（如时移世易的道理）；三是作为规律之一的因果道理（如三世因果的道理）；四是作为社会基本法则的道理（如佛法王法相依的道理、臣下出现的道理）；五是这些道理本身在变化的道理（如万事不定的道理）。②

目前，国内没有研究《愚管抄》的专著，有一篇专门论述《愚管抄》的论文③。提到《愚管抄》的论文有四篇④。

通过以上对《愚管抄》研究史的梳理可知，自村冈以来，日本学界虽然整体上肯定《愚管抄》作为史论书的价值，但也有一些学者否认《愚管抄》的史论性，将其定义为政论书。中国学界对《愚管抄》的评价则多停留于简单介绍的层面。笔者认为，《愚管抄》尽管有九条家本位的一面，但其作为史论书的价值首先应该得到极高的肯定。其次，不同于日本学界局限于日本史内部的研究，本文认为，应该从"梵、汉、和"三国⑤的文化

---

① 坂本太郎「愚管抄」、坂本太郎『史書を読む』、吉川弘文館、2013。
② 大隅和雄『愚管抄を読む—中世日本の歴史観—』、平凡社、1986。
③ 于姗姗：《从〈愚管抄〉看日本中世纪的机会主义思想——以该抄"卷四鸟羽传"的叙事和人物对比为线索》，《长春大学学报》2016年第9期，第104～110页。
④ 瞿亮：《日本近世的修史与史学》，博士学位论文，南开大学，2012，第26～27页；李传坤：《关于菅原道真左迁的历史记载——〈大镜〉与〈愚管抄〉的比较》，《作家》第20期，2013，第111～112页；姚郁晨：《考察〈平家物语〉的创作意图——从对重盛形象的塑造说起》，硕士学位论文，浙江大学，2011；刘琳琳：《日本古代到中世的天皇世系话语》，《社会科学》2012年第11期，第153页。
⑤ "梵、汉、和"三国指印度、中国、日本三国。"梵、汉、和"三国世界观指认为世界由印度、中国、日本三个国家组成的一种对世界构成的认知。"梵、汉、和"三国世界观最早形成于平安时代的日本佛教徒之间，后随着佛教对日本影响的加深而逐渐扩展到日本社会的整个知识阶层。《愚管抄》一书的作者慈圆是日本天台宗的高僧，深受三国世界观的影响。日本学界在谈及三国世界观时多将其与和汉世界观并称，着重研究三国世界观中蕴含的对中华优越意识或自卑意识。本文认为，三国世界观还有另一个层面，即文化语境的层面。这一层面接近于前田雅之在对日本的三国世界观进行分类时谈到的"作为一种国际观念"的三国世界观。但前田的分类仍基于对外关系这一框架，没有扩展到文化知识这一范畴。之所以强调从"梵、汉、和"三国的文化语境出发研究《愚管抄》，主要基于以下两个理由。一是慈圆明确在《愚管抄》中指出了他认知中的世界由"梵、汉、和"三国构成，基于此，慈圆同时明确指出中世日本人的知识亦是由源自印度的佛教经典（内典）、源自中国的经史著作（转下页注）

视角去探讨《愚管抄》的史论价值。对于中世日本的知识人慈圆而言，"梵、汉、和"三国就是整个世界。也就是说，《愚管抄》一书是慈圆在"百王流毕竭"的预言下，从"保元以来武士兴起"这一现实出发，遍寻"梵、汉、和"三国的知识，亦即遍寻中世日本知识人头脑中全部知识以后写就的。"百王流毕竭"的预言出自《野马台诗》。据小峰和明的研究，《野马台诗》最晚于8世纪后期也就是奈良朝末期传入日本。但在《野马台诗》最早的注释"延历九年注"的阶段，光仁天皇被视为百王流尽的节点，与后代的百王（断绝）思想有所不同。与之相对的，在《江谈抄》中，《野马台诗》就已经是明确预言日本衰亡的一首诗了。① 本文认为，大隅和雄将《愚管抄》的道理分为五个层面的做法仍然是在日本史框架内展开的。如果从"梵、汉、和"三国的文化视角出发，从大的框架来讲，完全可以将《愚管抄》的道理分为"梵的、汉的、和的"三个层面。而在"和（日本）的"道理下，又可以细分为神与神约定的道理、宝剑丢失的道理、摄关政治与摄家将军出现的道理等更多层面。在《愚管抄》中，源自"梵、汉、和"三国的道理之间存在有机联系。慈圆论述这些道理的最终目的在于为日本找到百王延续的可能性。论证摄家将军出现的合理性固然是《愚管抄》的主要目的之一，其背后的根本政治思想仍然落脚在天皇制上。慈圆对日本天皇制的理解是很深刻的，他是日本历史上第一个明确指出中日两国政治制度差异的学者，从这个意义上来说，也应该高度评价慈圆所著《愚管抄》的史论价值。

二 《愚管抄》的构成与成书背景

《愚管抄》一共七卷。卷一、卷二又称《皇帝年代记》，记述了日本

（接上页注⑤）（外典）以及本朝（日本）的著作构成的。在研究《愚管抄》的文本时，首先无法脱离"梵、汉、和"三国这一文化语境。二是本文通过分析《愚管抄》的道理论发现，慈圆的三国世界观并没有蕴含对中华的优越意识或自卑意识，这是对日本学界现有的三国世界观研究的一种补充，也是对《愚管抄》世界观研究的一种创新。前田雅之的研究可以参阅前田雅之「和漢と三国—古代・中世における世界像と日本—」、『日本文学』第52卷第4号、2003、11-29頁。

① 小峯和明『「野馬台詩」の謎』、岩波書店、2003。

第一代天皇神武天皇至第八十六代①天皇后堀河天皇的皇宫所在、在位年数以及后妃、子嗣、大臣等情况。自第五十二代天皇嵯峨天皇开始，又加入了历代天台座主的基本信息。在《皇帝年代记》之前，有一则简短的"汉家年代"，记述了从盘古开天地到宋代的中国各个朝代以及每个朝代的存续时间。卷三至卷六是《愚管抄》的主体部分，讲述了始于神武天皇的日本历史，中间穿插慈圆对历史的评述与解释。卷七是慈圆集中论述自己观点的一卷，据统计，"道理"一词在该卷中共出现了 75 次，几乎占了全书"道理"的五成半。另有约三成的"道理"集中于卷三，卷三中"道理"一共出现 41 次。②

现在一般认为，卷一、卷二的《皇帝年代记》实际成文应当在卷三至卷七之后，所以《愚管抄》的卷三开篇就等同于全书的序言，慈圆在序言里如是说：

> 我一生思考道理，年岁渐长，已近暮年。老了以后容易睡到半夜就醒，彼时亦在思索这人世间的道理，聊以慰藉。因久住人世，对于这时移世易的道理便颇有些感悟。神代之事未可知，至于人代，听闻神武天皇之后有百王，现已至第八十四代，所余不多。保元之乱以后诸事自《世继物语》以来，尚无人书写。亦听闻有别著，只是至今未得拜读。追究无人著书之根源，想来是因世人只愿记录好事，而保元之乱后是为乱世，世人忌讳，故无人著书。但此举实在愚蠢。我欲以一己之力著书立说，阐明这时移世易的道理，而道理竟自现其间。可惜世人总不得悟，只有些违背道理之心，使得这世间愈不安稳。我一直在想这乱世如何而来，为了了却这桩心愿，便著了此书。③

---

① 慈圆第一次补记时追加了第八十五代仲恭天皇的相关记事，第二次补记时追加了第八十六代后堀河天皇的相关记事。参见慈円『日本古典文学大系 86　愚管抄』、岡見正雄・赤松俊秀校注、岩波書店、1967。

② 森新之介「慈円『愚管抄』幼学書説―その想定読者に注目して―」、『日本思想史学』第 47 巻、2015、56-71 頁。

③ 慈円『日本古典文学大系 86　愚管抄　巻三』、129 頁。本文所引《愚管抄》参考了岡見正雄与赤松俊秀所校注的《愚管抄》，中文翻译由笔者完成，引文页码为日语原文页码。

　　"百王"延续的思想是慈圆思考历史发展"道理"的时间框架。从"神代之事未可知，至于人代，听闻神武天皇之后有百王，现已至第八十四代，所余不多"这段文字中可以读到慈圆因"百王"所余不多而产生的巨大危机感。慈圆出生的翌年，保元之乱爆发。保元之乱后，日本又先后经历了平治之乱（1160）与治承、寿永内乱（1180~1185），直至1192年镰仓幕府创立，政治形势才逐渐稳定下来。但好景不长，一场暗杀打破了幕府与朝廷之间微妙的平衡。建保七年（1219），幕府的第三代将军源实朝被任命为右大臣，为了感谢八幡神的庇佑之恩，他于正月前往鹤冈八幡宫拜谒，然而就在拜谒结束的当天夜里，实朝就被自己的亲侄公晓所杀。实朝的死引发政局震动。因为实朝没有子嗣，所以按照约定，幕府应当前往京都迎接一位皇子继任将军。但后鸟羽上皇在这个时候突然反悔了。事情一度陷入僵局，而打破这一僵局的是西园寺公经。西园寺家属于闲院流①藤原氏，祖上是待闲门院璋子的兄长藤原通季。公经是一条能保的女婿，一条能保的妻子则是源赖朝的姐姐（妹妹）坊门姬。对于公经而言，代替皇子前往镰仓的最优人选是自己的外孙三寅。三寅的父亲是九条道家，道家是坊门姬的外孙，有着和赖朝一样的血脉，而且九条家地位高贵，是仅次于皇室的摄关家。同年六月，年仅两岁的三寅前往镰仓，朝廷与幕府之间的紧张关系暂时缓和。

　　三寅前往镰仓两年后，幕府与朝廷之间还是爆发了一场战争，史称"承久之乱"，事后，包括后鸟羽上皇在内的三位上皇均被流放，幕府的地位获得了前所未有的提升，甚至开始干涉皇位的继承。但在慈圆写作《愚管抄》的时候，这一切都还没有发生。在慈圆眼里，他哥哥九条兼实的曾孙三寅就是沟通幕府与朝廷最好的桥梁，他代表着日本未来的希望。为了阐明自神武天皇以来，尤其是保元之乱以后日本发生的事件背后的道理，慈圆写作了《愚管抄》。

---

　　①　藤原不比等的四个孩子创立了南、北、式、京四家，闲院流为藤原北家中的一支。

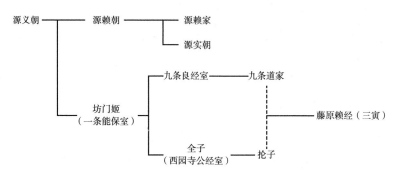

图 1　藤原赖经血缘关系

三　《愚管抄》 的道理史论

在《愚管抄》之前，日本没有史论书。不论是以《日本书纪》为首的六国史，还是其后以《荣花物语》为首的物语风历史，前者仿中国史书以编年体记帝王事，后者以和文写宫廷生活显藤原荣华，两者皆重记事，却不论史。但《愚管抄》不同，《愚管抄》既记史，也论史，而且全书围绕"道理"二字论史，非常有特色。据日本学者森新之介统计，"道理"一词一共在《愚管抄》中出现了 139 次①。所以，古人又把《愚管抄》称为"道理之书"。

要读懂《愚管抄》的道理并不容易。慈圆不仅是精通显密之学的天台宗高僧，也是有着极高汉学素养的摄关家贵胄，而且他的和歌造诣很高，光是入选《新古今和歌集》的和歌就多达 92 首，仅次于西行，而他的家集《拾玉集》收录的和歌多达 5900 余首，是现存六家集中收录和歌最多的文集。慈圆有着当时日本十分高的知识水平，《愚管抄》是其晚年的作品，是慈圆终其一生思考"道理"所得，所以书中难免有难解深奥之处。即便如此，《愚管抄》依然是一部读来令人感到兴味盎然的书，因为虽然慈圆讲的"道理"很深，但他叙述的历史故事非常生动。

---

① 森新之介「慈円『愚管抄』幼学書説—その想定読者に注目して—」、57 頁。

整体而言，今天所说的《愚管抄》的"史论"其实就是《愚管抄》的道理论，两者本质上是一致的。所以，讨论《愚管抄》的史论就必须讨论其道理论。正如前文所述，从大的方面来讲，可以将《愚管抄》的道理分为"梵的、汉的、和的"三个层面。具体来讲，梵的道理主要就是佛教的道理（法尔道理）；汉的道理可以分为两个层面，一是慈圆用来和日本的道理做对比的皇道、帝道、王道，二是慈圆用来解释百王如何复兴的干支的道理；《愚管抄》讲"和（日本）的"道理最多，包括神与神约定的道理、宝剑丢失的道理、摄关政治与摄家将军出现的道理等。而这三个层面的道理之间又以日本的百王为纽带互相关联。如果以梵的法尔道理以及中国的皇道、帝道、王道论日本的百王，那么日本的天皇就会不可避免地走向灭亡，所以为了避免这样一种皇统断绝局面的出现，慈圆以神约统治来解释日本历史的特殊性。慈圆认为，不同于中印两国的历史，日本的历史从一开始就由神约定好了，而且这些神并没有随着时间的流逝而消失，他们存在于与人的生存空间——"显"界相对的"冥"界，并且时时刻刻关注着显界的动向。但世道衰退的一个表现就是显界的人们越来越无法理解冥界众神的意志。① 所以《愚管抄》的使命就是尽其所能地将冥界众神的道理传递给日益愚昧的显界的众人。本文将通过对佛教的法尔道理，中国的皇道、帝道、王道，日本神约统治的道理等具体内容以及这些道理之间的有机联系进行梳理，对《愚管抄》的道理史论做更为深入的阐释。以下先看一下慈圆所论的诸种道理。

（一）法尔道理

之所以把法尔道理放在慈圆道理论的第一位，是因为法尔道理是慈圆认识世界的根本方式。

　　　　关于日本国的情况，需要我们起求道之心，进入佛道，理解佛法

---

① 　关于日本中世的冥显观，参见池见澄隆『冥顕論—日本人の精神史—』、法藏館、2012。

之深意后方可了解。但可惜的是，当今无人能如此这般理解日本国的情况。故而正道缺失，世道日衰。但这亦是法尔自然的力量，难以违抗。①

　　大方上下之人的命运与三世（过去、现在、未来）的时运，皆合于法尔自然之理。②

　　这两段话主要传达了慈圆三个层面的意思：一是了解日本的历史需要懂得佛法，也就是说慈圆是通过佛法或者说佛教的道理来理解日本历史的；二是所有人过去、现在、未来的命运都在法尔自然之理的影响之下；三是法尔自然的力量具体表现为日本整体的衰退。

　　一般认为，慈圆所说的法尔自然之理就是《解深密经》中记载的法尔道理。《解深密经》由玄奘法师翻译成汉文。玄奘法师将梵文"珊地涅暮折那"翻译成"解深密"，意在说明此经能够解释佛法的深奥隐秘义和佛果的甚深境界、功德秘密③。从宗派角度讲，《解深密经》则是唯识宗立宗的经典④。《解深密经》的《如来成所作事品第八》讨论了认识世界的"四种道理"，"法尔道理"是其中的一种：

　　道理者，当知四种：一者观待道理，二者作用道理，三者证成道理，四者法尔道理。观待道理者，谓若因若缘能生诸行及起随说，如是名为观待道理。作用道理者，谓若因若缘能得诸法，或能成办，或复生已作诸业用，如是名为作用道理。证成道理者，谓若因若缘能令所立、所说、所标义得成立，令正觉悟，如是名为证成道理。……法尔道理者，谓如来出世、若不出世，法性安住、法住、法界，是名法尔道理。⑤

---

① 慈円『日本古典文学大系86　愚管抄　卷三』、147页。
② 慈円『日本古典文学大系86　愚管抄　卷五』、266页。
③ 《解深密经》，赵锭华译注，中华书局，2010，前言，第1页。
④ 《解深密经》，前言，第7页。
⑤ 《解深密经》，第223、225~226页。

"观待道理"讲的是事物之间相互依存的道理。也就是说，事物不是单独产生的，其产生必定依赖于另一事物。"作用道理"讲的是事物作用于对象领域，而对象领域作为被作用的对象而存在。具体来说就是眼睛可以看到颜色、形状，耳朵可以听到声音，心可以理解各种思想；与之相应，颜色和形状因为要被眼睛看到而存在，声音因为要被耳朵听到而存在，各种思想因为要被心理解而存在。"证成道理"讲的是事物的存在可以根据论据得到证明。"法尔道理"讲的是事物的本质，是本来，是自然，是"法性"。①

换句话说，法尔自然之理也可以理解为历史演变的自然过程。慈圆认为，日本的历史经历了七个发展阶段：

一、最初冥（神佛的世界）显（凡人的世界）和合，道理即为道理，这一时期约起自神武，终于第十三代天皇成务。

二、这一时期冥界的道理发生了变化，但显界的人们无法理解。所以前后首尾不一，好的不再是好的，坏的也不仅仅是坏的。这一时期约起自仲哀，终于钦明。

三、显界的人们认为合乎道理的，实际却不符合冥众（神佛）的道理。这也是为什么开始认为合乎道理，后来一定会后悔的原因。当时认为合乎道理，之后想来才发觉并不符合道理。这一时期约始于敏达，终于后一条院在位时的御堂关白（藤原道长）当政期。

四、人们觉得自己的做法是符合道理的，但有智之人会出现并指出其不合理之处。人们加以反思后便发现道理果真如智者所言。末世之人正当如此。这一时期约始于宇治殿（藤原赖通），终于鸟羽院。

五、从一开始就存在两种意见，然而真正的道理只有一个，故而道理所在的一方会赢得争论。这并非因为一开始就知道道理在哪一方，而是因为有威望与德行之人作为主人时这样做符合道理。这一时

① 四种道理的相关解释参考了赵锭华译注的《解深密经》，另外可参见吉水千鹤子「Samdhinirmocanasutra Xにおける4種のyuktiについて」、『成田山仏教研究所紀要』第19卷、1996、123-168頁。

期约终于武士方的赖朝当政期。

六、人们渐渐无法区分道理，不是终日讨论便是暂且搁置，终于还是随便跟随了其中一方的意见，这便给了险恶之人可乘之机，误将无道认成道理，僻事（恶事）也成了道理。这便是世道日衰时的道理。这一时期约始于后白河，终于后鸟羽院在位期间。

七、时至今日，从一开始就没人知道道理是什么，都只是随波逐流罢了。也不考虑将来会如何，就像得了寄生虫的病人，在当初还没发病时，感觉口渴便喝了水，结果却导致发病而亡一样。这便是如今的道理。也就是说，如今已无道理可言了吧。[①]

正如前文所述，慈圆认为世界是由显界与冥界组成的，由于显界的人逐渐无法理解冥界众神的意志，所以世道日益衰微，恶事频繁发生。这就是法尔自然之理，是不以人的意志为转移的历史自身的发展脉络。如果只看慈圆的历史七分期，我们就很容易得出和石田一良一样的结论，那就是慈圆深受佛教末法观的影响，并且认为日本天皇的统治终将无以为继。但正如下文所论，事实并非如此。

（二）皇道、帝道、王道

《愚管抄》中，慈圆还曾尝试用中国的道理如皇道、帝道、王道类推日本历史的变化，最后发现这是一条走不通的道路：

中国帝王有三道：皇道、帝道与王道。本欲以此三道类推日本帝王的政治，然而纵观日本国（如今的）历史，已然无法与《日本书纪》以来的惯例相比拟，故而此种类推并不合适。两者（中日两国）之间的差别，读完此戏言之书，想必能有所感触。中国曾有一执政之臣名曰卫鞅，其人其事恰好可以告知我们如何分辨人的器量（能力与德行）。秦国的孝公曾下令遍求贤臣，景监便寻得卫鞅来求见孝

---

① 慈円『日本古典文学大系86 愚管抄 卷七』、325–326 页。

公。卫鞅向孝公面陈治国之道，然而未合孝公心意。其后卫鞅再次求见孝公，孝公顾自睡去，未听卫鞅之言。景监恳请孝公再见一次卫鞅，卫鞅再次陈述治国之道，孝公听得入神，竟膝行向前，其后便重用了卫鞅。卫鞅大治天下。卫鞅初见孝公时言帝道，再见孝公时言王道，皆不合孝公心意。第三次见孝公时，卫鞅深知帝道、王道非孝公所求，故而言霸业，为孝公所用。秦始皇亦是行霸业之君。孝公之后，魏齐王之时，有臣曰范叔，以卫鞅为贤臣。然蔡泽曰："卫鞅虽为贤臣，最后却被处以车裂之刑，故而为王臣者，当一生无为才好。"范叔信服了蔡泽之言，将政事交托给蔡泽以后就隐退了。蔡泽则作为王臣度过了平稳的一生。蔡泽与范叔皆贤臣也。然范叔能顺应道理将政事拱手相让更是难能可贵。①

从这段史料中可以看出，慈圆也曾考虑过用中国的皇道、帝道、王道来解释日本历史，但因日本国（当时的）历史已无法与《日本书纪》以来的惯例相比拟，故而此种类推并不合适。那么慈圆所说的皇道、帝道、王道具体究竟指什么？大隅和雄认为，皇道是三皇五帝的政治，帝道是帝者的政道，王道则是夏商周三代之治。② 而中岛悦次与石田一良均认为，皇道是三皇之治，帝道是五帝之治，王道则是夏商周三王之治。③ 赤松俊秀将皇道、帝道、王道分别对应三皇五帝之治、帝者之治（《管子》"无为者帝"）、夏商周三王之治（《管子》"为而无所为者王"）。④ 综上可知，日本学者基本上认为王道是夏商周三代之治，对皇道和帝道的解释则有一定的分歧。在这里，我们需要特别注意的是森新之介对皇道、帝道、王道的解读。森认为，汉家的三道其实是君主由皇向帝再向王转变的易姓革命的过程，而日本自《日本书纪》以来就没有这样的易姓革命，不能

---

① 慈円『日本古典文学大系86　愚管抄　卷七』、322-323 頁。
② 大隅和雄『愚管抄全現代語訳』、講談社、2013、377 頁。
③ 中島悦次『愚管抄全註解』、有精堂、1969、585 頁；石田一良校訂・訳注「愚管抄　卷七」、丸山真男編『日本の思想6　歴史思想集』、筑摩書房、1972、96 頁。
④ 慈円『日本古典文学大系86　愚管抄　卷七』、322 頁。

用中国的历史来类推解释日本的历史。① 对于森的观点，本文有两个意见。其一，本文并不同意森对这段史料的整体解释。因为虽然慈圆并没有明言"《日本书纪》以来的惯例"是为何物，但结合上下文来看，个人认为将其理解为"日本向中国习得的一整套律令制度"更为合适。如果按照森的理解，原文在语法上就很难成立。这段话整体上的意思应该是，中国历史上理想的治国方式是皇道、帝道、王道，《日本书纪》以来，日本学习了中国的这种治国之道，但随着日本历史发生的变化（从律令转向武士支配），用中国的这种理想的治国之道已经解释不了日本的历史了，所以用皇道、帝道、王道来解释日本的历史并不合适。其二，本文认为森所指出的三道背后隐藏的易姓革命逻辑很值得推敲。中国的君王，换了代就有不同的道理。这和日本一直由同一个天皇家治国的道理显然是不一样的。慈圆在《愚管抄》中反复强调，日本的道理从神代确立以来就没有变过，所以慈圆在这段话中所说的"两者之间的差别，读完此戏言之书，想必能有所感触"指的应该就是中日两国政治制度之间的差异。慈圆在《愚管抄》中其实也已经明确指出这一点：

> 所谓"世"与"人"，本就不该一分为二，"世"即"人"也。"人"基于"公理"处理国政、决定善恶即为"世"。不与"世"间国政相关，只维护一家之稳即为"人"。上至国王，下至贱民，皆为"人"。且国王为其中有德之人。但日本国的习惯是，若无皇室血脉，就不可能成为国王。这是自神代以来所定的规矩。但若同样是皇室血脉，则还是希望立其中有德之人为国王。②
> 中国王朝最重视的是要成为国王的那个人的器量（能力与品德），器量足够大的人就可以成为国王。然而日本国从最初开始国王的血统就是确定的，一直未曾改变。臣下的血统也是确定的，不论发

①　森新之介「慈円『愚管抄』巻七今訳浅註稿」、『早稲田大学高等研究所紀要』第 10 巻、2015 年 3 月、158 頁。
②　慈円『日本古典文学大系 86　愚管抄　巻七』、328–329 頁。

生什么都未曾改变。①

　　换句话说，中国是允许易姓革命发生的，而日本一直都是万世一系。这里需要注意的是，在慈圆这个阶段，他对日本神约统治特殊性的讨论还停留在一个非常学理的层面，不具备鼓吹本国"优越性"的特征，鼓吹日本"优越性"在元日战争后的《神皇正统记》等书中才越来越明显。通过以上分析可知，对于中日两国的历史，慈圆首先清晰地意识到两者之间政治制度的差异：首先，中国有易姓革命，日本是皇统不变；其次，慈圆还意识到日本历史自身的发展进程，也就是说慈圆敏锐地察觉到日本已经从律令的文治社会转向武士支配的中世社会，所以再用中国律令统治时理想中的上古之治——皇道、帝道、王道解释日本历史已经行不通了。那么该用什么道理解释和理解时至今日的日本历史呢？慈圆最终从日本的神代找到了答案。

（三）"祖神约定"的道理

　　如前所述，慈圆认为，与频繁发生易姓革命的中国不同，日本天皇的血统从神代以来就没有变过，所以相较能力与品德，日本更看重的是天皇的血统。这一点也同样反映在摄关家的血统上。这是日本历史自身的逻辑，也是日本相较印度、中国而言颇为特殊的地方。而这也正是慈圆在《愚管抄》中非常重视"祖神约定"的原因。在慈圆看来，日本的历史几乎都可以用"祖神约定"或者说"祖神思定"来进行解释。虽然慈圆在卷三开篇说"神代之事未可知"，但这并不意味着慈圆否定神代的存在。相反，慈圆认为日本相较中国、印度的独特之处源于神代，日本神话则为其提供了丰富的思想资源。

1. 摄关政治出现的道理

　　对于出身于摄关家的慈圆而言，首先需要解释的就是摄关政治缘何出现，又缘何维持至今。慈圆认为，摄关政治的出现是天照大神与天儿屋根

---

① 慈円『日本古典文学大系 86　愚管抄　卷七』、347 頁。

命约定的结果：

> 早在很久以前，天照大神就与天儿屋根命约定："（汝）侍于殿内，善为防护"，即使到了这末代，亦未曾更改。正是因为这一道理，才有了"藤氏三功"。所谓"藤氏三功"，是指大织冠诛杀入鹿，永手大臣、百川宰相拥立光仁天皇，昭宣公改立光孝天皇三事。①

天照大神命天儿屋根命在殿内防护一事出自《日本书纪・神代下》"天孙降临条"：

> 是时，天照大神手持宝镜，授天忍穗耳尊而祝之曰："吾儿视此宝镜，当犹视吾。可与同床共殿，以为斋镜。"复敕天儿屋根命、太玉命："惟尔二神，亦同侍殿内，善为防护。"②

天照大神是日本皇室的祖神。据《日本书纪》载，天照大神之孙琼琼杵尊从高天原降临到苇原中国后，又经彦火火出见尊与卢兹草葺不合尊两代，日本初代天皇神武天皇便降生了，即天照大神—天忍穗耳尊—琼琼杵尊—彦火火出见尊—卢兹草葺不合尊—神武天皇。日本天皇之所以具有神圣性，是因为从日本最早的史书《日本书纪》的时代开始，日本的初代天皇神武天皇就是天皇的子孙了。天照大神则作为皇祖神守护着天皇与日本。

天忍穗耳尊为天照大神之子、神武天皇高祖。天照大神授予天忍穗耳尊神镜，并令天儿屋根命与太玉命一同在天忍穗耳尊殿内防护。天儿屋根命是藤原氏之祖神，太玉命则是忌部氏远祖。可以看到，《日本书纪》提到了太玉命，《愚管抄》则没有提及。究其原因，想必是太玉命乃忌部氏远祖，而忌部氏又和藤原氏的前身中臣氏共同掌管祭祀，虽然

---

① 慈円『日本古典文学大系 86　愚管抄　卷七』、329 頁。
② 『日本古典文学大系 67　日本書紀』、坂本太郎［ほか］校注、岩波書店、1967、153 頁。

奈良朝以来藤原氏已经在实力上压制了忌部氏，但两个氏族的竞争关系仍然存在。对于出身于摄关家的慈圆而言，辅佐天皇的只藤原一家便够了，其他氏族的信息，即使《日本书纪》有载，也已经没有提及的必要。

2. 宝剑入海，武士兴起的道理

接着，慈圆需要着重解决的就是日本皇室三种神器之一的宝剑在坛浦之战中丢失、武士力量成长到可以影响中央政局的程度的问题。

寿永四年三月二十四日（1185 年 4 月 25 日），治承、寿永内乱（源平合战）的最后一场战役坛浦之战在长门国赤间关爆发。坛浦之战后，荣极一时的平氏彻底覆灭。在坛浦之战中，二位尼（平清盛的妻子时子）抱着年仅八岁的安德天皇跳海，两人身陨的同时，连带着三神器之一的宝剑也沉入海底，不复得见。八咫镜、草薙剑、八尺琼勾玉三种神器被看作日本天皇权力的象征，历代天皇即位时都要举行三种神器的交接仪式。但在坛浦之战中，三神器之一的草薙剑丢失了，这对当时的宫廷社会而言是一个巨大的打击。因为宝剑是王权的象征，那么宝剑的丢失在某种程度上就意味着王权的衰落。正如前文所提到的那样，镰仓幕府成立后，幕府与朝廷虽然维持着表面上的和平，但内里的关系颇为紧张。加上坛浦之战中宝剑的丢失对天皇权威造成的负面影响，朝廷方面其实迫切需要一个解释，解释武士为何兴起，解释神剑为何丢失。慈圆对此做出了自己的尝试：

> 主上入海一事，实有缘由。当时，严岛神社的明神有感于平相国（平清盛）的祈祷，便化身成主上（安德天皇）来到人世。此明神本是娑伽罗龙王之女，终究是要回归大海的。知晓此事之人皆如是说，我也认为事实即如此。
>
> 宝剑入海一事，于王法（王政）而言，着实令人痛惜。只是这中间也有我们需要明白的道理。宝剑入海，说明武士已经代替宝剑成为天皇的守护者。"剑"又称"太刀"，是兵器之本，是天皇的武之守护。国主依文武二道治国，所谓"文道"，即继体守文，遵从文

治，东宫有学士、天皇有侍读与儒家（笔者按：以讲述儒家经典为职之家）；所谓"武道"，则由附有皇室祖神的神剑守护。然而当今之世，武士手握大权，若国主之心与武士大将军相悖，甚至难保其位。天照大神与八幡大菩萨亦认同此理，故而宝剑已无用于世间。高仓天皇是平氏拥立的天皇。在此天皇之代，宝剑入海，道理已很是明了。①

　　从上面这段论述中可以看出，在慈圆看来，"宝剑入海"一事是符合道理的。因为宝剑的作用是以武力守护天皇，而在武士的力量已经强大到可以影响天皇拥立之时，宝剑就没有继续存在的必要了，而武士力量的成长则是由天照大神与八幡大菩萨两位皇室祖神共同默许的。慈圆的这一"武士代替宝剑论"很大胆，日本学者名波弘彰对此专门做过研究。他认为，慈圆的这一设想其实是将武家内包于王权，王权始终是最高存在，武士则是王权最忠实的守护者。② 虽然这一设想在承久之乱后破灭，但在幕府接受了三寅前往镰仓的当时，这一切看起来还是有可能的。

　　3. 摄家将军出现的道理

　　有了摄关政治与武士兴起的道理的铺垫，慈圆提出了摄家将军三寅之所以出现的道理。

　　　摄家将军的出现是八幡大菩萨的计划，亦即安排文武兼行且有威势的摄关家之人守护君主、守护百姓、守护世间。……为了君主（后鸟羽上皇），所以摄关之臣与武士大将军是同一个人。……摄关家出身的武士大将军不会有谋反之心，而且还有威势，能很好地守护

---

① 慈円『日本古典文学大系 86　愚管抄　卷五』、265–266 頁。
② 名波弘彰「宝剣喪失、密教と神話の間の王権論　上—『愚管抄』と延慶本平家物語の関係をめぐって—」、『文藝言語研究　文藝篇』第 46 巻、2004；名波弘彰「宝剣喪失、密教と神話の間の王権論　中—『愚管抄』と延慶本平家物語の関係をめぐって—」、『文藝言語研究　文藝篇』第 47 巻、2005；名波弘彰「宝剣喪失、密教と神話の間の王権論　下—『愚管抄』と延慶本平家物語の関係をめぐって—」、『文藝言語研究　文藝篇』第 50 巻、2006。

君主。……为了防止阳成天皇之事①再度重演，君主万万不能违背天照大神与八幡大菩萨之心。……这位藤原家的摄关之臣，不仅不可能有谋反之心，而且还能辅佐君主，防止君主不行王道。这符合天照大神与八幡大菩萨之心，丝毫不违背道理，并且很早的时候就已确定了。……事物的道理，我国的走向，便是这样确定下来的。②

远的是伊势大神宫③和鹿岛大明神，近的是八幡大菩萨和春日大明神。不管是过去还是现在，神佛的议定都支撑着这个世界。现在，文武兼行之人就是天皇的后盾，在诸多转变后，到了这末世，神佛的决定已很是明了。④

慈圆在这段话中先后提到了天照大神、八幡大菩萨、鹿岛大明神与春日大明神。天照大神前文已经介绍，这里不再赘述。八幡神最初是守护日本西方国境的神灵，带有军神的性质。天应元年（781），八幡神首次被称为"大自在王大菩萨"，其后，"八幡大菩萨"的称号便开始散见于各类史料。9世纪初，八幡神又被认为是应神天皇之灵，自此带有皇祖神的性质。贞观二年（860），随着石清水八幡大菩萨宫的建立，八幡神从西国来到王城，逐渐成为守护王城乃至日本全境的神灵。源赖朝开创镰仓幕府、建鹤冈八幡宫后，八幡神则作为武家的守护神备受武士信奉。鹿岛大明神与春日大明神都是藤原氏的守护神。鹿岛神宫主祀武瓮槌命（《古事记》称建御雷神），据《日本书纪》载，武瓮槌命曾在神武东征时授予神武天皇神剑（布都御魂）。有关鹿岛神宫的记载最早见于《常陆国风土记》（721年成书），其主祭神为武瓮槌命的记载最早出现在《古语拾遗》（807年成书）中。春日大社是藤原氏的氏社，创建于称德天皇神护景云二年（768），合祀武瓮槌命、经津主神、天儿屋根命与比卖神四柱神。

① 摄政藤原基经令阳成天皇退位一事。
② 慈円『日本古典文学大系86 愚管抄 卷七』、344-345页。
③ 伊势大神宫祭祀天照大神。
④ 慈円『日本古典文学大系86 愚管抄 卷七』、347页。

其中，天儿屋根命是藤原氏（中臣氏）之祖神。也有说法称武甕槌命为天儿屋根命之父。

三寅成为摄家将军缓解了朝廷与幕府的矛盾，又因为三寅出身于摄关家，所以也为摄关家的复兴提供了可能。在慈圆看来，让三寅顺利成长并且统领关东的武士以保天皇周全是再好不过的选择。所以对慈圆来说，三寅担任武士大将军是神佛为了世间安稳做出的安排，是祖神护佑，是道理本身。

综上可知，对于慈圆而言，从摄关政治到宝剑丢失再到摄家将军出现，这一切看上去不符合天皇统治原理的政治事件最终都是为了拱卫天皇的统治。摄关从文治上辅佐天皇，武士用武力拱卫王室，最终摄家将军将一统文武，以最大的忠诚辅佐天皇，实现"君臣的鱼水合体之治"。这是百王走到末段实现"君臣合体，国泰民安"的社会需要。

> 法门十如是①之中有如是本末究竟，故而今昔必定互相呼应，今昔看似有所变化，其本质却并无不同。大织冠诛杀入鹿后，国之政治合于遮恶持善之理。如今亦是如此（三寅任将军统领武士）。由此则君臣合体、国泰民安。②

在这段史料中，慈圆以佛教的十如是来理解过去和如今的摄关政治，在如是本末究竟的道理下，过去和现在并没有本质上的不同，所以过去的藤原镰足可以诛杀苏我入鹿树立藤原氏的权威，现在的藤原赖经也可以在不久的将来统领文臣武官，再次带来藤原氏的繁荣。而实现藤原氏繁荣的方式只有一个，那就是如天照大神和春日大明神所约定的一般，藤原氏辅佐天皇家，实现君臣合体。所以在慈圆那里，藤原家的繁荣离不开天皇家的权威，天皇家和藤原家始终有机互补，不可分割。这也正是中世日本社

---

① 法门十如是即《法华经方便品》所说的因果律。具体指相（外在的形象）、性（内在的本质）、体（主体）、力（能力）、作（作用）、因（直接原因）、缘（间接原因）、果（直接结果）、报（间接结果）、本末究竟（从相至报的9种存在方式本质上是一样的）等10种存在方式。

② 慈円『日本古典文学大系86　愚管抄　卷七』、345頁。

会非常重要的一个特征，即天皇权威由多个政治主体共同承担补完。① 问题是到这里慈圆的思想接触到一个危机点——百王断绝的预言。如何克服这一预言，提供百王延续的可能，就成了《愚管抄》道理史论的核心。

四 道理史论的核心: 百王延续

对慈圆而言，日本的历史也是天皇的历史，日本历史的衰退也就意味着天皇权威的衰弱。平安末期，受末法思想影响的"百王断绝"预言开始在日本流行。在这一预言的影响下，慈圆多次在《愚管抄》中表达了对日本"百王断绝"的担忧:

> 如今百王只余十六代……②
> 历数百王，现今只余十六代。③
> 在百王只余十六代的当下……④

由此，中日两国的部分学者认为《愚管抄》的作者慈圆所持的是"百王断绝"的观念⑤。但仔细阅读《愚管抄》就会发现，慈圆在论述百王的时候，提出了一种很独特的比喻:

> 所谓百代天皇一事，可以百贴纸为喻。若有纸一百贴，用至仅剩一两贴时补充九十贴，再用至仅剩一两贴时补充八十贴。抑或在极度衰退之势下，用至仅剩一贴纸时，此贴纸中仅有十张纸，此时补充九十四五贴纸，就如同于极度衰退之势下极好地复兴了。抑或用至还剩七八十贴时，纸未被用尽，便又用了六七十贴，还剩十几二十贴时，

---

① 上島享『日本中世社会の形成と王権』、名古屋大学出版会、2010。
② 慈円『日本古典文学大系 86 愚管抄 巻六』、317 頁。
③ 慈円『日本古典文学大系 86 愚管抄 巻七』、342 頁。
④ 慈円『日本古典文学大系 86 愚管抄 巻七』、347 頁。
⑤ 日本学者如石田一良在《愚管抄研究——成立与思想》、中国学者如刘琳琳《日本古代到中世的天皇世系话语》中均持此观点。

补充了四五十贴，此乃于未曾极度衰退之时极好地复兴之例。①

在这段史料中，慈圆将百代天皇比作一百贴纸，指出只要适当地"补充纸"，就能使天皇延续，皇室复兴。

支撑这一百贴纸比喻成立的道理，一个来自印度佛教，另一个则来自中国的干支文化。

> 世间有一蔀之说。六十年为一蔀，亦即干支一轮回，世间之事皆以六十年为界，衰退之后勃兴，故而现世尚存。②

> 中国、印度、日本，三国风习，皆循南州盛衰之理。衰退后兴盛、兴盛后又渐次衰退。譬如人寿减到十岁以后，便至劫末，其后上升，直至人寿八万岁为止。其中百王盛衰之理，亦与此同。与昼夜交替、月盈月亏之理亦同。只谨记此理，万事万物之证据便皆可解。③

干支与劫末劫初的基本原理都是循环，但两者又有不同。佛教的劫末劫初是一个极大的时间循环，万事万物都处于这个循环中，但由于劫末劫初循环的时间过于漫长，所以很难确定百王的时间具体处于这个循环的哪一阶段，至少慈圆并未在《愚管抄》中明确指出④。如果单纯按佛教的四劫观去理解日本的历史，那么日本历史就不可避免地会走向空劫，也就是毁灭。所以这个时候就需要干支的循环来弥补这一不足。中国文化中的干支循环有一个很大的特点就是，涉及阴阳转化之时，有一种"在亥曰大渊献"⑤的说法，萧吉注曰"渊，藏；献，迎也。言万物终亥，大小深藏窟伏，以迎阳也"⑥。也就是说，万物终于亥，亥虽然代表着极强的阴，

---

① 慈円『日本古典文学大系86　愚管抄　卷三』、148頁。
② 慈円『日本古典文学大系86　愚管抄　卷三』、147頁。
③ 慈円『日本古典文学大系86　愚管抄　卷三』、148頁。
④ 比如，石田一良认为《愚管抄》中的日本百王的历史处于劫初走向劫末的衰退期。
⑤ 《尔雅·释天第八》，中华书局，2014，第394页。
⑥ 刘国忠：《五行大义研究》，辽宁教育出版社，1999，第154页。

但同时也孕育着新的阳，或者说，在亥之时，万物之所以藏于洞窟之中，就是为了迎接新的阳到来。具体到日本百王的历史而言，就是在极度衰颓之势下，蕴藏着天皇复兴的可能。

慈圆对干支文化的深刻理解很好地体现在下面这段史料中：

> 此一条院之时，为一蓂与一蓂之间的一个衔接点，故而有许多大事发生。一条院于宽和二年即位，永延三年六月下旬时，东西方向出现彗星，故而于八月改元为"永祚"，然而又有永祚大风出现，一年后改年号为"正历"，正历年间，比叡山智证门人与慈觉门人相争，智证门徒将千光院扫荡一空。正历五年改年号为"长德"。长德年间，疫病流行，都鄙之间，死者众多。其中，长德元年有八人过世，实乃罕见之事。
>
> …………
>
> 长德之后改元为"长保"，长保之后是为"宽弘"，长保与宽弘年间，上东门院（彰子）入内。宽弘年间，"最胜讲"[1] 始。御堂（藤原道长）在无人介入的情况下开始治世，世间太平安定。……灾异之星彗星实为使世事变好而出，智慧之人当知晓其中道理，且深思之。[2]

日本古代社会一般认为彗星是灾异之像，慈圆在承认这一普遍认知的前提下提出了自己独特的见解。他认为，彗星虽为灾星，但其实是为了使世事变好而出现的。在这里，慈圆并没有否认彗星的出现会带来灾祸，他强调的是灾祸之后世事转好的可能性甚至是必然性。他认为，一条天皇在位期间，日本社会经历了一个极为重要的转折点，从灾异到太平，从天皇亲政走向摄关摄政，从一蓂之末走向另一个一蓂之始，从亥走向子，从阴走向阳。"灾异之星彗星实为使世事变好而出"这一独特的发言，正是建立在慈圆对中国干支文化的深刻理解之上的。

---

① 讲解、辩论《金光明最胜王经》的法会，祈祷天下太平。
② 慈円『日本古典文学大系 86 愚管抄 巻四』、183-185 頁。

再次回到百王的话题，可以发现，在劫末劫初的循环之外，慈圆特意强调一蔀（干支）循环有着非常重要的意义，这也正是日本学界一直以来所忽略的问题。日本学者往往将干支视为谶纬，并没有注意到干支循环在理解慈圆百王思想时起到的重要作用。① 相较毁灭后重建的佛教的四劫观，中国的干支循环强调的是阴阳之间的互相转化，新的阳就蕴藏在极盛的阴中间，也就是说，百王延续的可能性就蕴藏在百王只剩下十几代的极为衰退的日本历史中。这一极为暗黑的时代正孕育着天皇复兴的新的可能。慈圆利用中国干支循环的道理解释日本的百王延续、天皇复兴的可能性。从这个意义来说，中国的道理在慈圆写作《愚管抄》时发挥了非常重要的作用，但正如前文所述，这一点一直以来都被日本学者所忽略了。

五　对《愚管抄》史论的评价

通过上述分析可知，《愚管抄》作为日本史论的开山之作，其史论价值非常高。本文认为，《愚管抄》的史论价值主要体现在三个方面。

其一，慈圆在论述日本历史的过程中明确认识到古代中日两国之间政治制度的不同。与重视帝王能力、德行的中国古代社会不同，日本以血统为先，不论是天皇家还是摄关家，都是因为血统才得以统治日本，不是皇家血统出身的人则无缘登上天皇之位。这里需要注意的一点是，慈圆虽然指出了古代中日两国之间政治制度的差异，却并未利用这一点标举日本优越于中国。这与《神皇正统记》中"大日本国者神国也。天祖初开基，日神传皇统。只我国有此事。异朝无此类"的"神国"认知并不相同。与北畠亲房不同，慈圆那个时代还没有发生元日战争，而元日战争使一部分日本人的神国观念发生了质的改变。②

---

① 村冈典嗣「愚管抄考」、村冈典嗣『日本思想史研究』、岩波書店、1940；津田左右吉「愚管抄及び神皇正統記に於ける支那の史学思想」、史学会編『本邦史学史論叢　上』、富山房、1939。
② 大隅和雄认为《愚管抄》和《神皇正统记》的"神国"观念一脉相承，参见大隅和雄「『愚管抄』における『漢家』と『日本国』」、『史論図書』第 44 卷、1991。但本文认为，两者之间的断裂很明显。

其二，《愚管抄》一书的出现反映出在日本从文治的律令社会转向武士支配社会的过程中，日本历史学领域出现了尽可能去理解和解释日本社会这一巨大转变的学者。可以说，慈圆的《愚管抄》代表了那个时代日本史学思想发展的最高水平。慈圆应用非常丰富的知识，灵活而深刻地思考历史运行的规律，进而解释日本的历史之变。他既考虑了人与世界关系的天人之际，也考虑了历史不断发展的古今之变。从这个意义来说，在打通古今这一点上，慈圆和司马迁很相似。在《愚管抄》之后，日本又相继出现了《神皇正统记》与《读史余论》两部史书，这三部史书被后世学者誉为日本的三大史论著作。然而就思考的深度和广度而言，《神皇正统记》和《读史余论》恐怕都比不上《愚管抄》。

其三，《愚管抄》是慈圆灵活巧妙应用"梵、汉、和"三国的文化知识写就的。慈圆在写作《愚管抄》时，网罗搜集了印度、中国、日本三国的知识和道理，所以《愚管抄》的知识层次非常丰富。《愚管抄》看上去只写了日本的历史，但其实涉及很多佛教的教理和中国的历史文化知识，要真正地读懂《愚管抄》，现在所做的工作还远远不够。本文只是尽可能地还原了慈圆创作《愚管抄》时用到的"梵、汉、和"三国的文化知识，还有很多未被发掘的内容，比如佛教的教义如何用于日本历史的解释。这些内容都需要在以后进行具体的探讨。

（审校：邹浩丹）

论日本宪法生存权的社会主义法
特征及其困境*

米　多**

内容摘要：1947 年开始施行的《日本国宪法》是日本战败后在美国主导下制定的具有资本主义特色的现代立宪主义宪法。但第 25 条的生存权条款是在日本社会党及民间修宪者的积极推动下写入宪法的，具有明显的社会主义宪法特色。长期以来，日本主流宪法学界受德国法教义学的影响，将生存权视为客观的宪法权利，否定其请求权，进而以"自律权论"来论证国家消极作为的正当性。但也有法学者抨击西方改良主义生存权的缺陷，日本国民也坚持通过违宪审查诉讼来维护宪法赋予的生存权利。但生存权的保障以公共财源的存在为前提，日本宪法没有关于经济制度的规定，自由资本主义经济体制决定日本无法完全实现生存权保障的国家义务。

关 键 词：日本宪法　生存权　社会主义宪法　社会保障制度

"生存"与"自由"的内涵一样丰富，且具有形而上学的自明性。生存作为人的基本权利，其理念最早可追溯到中世纪哲学家阿奎纳（Thomas Aquinas）的宗教观。① 此后，格劳秀斯（H. Grotius）、费希特

---

* 本文为"中国政法大学青年教师学术创新团队支持计划"（编号：21CXTD02）的阶段性成果。

** 米多，哲学博士，中国政法大学法学院讲师，主要研究方向为日本宪法、日本公法与现代日本政治。

① 奥貴雄『生存権の法理』、東京新有堂、1985、24-25 頁。

（J. G. Fichte）、傅立叶（C. Fourier）等西方法学家分别从自然法及空想社会主义的角度，提出各种生存权理念。进入近代，随着自由资本主义的弊病不断凸显，生存权成为对抗传统自由权的象征，并开始受到关注。1918年通过的《苏俄宪法》作为人类历史上第一部社会主义宪法，公布"被剥削劳动人民权利宣言"，确立以消除"寄生阶层和组织经济"为目标的劳动义务和以劳动者为主体的受教育权。此后不久，德国《魏玛宪法》作为近代立宪主义宪法，在第二篇第二章"共同生活"中创造性地提出了一个社会权清单，[1] 并且规定"保障所有人过上值得人过的生活"（第151条第1款）。

第二次世界大战以后，生存权成为世界各国宪法普遍认可的基本人权。1946年11月3日公布的《日本国宪法》（以下简称"日本宪法"）第25条规定："全体国民拥有营造健康的、文化的最低限度生活的权利，国家必须努力提高和增进所有生活方面的社会福利、社会保障及公共卫生。"该条款作为总括性条款（通称"生存权基本权"），与日本宪法第26条（教育权）、第27条（劳动权）及第28条（劳动基本权）一起共同构成日本宪法社会权的核心。

日本宪法是日本战败后在美国主导下制定的具有资本主义特色的现代立宪主义宪法。[2] 但值得注意的是，相较德国基本法或其他西方国家宪法的"社会经济权"，日本宪法第25条不仅明确个人的生存权利及国家义务，而且强调此种权利不仅仅是维持动物性的"生存"（existence），更要营造"健康的、文化的"层面上的最低限度的"生活"（life/living）。[3] 可以说，从条文内容来看，日本宪法第25条更接近1936年苏联宪法第120条第1款及1948年《世界人权宣言》第25条第1款的

---

① 张翔：《"共同富裕"作为宪法社会主义原则的规范内涵》，《法律科学》2021年第6期，第24页。

② 佐藤幸治『立憲主義について：成立過程と現代』、左右社、2015、225頁。另外，关于日本宪法的分类可参见宋长军《日本国宪法研究》，时事出版社，1997，第2~3页；〔日〕芦部信喜《宪法》（第6版），林来梵、凌维慈、龙绚丽译，清华大学出版社，2018，第11页。

③ 遠藤美奈「憲法25条に置かれたことの意味：生存権に関する今日的考察」、『季刊社会保障研究』2006年第4号、337頁。

规定①。

　　日本宪法生存权自确立之日起就受到学界的广泛关注。日本学界关于生存权的研究大致经历了两个阶段：第一阶段集中于生存权性质的理论研究，主要围绕生存权的社会权属性所引起的权利证成和可诉性难题展开；第二阶段聚焦生存权的司法实践，主要以相关生存权违宪审查诉讼为研究对象，对生存权的司法救济进行实证性的探索。② 但这些研究成果普遍受限于社会权的权利属性，未能从正面解释日本宪法生存权条款为何具有社会主义法特征，进而未能对其进行应有的系统性分析。国内学界虽然翻译了数本关于日本宪法及生存权的日文著作，但这些译著主要倾向于资本主义宪法学及法教义学方法的研究，基本都回避或完全否定社会主义宪法生存权。③

　　本文将从"立法者意志"角度出发，对日本宪法生存权条款进行追本溯源，并对日本学界的生存权论争进行系统的分析与批判，进而结合日本的立法与司法实践，探讨日本履行生存权保障义务的困境及其原因。

---

① 1936 年苏联宪法第 120 条第 1 款规定："苏联公民在年老、患病或丧失劳动能力时，有享受物质保证的权利。"另外，1948 年《世界人权宣言》第 25 条第 1 款规定："人人有权享受为维持他本人和家属的健康和福利所需的生活水准，包括食物、衣着、住房、医疗和必要的社会服务。"

② 关于第一阶段日本宪法生存权性质的论述，可参阅高田敏「生存権保障の法的性格」、『公法研究』第 26 号、1964；小川政亮『権利としての社会保障』、勁草書房、1975；中村睦男『社会権の解釈』、有斐閣、1983；奥貴雄『生存権の法理と保障Ⅲ　生存権の法的性質論』、東京新有堂、1985；中村睦男・永井憲一『現代憲法体系 7　生存権・教育権』、法律文化社、1989；山下健次『人権規定の法的性格』、三省堂、2002。关于第二阶段日本宪法生存权司法实践的代表性研究著作包括大須賀明『生存権論』、日本評論社、1987；菊池馨実『社会保障の法理論』、有斐閣、2001；川上昌子編『公的扶助論』、光生館、2002；尾形健『福祉国家と憲法構造』、有斐閣、2011；葛西まゆこ『生存権の規範的意義』、成文堂、2011；尾形健編『福祉権保障の現代的展開—生存権論のフロンティアへー』、日本評論社、2018。

③ 参见〔日〕大須賀明《生存权论》，林浩译，法律出版社，2001，第 18 页；〔日〕芦部信喜《宪法》（第 6 版），第 213~217 页；等等。

一　日本宪法生存权条款的由来

1890 年开始施行的明治宪法（全称《大日本帝国宪法》）作为近代立宪主义宪法，没有关于生存权的具体规定。第二次世界大战日本战败以后，在以明治宪法为基础修改并制定新的《日本国宪法》时，首次将生存权写入宪法，引发日本学界的"生存权论争"。

（一）近代日本关于生存权的讨论

从"自然法"到"自然权利"再到"人的权利"的西方法律思想发展脉络中，当"自由"与"财产"成为权利理论的核心，"无产者维持生存的权利"就自然而然地成为一种例外。格劳秀斯的"极穷权"（right of extreme necessity）强调只有在极端紧迫的情况下原始的共有制才会复活；① 霍布斯（Thomas Hobbes）及洛克（John Locke）认为只有在例外情况下才可以优先考虑"紧急生存权"。② 以美国联邦宪法及法兰西宪法为代表的资本主义宪法确立自由权中心主义的人权观以后，要求社会资源适当再分配的生存权成为反抗自由资本主义与私人财产权的象征，直到具有空想社会主义思想倾向的法学家门格尔将社会主义总结为生存权、劳动权和充足的劳动所得权。而当社会主义从"空想"迈入"科学"以后，马克思和恩格斯在唯物主义基础上揭露了资本主义人权的局限性，阐明了人权的社会性内涵。③ 对于生活在社会底层的无产者而言，用来推翻封建制度的自由权带来的是"自由的饥饿"与"自由的疾病"。

德川幕府时期，日本社会底层民众拥有在发生灾害时向富人及统治者

---

① 〔荷〕胡果·格劳秀斯：《战争与和平法》，何勤华等译，上海人民出版社，2017，第 93 页。
② 陈宜中：《国家应维护社会权吗？——评当代反社会权论者的几项看法》，《人文及社会科学集刊》2003 年第 2 期，第 312 页。
③ 陈志尚：《马克思的人权观在中国》，《北京大学学报》（哲学社会科学版）2012 年第 6 期，第 7~8 页。

要求救济的"极穷权"。① 到了近代，1890 年开始施行的明治宪法脱胎于《德意志帝国宪法》（简称"德意志宪法"），没有关于生存权的规定。但随着垄断资本主义的发展，日本的社会主义、马克思主义及改良资本主义学者之间展开了激烈的"生存权论争"（1913~1921 年）。主导此次论争的日本学者福田德三高度认可门格尔"社会权三权"中的生存权理念，并将其视为社会政策的哲学基础。② 为此，福田与民法学者穗积陈重争论，批评后者一味地宣扬英国《养老金法案》（1908 年）并将社会权片面地解释为"老人权"。作为福田的支持者，劳动法学者桑田熊藏提出养老金制度的基础应该是"社会成员平等获得给付的权利"。③ 马克思主义经济学者河上肇则批判福田无视生存权背后的社会主义法学思想，认为其所倡导的"社会政策学"只是一种改良主义。福田没有从正面回应河上的批评，强调马克思主义只重视劳动者的权利，而不是社会全体的福祉。④

1918 年"大米骚动"事件以后，近代日本的"生存权论争"出现了重要转折，但并未突破资本主义宪法的传统人权观。福田德三将民众暴力反抗资本家囤积居奇的行为理解为近世的"极穷权"，并认为终止民众行使"极穷权"的唯一方法是政府主导制定"以生存权为基础的社会政策"。⑤ 对此，河上肇一针见血地指出，日本民众不应寄希望于政府的社会政策，而是应该"依靠合法权利，谋求社会地位的根本改善"。⑥ 1923 年的关东大地震使普通民众生活遭受重创，福田德三在救灾过程中逐渐认识到"富人的所有权"与"穷人的生存权"之间的对立，并开始批评"所有权的滥用"是社会矛盾的根源，但他的生存权

---

① 冨江直子「1918 年米騒動における二つの『生存権』―モラル・エコノミーとシティズンシップ―」、『福祉社会学研究』第 14 号、2017、97 頁。

② 福田徳三・赤松要編『生存権の社会政策』、黎明書房、1948、181-183 頁。

③ 田中秀臣「福田徳三の生存権論」、『上武大学ビジネス情報学部紀要』2007 年第 1 号、3-4 頁。

④ 山之内靖「大正デモクラシーとマルス主義」、長幸男・住谷一彦編『近代日本経済思想史 I』、有斐閣、1971、302 頁。

⑤ 福田徳三「極窮権論考」、『経済学商業学国民経済雑誌』1918 年第 4 号、22 頁。

⑥ 河上肇『社会問題管見』、弘文堂書房、1918、657 頁。

论最终未能上升到人权或宪法层面。① 正像经济学家左右田喜一郎所说的那样，福田并没有对生存权进行推本溯源的研究，只是"理所当然地将其视为社会政策的哲学基础……无视其形式规范背后的文化价值"。②

虽然近代日本的"生存权论争"止步于"公共救助"层面，但通过论争，门格尔的社会主义人权理论与马克思主义的人权观传入日本，使日本政府开始重视社会底层民众及弱势群体的生存权保障。1929 年，日本出台《救护法》（1929 年法律第 39 号），为"因贫困无法生活"的 65 周岁及以上的老年人或 13 周岁以下的孤儿、孕妇及因残疾等无法劳动的人提供救助。③ 此后直到二战结束，日本陆续出台了以建立公共卫生制度为宗旨的《保健所法》（1937 年法律第 42 号）、保障养育年幼子女（13 周岁以下）母亲生活的《母子保护法》（1937 年法律第 19 号）、针对劳动者晚年生活的《劳动者年金保险法》（1941 年法律第 60 号，1944 年修改为《厚生年金保险法》）等社会福利立法。这些法律虽然由于战争等原因未能得到很好的贯彻和实施，但为战后日本宪法生存权的确立奠定了扎实的社会基础和实践基础。

（二）日本宪法生存权条款的制定过程

第二次世界大战日本战败以后，在驻日盟军总司令部（GHQ）的督导下，日本政府以明治宪法为基础，修改并制定了全新的宪法。在修宪过程中，驻日盟军总司令部的美国顾问、日本执政党自由党、在野党及民间修宪者各派对于自由权相关条款没有争议，但是日本社会党与民间修宪派更加重视新宪法关于生存权的保障问题。

1946 年初，日本政府根据驻日盟军总司令部的指示组建"宪法问题

---

① 清野幾久子「福田徳三の生存権論の憲法的検討」、『明治大学法科大学院論集』第 21 号、2018、10、18 頁。
② 赤松要「『生存権の社会政策』論争」、『一橋論叢』1959 年第 6 号、22-23 頁。
③ 关于《救护法》，参见韩君玲《关于日本最低生活保障的宪法上的生存权之历史考察》，载何勤华主编《20 世纪西方宪政的发展及其变革》，法律出版社，2005，第 247~249 页。

调查委员会"，开始制定修宪草案。日本在野党也提出了各自的《宪法改正纲要》。其中，日本社会党的提案最为详细，共包括 8 章：在第一章（新宪法的三大标准）宣明"坚决实行社会主义经济"的基础上，第三章（国民权利义务）规定："国民拥有生存权，其晚年生活受到国家保护。"① 另外，由社会运动家高野岩三郎创立，由社会党众议院议员森户辰男等 7 名学者组成的"宪法研究会"提出的《宪法草案纲要》"国民权利与义务"一章中，明确提出："国民在健康的基础上拥有营造（达到）文化水准之生活的权利。"②

1946 年 4 月，在日本政府向议会提出的《宪法修改纲要（最终案）》中，只有一个条款涉及生存权，即"法律应该在所有生活方面，以增进和伸张社会福利及自由、正义和民主主义为目标而立案"（第 23 条）。社会党议员铃木义男、森户辰男要求在该条款中明确生存权的内容，并围绕这个问题与执政党议员展开激烈的争论。铃木最先提出，应该在宪法中加入社会党的《宪法改正纲要》中提到的生存权，因为"日本国民有权过上健康的、达到文化水准的生活"。③ 执政党议员（兼各省大臣）对此持消极态度。国务大臣金森德次郎认为以当时日本的经济状况，"无法承认生存权为国民的具体权利，只能宣明国家的立法义务"。④ 森户对此反驳道："立法义务也有可能被解释成消极义务，为了避免发生此种情况，必须明确生存权为国民的具体权利。"⑤ "宪法问题调查委员会"委员长芦田均指出，在宪法草案第 12 条（现行宪法第 13 条）中"所有国民作为个人而被尊重"这一句可以扩大解释为包括生活保障的内容。铃木强调，"生存权才是最重要的人权"，国家也可能以"公共福利"为名制定"恶法"，因此"必须确立无产阶级在经济上的宪法权利"，"最近

---

① 「社会党憲法改正要綱」、1946 年 2 月 24 日、「憲法改正参考書類（憲法問題調査委員会資料）」、資料番号：入江俊郎文書 11、国立国会図書館所蔵。
② 「憲法草案要綱（憲法研究會案）」、1945 年 12 月 26 日、「憲法改正参考書類（憲法問題調査委員会資料）」、資料番号：入江俊郎文書 11、国立国会図書館所蔵。
③ 第 90 回帝国議会衆議院本会議第 6 号、1946 年 6 月 26 日、14 頁。
④ 第 90 回帝国議会衆議院本会議第 7 号、1946 年 6 月 27 日、9 頁。
⑤ 第 90 回帝国議会衆議院憲法改正案委員小委員会第 1 号、1946 年 7 月 25 日、12 頁。

的苏联及法国宪法都有关于文化的、社会的经济权利，日本新宪法也应该加入关于生存权的内容，即国民有权营造健康的且达到文化水准的生活"。①

在整个修宪过程中，虽然日本执政党方面一直不赞成将生存权写入宪法，但在社会党议员的坚持和据理力争下，现行日本宪法第 25 条第 1 款最终得以确立。日本宪法学者中村睦男、高桥彦博等也在自己的著述中详述社会党议员在议会上要求将生存权写入日本宪法的过程。② 不过，关于日本宪法生存权条款的确立，还存在三个遗留问题。

其一，日本宪法的生存权理念来自何处的问题。日本学者认为，日本宪法生存权的确立得益于日本社会党特别是森户辰男的推动，而且由于森户曾经留学德国，因此日本宪法生存权条款的灵感来源于《魏玛宪法》第 151 条第 1 款。③ 但从森户自战前到战后的学术历程来看，在"生存权论争"高潮，森户因在日本宣传苏联革命家的学说而被判处有罪（"森户事件"）。森户出狱后远赴德国留学，广泛收集马克思主义文献，回国后致力于马克思主义经济学研究，并首次将门格尔的《十足的劳动收入权的历史探讨》翻译介绍到日本国内。④ 由此来看，日本宪法中关于生存权的条款本质上应该来源于马克思主义，具有社会主义宪法的特色。

其二，关于"生活权"还是"生存权"的问题。回顾日本宪法第 25 条的制定与审议过程，经常同时出现"生活权"与"生存权"，并被混用。森户辰男也曾在同一场合同时使用这两个词语。日本宪法公布后，日本政府在宣传新宪法的生存权时使用"生活权"。⑤ 此后，日本法学会对

---

① 第 90 回帝国議会衆議院帝国憲法改正案委員小委員会第 7 号、1946 年 8 月 1 日、15 頁。
② 具体可参见中村睦男·永井憲一『現代憲法体系 7　生存権·教育権』、32-34 頁；高橋彦博「憲法議会における『ワイマール·モデル』—生存権規定の挿入—」、『社会労働研究』1990 年第 1 号、13 頁。
③ 遠藤美奈「『健康で文化的な最低限度の生活』再考」、飯島昇藏·川岸令和編『憲法と政治思想の対話』、新評論、2002、108 頁。
④ 参见小池聖一「森戸義男、人と思想」、『広島大学記要』1999 年第 1 号、58 頁；アントン·メンガア『近世社会主義思想史』、森戸辰男訳、我等社、1921。
⑤ 村田隆史「生存権をめぐる対立と社会保障—憲法 25 条と生活保護法（旧法）の関連を中心に—」、『人間社会環境研究』第 28 号、2014、102 頁。

两个词语进行了区分，即"生活权"与"生存权"虽然没有明显不同，但一般而言，"生存"比日常"生活"具有更为紧急且紧迫的意义，日本宪法中的"生活"也是此种意义上的生存权。① 结合众议院宪法草案审议会的会议记录，如果区别生活权与生存权的使用，可以认为日本政府及日本学界的保守派倾向于使用"生存权"一词，日本社会党及民间修宪派则倾向于使用更为积极的"生活权"一词。

其三，"一增一减"，增加了"最低限度"，省去了"社会主义经济"的表述。在众议院宪法草案审议会上，日本执政党议员援引以落实最低生活保障为目标的《生活保护法》（1946年法律第17号），强调国家正在履行生存权保障义务，并反复使用"最低限度"一词。虽然森户辰男对此表示反对，但铃木义男最终同意加入"最低限度"的表述。② 另外，关于宪法上的经济制度，各方一致认可：不论是资本主义经济还是社会主义经济，最重要的都是解决"眼前的经济困境"。对此，社会党议员水谷长三郎代表社会党提出没收特权阶级的战时利益并实施"国有化"改革的主张。然而，国务大臣石桥湛三的答辩体现出日本政府的担忧，即"此种激进的经济制度改革"会使战败国日本的战后重建失去正当性。③ 最终，日本宪法没有写入关于经济制度的内容。这"一增一减"也为此后日本学界新的"生存权论争"埋下了伏笔。

（三）关于日本宪法生存权性质的论争

日本宪法施行后，日本学界随即出现了关于生存权法律性质的论争。其中，代表性学说首推民法学者我妻荣的"生存权基本权"论，即相较传统人权的"自由权基本权"，宪法第25条第1款属于"生存权基本权"。不过，相较自由权的"神圣不可侵犯"，我妻荣否定生存权属于主观的宪法权利，并强调现实中生存权实施所依赖的国家预算只能取决于行政机关的裁量。为此，我妻主张日本宪法的生存权保障应以具体化的法律

---

① 法学協会編『註解日本国憲法　上巻』、有斐閣、1953、487-489頁。
② 第90回帝国議会衆議院帝国憲法改正案委員会小委員会第7号、1946年8月1日、16-17頁。
③ 第90回帝国議会衆議院予算委員会第5号、1946年7月30日、3-4頁。

为前提，换言之，"健康的、文化的最低限度生活"要通过具体化的法律来明确。①

我妻荣深受德国法教义学传统的影响，其学说构成了此后日本学界关于宪法第 25 条解释的基本框架。在西方自由主义传统下，德国《魏玛宪法》宣扬的社会国原则只能停留在客观宪法原则阶段，这也是我妻荣的"生存权基本权"论的理论基础。根据此种理论，日本国内关于宪法生存权的法律性质先后共出现了三种学说。

一是"纲领性规定说"（プログラム規定説），即日本宪法第 25 条是一种纲领性的宪法规范，而不是具体的宪法权利，国家要履行的义务只是一种政治性、道义性的义务。"纲领性规定说"以我妻荣的论述为基础，在日本宪法实施后的十年里，成为宪法学理论界与司法实务界的主流观点。② 在 1948 年"粮管法违反事件"中，因在黑市购买大米而被控违反《粮食管理法》（简称《粮管法》）的被告以"政府配给无法维持基本生活"为由，控告政府颁布的《粮食管理法》违反了宪法第 25 条的宗旨。最高法院对此采用了"纲领性规定说"的解释，指出："宪法第 25 条规定的国家义务是指运营国政的义务，而不是针对某个国民的具体义务。"③该判决为此后日本法院审理相关诉讼提供了参考判例，但也遭到学界的强烈批评。批评者认为，生存权既然已被写入宪法，毫无疑问就是宪法权利；生存权条款内容虽不明确，但宪法自由权条款也未必都是具体且明确的。④

二是"抽象权利说"。为了克服"纲领性规定说"的弊端，"抽象权利说"主张承认宪法第 25 条赋予国民要求国家通过"立法"保障生存权的抽象宪法权利。⑤ 作为该学说的主要提倡者，宪法学者佐藤功认可生存权的内容是抽象的，但同时主张生存权是"以纠正自由资本主义的弊病而确立"的宪法权利，赋予国家通过立法提供保障的法律义务，因此国

---

① 我妻栄『新憲法と基本的人権』、国立書院、1948、31-32、122-126、200 頁。
② 中村睦男『社会権の解釈』、69-71 頁。
③ 最高裁判所大法廷、昭和 23 年 9 月 29 日、刑集第 2 巻 10 号 1235 頁。
④ 長谷川正安「生存権と朝日訴訟」、『旬刊賃金と社会保障』第 427 号、1967、62-63 頁。
⑤ 橋本公亘『憲法原論』(新版第 3 版)、有斐閣、1973、256 頁。

民具有以具体法律为前提的请求权。① "抽象权利说"以"朝日诉讼"一审判决为契机，得到了学界的认可。本案原告朝日茂以"厚生大臣根据《生活保护法》所设定的最低生活保障基准（每月 600 日元）无法满足健康的、文化的最低限度生活"为由，向法院提起违宪审查的诉讼。一审地方法院采纳其抗辩主张，确认在国家的特定时期，"健康的、文化的最低限度生活"之内容是能够客观决定的；厚生大臣设定的基准明显无法维持一定的生活水平，因此违反《生活保护法》第 3 条和第 8 条第 2 款，也违反宪法第 25 条。②

三是"具体权利说"。该学说同样认为日本宪法生存权属于抽象的宪法权利，但强调当国民生活明显低于"健康的、文化的最低限度生活"时，即使不存在具体的法律，也可以提起立法不作为的违宪确认诉讼。③该学说的代表是宪法学者大须贺明。根据他的说法，日本宪法第 25 条第 1 款虽然未明确可以直接约束行政权，但足以制约立法权与司法权。④纵观大须的论述，他虽然批评"抽象权利说"以具体的法律为前提认可生存权的逻辑，"作为宪法理论是本末倒置的"⑤，但其关于生存权性质的论述实际上并没有跳出"纲领性规定说"的逻辑框架。另外，宪法学者佐藤幸治从司法审判的技术性层面质疑大须的生存权论，因为在现实中，立法不作为的判定标准及诉讼主体资格是很难确定的，而且日本宪法确立的三权分立制度也决定了司法判决很难对行政机关和立法机关产生直接拘束力。⑥

近年来，除宪法诉讼程序上的争议外，日本学界对于生存权的法律性质已达成基本共识：生存权既是抽象权利，又是审判规范。日本法学界与实务界在战后初期支持的"纲领性规定说"承袭的是德国宪法学，特别

---

①　佐藤功『日本国憲法概説』（全訂第 4 版）、学陽書房、1991、279 頁。
②　東京地方裁判所、昭和 35 年 10 月 19 日、行集第 11 卷 10 号 2921 頁。另外，根据日本的统计数据，1960 年日本普通上班族的平均月薪已超过 1 万日元。
③　樋口陽一〔ほか〕『注解法律学全集 2　憲法 II』、青林書院、1997、144−146 頁。
④　大須賀明「社会権の法理—生存権を中心として—」、『公法研究』第 34 号、1972、95 頁。
⑤　〔日〕大须贺明：《生存权论》，第 22 页。
⑥　佐藤幸治『憲法』（第 3 版）、青林書院、1995、347 頁。

是耶利内克的理论。"朝日诉讼"以后，日本法学界与实务界开始接受"抽象权利说"，认可国民以具体法律或国家"明显滥用权力"为前提的请求权，这也被称为"积极的纲领性规定说"（或"法的权利说"）。①但无论是"抽象权利说"还是"积极的纲领性规定说"，其理论基础皆来源于"纲领性规定说"。相比之下，"具体权利说"仅停留在学界讨论层面，因为一向贯彻"司法消极主义"的日本最高法院几乎不可能积极采用会破坏权力分立制度的学说。

（四）作为社会主义宪法的生存权论

如前所述，日本宪法生存权条款具有社会主义宪法的基本特征。但我妻荣在讨论日本宪法生存权的法律性质时，并没有提及日本宪法生存权的社会主义属性。此后，宪法学者宫泽俊义将现代世界各国宪法分为"资本主义宪法"与"社会主义宪法"。不过，他完全否定了社会主义宪法的生存权，认为其仅限于劳动者，并以阶级斗争为前提。因此，宫泽将日本宪法视为资本主义性质的宪法，认为其生存权的灵感来源于《魏玛宪法》的社会国原则。②

对于宫泽宪法学的方法，其后继者在研究方向上出现了分裂，其中一支的继承人是芦部信喜，另一支的代表人物是小林直树。芦部主要从事法教义学研究，小林则专攻"宪法的法哲学与法社会学"。长期以来，中国学界关于日本宪法生存权的讨论几乎全部集中于芦部学派的论述，即芦部学派忽视了日本宪法生存权的社会主义性质，认可"生存权不是那种仅以宪法的规定作为根据就能请求法院实现其权利的具体权利"。③ 目前，中国学界翻译的唯一一本日本生存权著作是大须贺明的《生存权论》。在该书中，大须承认1936年苏联宪法对生存权进行了详细且具体的规定，但他与宫泽持相同立场，认为"生存权是资本主义性质的权利，资本主义体制是其产生的母体和原因"；社会主义宪法生存权只能依靠"国民经

---

① 野中俊彦〔ほか〕『憲法Ⅰ』（第4版）、有斐閣、2006、479-480頁。
② 宫沢俊義『憲法Ⅱ—基本的人権—』、有斐閣、1959、32-40、52-53頁。
③ 参见〔日〕芦部信喜《宪法》（第6版），第7、58、62页。

济的社会主义组织"来实现，无法依靠客观存在的法律来保障。① 显然，这种认识是不客观的，因为社会主义国家也是依法治理的，否则就没必要制定宪法了。

相比之下，中国学界对于小林宪法学则鲜有关注。作为法哲学者，小林直树几乎与宫泽俊义在同一时间提出了完全不同的生存权论。通过回溯生存权的发展历史，小林将现代世界各国宪法的生存权分成三类：一是以《魏玛宪法》为代表，旨在延续资本主义制度的"改良主义生存权"；二是社会成员均等分配生活资料，"所有人都按照其需求"生活时所能达到的"完美生存权"；三是处于现代"改良主义生存权"与"完美生存权"之间的"社会主义生存权"。② 与宫泽不同的是，小林认为资本主义制度本身的缺陷（资本主义经济与私有财产权的矛盾）决定了其不可能完全落实生存权的保障，而"苏联型"社会主义生存权比"西欧型"改良主义生存权更为先进。小林尖锐地指出，"目前（日本）学界所说的生存权都属于改良主义生存权，仅认可维持文化生活所需的最低限度的生存"；"自由权与生存权的相克决定了完美生存权在资本主义制度中是无法实现的，社会主义生存权将成就未来的完美生存权"。③

除小林直树外，也有日本学者从马克思主义法学的角度提出了相应的生存权论，并指出资本主义宪法生存权的矛盾之处。例如，马克思主义法学者藤田勇在提出"生存权最基本人权"论的同时，指出资本主义宪法确立的社会国原则只是为了应对来自社会主义的挑战；自由中心主义的传统人权体系不可能完全认可财产权之社会义务，因此必须从根本上实现"自由、所有、生存"的人权观念的转换，构建以生存权为基础的人权体系。④ 另外，宪法史学者长谷川正安批评日本学界将宪法生存权的历史渊源定位于《魏玛宪法》的做法是完全错误的，因为"即使对 20 世纪

---

① 〔日〕大须贺明：《生存权论》，第 18、71 页。
② 小林直树『憲法の構成原理』、東京大学出版会、1975、304-306 頁。
③ 小林直树「生存權理念の展望」、『法哲学四季報』第 9 号、1951、103-104 頁。
④ 藤田勇「経済学と法律学」、『社会科学の方法』第 24 号、1971、7 頁。

法律的社会化进行系统性说明，也无法理解《魏玛宪法》为何会制定这样的新型人权"。长谷川指出，《魏玛宪法》草案的制定者将 1918 年《苏俄宪法》视为竞争对手，因此确立了与"被剥削劳动人民权利宣言"相抗衡的社会权条款，但《魏玛宪法》生存权缺少将其实现的经济制度基础。[①]

20 世纪 50 年代至 80 年代，日本学界不乏关于社会主义宪法基本人权的研究。[②] 但近年来，日本学界已鲜有关于社会主义宪法或马克思主义宪法的研究成果。究其原因，可以总结为两点。一是日本社会党及民间修宪者极力主张在宪法第 25 条写入生存权的内容，但忽略了那些决定日本宪法性质的条款。例如，日本宪法第十章（最高法规）宣明"本宪法所保障的基本人权，是人类为争取自由经过多年努力的结果……被确立为现在及将来国民之不可侵犯之永久权利"（第 97 条）；神圣不可侵犯的是"自由"，这决定了日本宪法是"自由的基本法"，而不可能成为以生存权为最基本人权的日本国宪法。日本修宪者努力在宪法中写入生存权，但似乎忘记要改变日本宪法的资本主义宪法性质。另外，战后日本为了尽快实现经济复兴，积极追随美国，实行资本主义经济制度，这也就决定了日本宪法生存权只能逐渐失去社会主义宪法的讨论空间，并偏向德国的社会国原则。

二是日本政治光谱的变迁在一定程度上也影响了日本社会主义宪法研究的发展。1947 年日本宪法开始实施以后，日本社会党短暂成为执政党，但随着"五五体制"的确立，日本越来越趋向于走亲美、亲西方的资本主义道路。作为议院内阁制的政党，社会党为了维持议会中的政党席位，不得不一再妥协。[③] 1960 年，社会党内部坚持马克思主义路线的左派与倾向社会民主主义路线的右派发生对立，后者最终退党并与社会党中间派合

---

① 長谷川正安「近代憲法における社会的権利」、『思想』1957 年 2 月号、156 頁。

② 参见藤田勇「社会主義社会と基本的人権」、東大社研編『基本的人権』、東京大学出版会、1968；天野和夫『マルクス主義法学講座 1~7』、日本評論社、1976~1980；藤田勇『マルクス主義法理論の方法的基礎』、日本評論社、2010。

③ 谷聖美「日本社会党の盛衰をめぐる若干の考察—選挙戦術と政権・政策戦略—」、『選挙研究』第 17 号、2002、84~99 頁。

流共组"民社党"，社会党从此走向衰落。① 1986 年，日本社会党发表《新宣言》，宣布向西欧型的社会民主主义政党转型。1993 年日本民社党宣布解散，战后日本探索社会主义的时代宣告终结，日本的宪法学也完全转向资本主义宪法。然而，正如小林直树所言："如果社会主义宪法的生存权是一种完全的权利，那么资本主义宪法的生存权只能是一种不完全的保障"，因为"让以发展资本主义为目标的国家将其资源用于保障所有国民的生存只能是一种奢望"。②

二　日本宪法生存权的内容及其特色

日本宪法在制定之时，其生存权条款具有社会主义宪法的基本特征。但在战后很长时间内，日本学界毫无批判地继承了德国《魏玛宪法》的"纲领性规定说"，并且对此毫无质疑。③ 为此，许多日本学者转向关注日本宪法第 25 条的内容本身，希望以此突破传统"自由权与社会权二元化"的分析框架。

（一）宪法第 25 条的内容与结构之争

日本学界关于宪法第 25 条内容的探讨是以争论第 1 款与第 2 款的关系为契机而展开的。④ 因为从日本宪法全文来看，其基本人权条款的结构相对完整，第 1 款一般宣明权利的内容，第 2 款则明确禁止行为或相应的国家义务。例如，日本宪法第 21 条第 1 款明确"保障集会、结社、言论、出版及其他一切表现自由"的宗旨，第 2 款随即规定国家"不得进行检查，并不得侵犯通信的秘密"。依此范式，日本宪法第 25 条的两款也应该是一体的，即在宣明国民拥有"营造健康的、文化的最低限度

---

① 原彬久『戦後史のなかの日本社会党―その理想主義とは何であったのか―』、中公新書、2000、140-141 頁。
② 小林直樹「生存権理念の展望」、123 頁。
③ 〔日〕大須賀明：《生存权论》，第 21 页。
④ 遠藤美奈「憲法に25条がおかれたことの意味―生存権に関する今日的考察―」、『季刊社会保障研究』2006 年第 4 号、335 頁。

生活的权利"的基础上，明确国家必须履行的努力义务。然而，日本宪法出台以后，关于第 25 条两条款之间的关系就出现了两种完全不同的主张。

首先是"一体论"，即主张第 1 款与第 2 款是不可分割的。第 1 款明确生存权的目的，包括保障"作为人的最低限度生活"的权利，以及保障"舒适生活（健康的、文化层面）"的权利；第 2 款规定为了实现上述目的国家应承担的努力义务。[①] 其次是"分离论"，即以第 1 款为前提，从国家角度诠释第 2 款，明确保障"最低限度生活"的国家义务，同时认可立法机关对该款的广泛裁量权。这一立场在"堀木诉讼"的上诉审判决中被采用。该判决认为，宪法第 25 条第 2 款明确国家必须努力制定"防止贫困政策"（简称"防贫政策"）的义务，而"第 1 款则宣明对于那些尽管有第 2 款的防贫政策，但仍未得幸免者，国家有责任采取事后性、补足性且个别性的济贫措施"；至于采取何种政策、实施到何种程度，则属于立法机关的裁量权。[②] 此种解释将第 1 款的济贫政策限定于《生活保护法》的公共救助，而将其他政策均作为"防贫政策"委之于广泛的立法裁量这一点被认为是颇有问题的。[③] 日本最高法院法官、学者伊藤正巳批评该判决机械地分割了第 1 款与第 2 款，并将二者分别解释为"救贫政策"与"防贫政策"，与宪法生存权理念背道而驰。[④]

值得注意的是，日本学界虽然不认可上述判决，但有其自身的"分离论"。其中，代表性的论述是"双重结构论"，即第 1 款解释为要求国家严格依法保障的"极穷权"或"紧急生存权"，第 2 款则为保障"生活权"的国家努力义务。[⑤] 另外，还有"双重规范论"，即宪法第 25 条第 1 款为保障"最低限度的生活"，第 2 款为保障超过最低限度之生活水平的国家努力义务。可以说，无论是"双重结构论"还是"双重规范论"，本质上都是将宪法第 25 条第 1 款之"健康的、文化的"与"最低限度"进

---

① 樋口阳一［ほか］『注解法律学全集 2 宪法 II』、158—159 页。
② 大阪高判、昭 50 年 11 月 10 日、行集第 26 卷 10·11 号 1268 页。
③ 〔日〕芦部信喜：《宪法》（第 6 版），第 215 页。
④ 伊藤正巳『宪法』（第 3 版）、弘文堂、1995、379 页。
⑤ 籾井常喜『社会保障法』、综合劳働研究所、1972、86—95 页。

行分割，进而忽略前者并强调保障"最低限度的生活"。而所谓的"极穷权"或"紧急生存权"则很容易令人想到近代日本的"极穷权"，这只能说是一种历史的倒退。

对于宪法第 25 条第 1 款的内容，日本学界与实务界为什么无视"健康的、文化的"界定，而只强调所谓的"最低限度"？也许日本官方的解释能够回答这个问题。在日本官方编纂的词典中，学者引用近代西方国家的生存权原理对"最低限度的生活"进行了解释，即"维持动物性的生存"。该词条同时引用英国社会活动家韦伯夫妇（Sidney J. Webb, B. P. Webb）及《贝弗里奇报告》（Beveridge Report，1942）的表述，指出"最低生活保障原则"（subsistence principle）包括两个方面：一是通常理解的，所谓"保障国民最低生活"的积极层面；二是经常被忽略的消极层面，即国家保障最低生活以上是过分的，"换言之，超过最低限度的生活应该委任于个人的创造，国家的介入是有害无益的干涉"。① "朝日诉讼"一审判决中，法官明确"健康的、文化的生活水准"不是单纯的"生存的水准"，"不应该被国家的财政预算和政治努力所左右"。而在其后的上诉审判决中，东京高等法院推翻了原审判决，认定"600 元的保护标准"不适法。② 所谓"健康的、文化的"生活是日本宪法生存权的最大特色，但在现实中难免沦为被忽略解释的命运。

（二）作为新型人权的健康权与文化权

日本宪法生存权虽然旨在保障"健康的、文化的"生活，但由于日本宪法出台之初并没有明确区分"生存权"与"生活权"，加之日本学界的生存权论倾向于德国法教义学的研究与英国式社会保障学的解释，日本国内对于宪法生存权的理解逐渐倾向于单纯的经济上的"维持生存"。不过，随着国际法上"健康权"论与"文化权"论的兴起，在日本国内

---

① 参见庄司洋子主编『福祉社会事典』、弘文堂、1999、765 頁；山縣文治・柏女靈峰編『社会福祉用語辞典』（第 9 版）、ミネルヴァ書房、2013、290 頁。

② 東京地方裁判所、昭和 35 年 10 月 19 日、行集第 11 卷 10 号 2921 頁；東京高等裁判所、昭和 38 年 11 月 4 日、行集第 14 卷 11 号 1963 頁。

"健康权"与"文化权"作为新型人权开始受到关注，日本宪法生存权条款的特色也开始得到重新审视。

1. "健康权"论止步于学界讨论层面

第二次世界大战以后，《世界卫生组织法》（通称"WHO宪章"）首次明确"享受最高而能获致之健康标准，为人人基本权利之一"等原则。在此背景下，许多国家在宪法中宣明健康权（the right to health），但多是与其他权利共同存在的合并权利。一是环境健康权，如1948年颁布的韩国第六共和国宪法第35条规定"所有国民都有在健康舒适的环境中生活的权利，国家和国民都要为保护环境而努力"。二是公共卫生层面的健康权，如意大利共和国宪法第32条规定"共和国保障作为个人基本权利和社会利益的健康权，并保障贫穷者获得免费医疗"；俄罗斯联邦宪法第41条规定"每个人都有保持健康和获得医疗帮助的权利"等。

日本宪法第25条虽然包含有关"健康"（wholesome）的内容，但日本学界直到20世纪60年代才出现关于"健康权"的讨论。其契机在于经济快速成长所带来的环境污染与公害问题导致日本国内出现大量有关环境公益的诉讼，进而引发学界关于"环境健康权"的讨论。为此，行政法学者下山瑛二主张，应该扩大对宪法第25条的解释，认可"健康权"作为新型人权的可诉性。[①] 大须贺明也认为，公害诉讼虽然属于国民要求赔偿的民事诉讼范畴，但本质上也应该通过宪法的生存权来加以保障。[②] 但在司法实践中，日本法院一直倾向于采用"纲领性规定说"，最高法院的判例也从未正面承认过以"健康权"为名的权利。在1981年的"大阪空港诉讼"中，原告方提出机场飞机起降的噪声污染侵犯了周边居民的"人格权"，最高法院虽然否定了该主张，但也认可了原告方就过去遭受的损害所提出的损害赔偿请求。[③]

随着国际上关注"健康权"浪潮的兴起，近年来日本学界出现了关于公共卫生层面上的"健康权"论，并以此上升到对宪法生存权的重塑。

① 下山瑛二『健康権と国の法的責任』、岩波書店、1979、77頁。
② 〔日〕大须贺明：《生存权论》，第25页。
③ 最高裁判所大法廷、昭和56年12月16日、民集第35卷10号1369頁。

作为此种"健康权"论的代表学者，井上英夫通过对比日本宪法第 25 条第 1 款"健康的、文化的最低限度生活的权利"与《国际人权公约》的"经济社会和文化权利"，认为日本宪法生存权不应该称为"生存权"，而应该称为"生活权或健康权"。根据井上的说法，在日本宪法制定之初，社会党议员长谷川保极力主张加入"健康"一词，因为长谷川在战前长期从事肺结核病患者的救助活动，并重视高于"健康（health）的最低限度"的"健康（wholesome）权"。井上同时也指出，如果 WHO 宪章的"健康权"属于"最高水平"的保障，那么"最低限度生活的权利"就应该被理解为"保障健康的最高水平是国家最低限度的义务"。因为医疗保障原则上保障的是所有人能够享受"最高水平"的医疗，而不是最低水平的"救治"。[①] 战后日本的修宪者是否参考了 WHO 宪章的内容虽然无从考证，但井上的观点无疑为探讨日本宪法第 25 条的历史渊源及内涵提供了全新的思考路径。

2."文化权"与国家文化行政的争议

相较"健康权"，在日本宪法出台后不久，日本学界就出现了关于"文化权"的广泛讨论。其中，我妻荣最早提出"文化国家"的概念，他指出宪法第 25 条所谓"最低限度的生活""不仅仅是活下去，而是作为文化国家一员的生活程度"。[②] 小林直树以日本宪法第 25 条第 1 款为基础，提出要求国家积极作为的"文化基本权"论。[③] 文化史学者中村美帆通过回溯大正时期及战后日本国内的"文明国家"论争，指出在战后日本宪法制定的过程中，"文化"一词与"和平、民主、人权"等概念一样，具有广泛且进步的意义；森户辰男和铃木义男使用"文化"一词的目的在于区别动物性的生存，保障国民实现艺术、读书、修养等人格价值的文化生活。因此，日本宪法第 25 条第 1 款的"文化"与日本文化厅的"文化"具有相同的含义，是具有日本特色的表述。[④]

---

① 井上英夫「健康権の発展と課題」、『民医連医療』第 459 号、2010、8-9 頁。
② 我妻栄『新憲法と基本的人権』、31-32、122-126、200 頁。
③ 小林直樹『新版憲法講義 上』、東京大学出版会、1961、548 頁。
④ 参见中村美帆『文化的に生きる権利—文化政策研究からみた憲法第二十五条の可能性—』、春風社、2021。

在宪法层面上，目前日本学界普遍将"文化权"定义为"国民自由地进行文化活动，享有在丰富文化环境下生存的权利"。① 该定义包含两个层面：一是作为日本宪法第 13 条"幸福追求权"的一部分，旨在预防并排除国家干涉的文化自由权；二是作为社会权的"文化享有权"，要求国家采取积极的文化行政措施。在与社会权侧面的关联上，宪法第25 条第 1 款之"文化的最低限度的生活"被解释为"文化享有权"的根据。

对于社会权的"文化权"，日本司法实务界普遍持消极态度，最高法院的判例也尚未从正面承认以"文化权"为名的权利。② 原因主要在于"文化创作"作为个人自由与其所处环境相结合的产物具有高度自主性。例如，日本宪法第 19 条（思想及良心的自由）、第 23 条（学问的自由）也被普遍理解为包含"文化自由"的内涵。在"查泰莱事件""恶德之荣事件"等判决中，日本最高法院因判定政府查禁"低俗"文学作品的行为不违反宪法第 21 条（表现自由）而引发争议。③ 另外，如何界定具有高度抽象性的文化价值也是一个难题。在"伊场遗迹诉讼"中，原告（静冈县考古研究团体）以"宪法第 25 条保障国民在良好的历史文化环境中生活的权利"为由，要求当地政府取消拆除古迹建高架桥的行政决定。然而，最高法院却否定了该团体的原告资格，并认为"研究者的个人利益无法超越一般县民从文化财产活用过程中获得的广泛利益"。④ 从判决内容来看，法官在无法依法判定原告所主张的"应该保护的文物古迹"的情况下，采用了"纲领性规定说"，认可行政机关的裁量。

不过，对文化财产的保护只依靠国民的自发性行为是不可能实现的。日本宪法学界对此态度积极，佐藤幸治主张国家应该根据宪法第 25 条第

---

① 梅棹忠夫監修『文化経済学事始め』、学陽書房、1983、13 頁。
② 〔日〕芦部信喜：《宪法》（第 6 版），第 217～218 頁。
③ 最高裁判所大法廷、昭和 32 年 3 月 13 日、刑集第 11 巻 3 号 997 頁；最高裁判所大法廷、昭和 44 年 10 月 15 日、刑集第 23 巻 10 号 1239 頁。
④ 最三判、平成元年 6 月 20 年、民集第 157 号 163 頁。

2 款，采取措施充实"文化的最低限度的生活"。① 但日本政府反省战前的文化统制政策，对于国家的文化行政持消极态度，直到 2001 年日本国会通过《文化艺术振兴基本法》，认可国家应该采取积极的文化行政措施。文化政策学者根木昭对该法给予高度评价，认为国家的积极作为能够为国民行使文化权提供更好的社会环境。② 但也有学者持反对意见，认为"即便文化行政有利于个人文化活动，但前提是要贯彻民主原则，否则就无法避免国家介入的危险"。③

三　日本落实生存权保障的努力及其问题

虽然日本学界将生存权视为客观的宪法权利，但在战后数十年里，日本政府积极作为，以宪法第 25 条第 2 款为基础，构建了完善的社会保障制度体系。然而，社会保障制度需要稳定的财源和财务支持，当面临经济下行压力时，日本学界顺而提出"公共福利"原则与"人格自律"理论，为国家降低社会保障基准提供理论支撑。

（一）日本立法保障生存权的实践与困境

日本宪法第 25 条第 2 款规定："国家必须努力提高和增进所有生活方面的社会福利、社会保障及公共卫生。"以该条款为基础，日本出台了一系列法律，以落实宪法生存权保障的国家义务，这些立法主要涉及三个方面。一是以保障弱势群体生存为目标的《生活保护法》（1950 年法律第 144 号）、《儿童福利法》（1947 年法律第 164 号）、《老人福利法》（1963 年法律第 133 号）和《残疾人福利法》（1949 年法律第 283 号）等社会福利立法。二是以确立社会保障制度为目标的《国民健康保险法》（1958 年

---

① 佐藤幸治『憲法』（第 3 版）、237 頁。
② 根木昭『文化行政法の展開—文化政策の一般法原理—』、水曜社、2005、4-5 頁。
③ 参见小林真理「文化行政の理念としての『文化権』」、『文化経済学会論文集』1995 年第 1 号、112 頁；小林真理編『文化政策の現在 1　文化政策の思想』、東京大学出版会、2018。

法律第 92 号）、《国民年金法》（1959 年法律第 141 号）和《雇佣保险法》（1974 年法律第 116 号）等社会保障立法。三是《食品卫生法》（1947 年法律第 233 号）、《环境基本法》（1993 年法律第 91 号）和《感染症法》（1998 年法律第 114 号）等公共卫生立法。

在二战后很长时间里，以《生活保护法》为核心的日本生活保障制度保障的是最低限度的生存。为此，该法授权厚生大臣根据各都道府县的生活标准，确定"最低生活保障基准"的金额，国家或地方自治体补助"被保护者"每月收入的差额部分（《生活保护法》第 8 条）。在 1946 年《生活保护法》制定之初，没有认可"被保护者"的请求权。也就是说，国民只能依法享受反射利益。1947 年，日本对《生活保护法》进行全面修订，明确"被保护者"可以针对厚生大臣制定的"最低生活保障基准"提出行政不服审查。另外，如果"被保护者"患病，也可以接受相应的免费医疗及康复护理，以恢复日常生活。我妻荣对此予以高度评价，宪法学者松井茂记也认为，《生活保护法》为弱势群体提供的生活保障十分全面，不需要再对生存权的实体权利性进行争论。[①]

20 世纪六七十年代，日本的社会保障制度取得了突破性进展。在"朝日诉讼"持续的数年时间（1957~1964 年）里，日本数次修改《生活保护法》的"最低生活保障基准"，将其从每月 600 日元上调至 2700 日元。随着二战后经济增长带来税收收入增加，日本政府开始扩大生存权保障的范围，建立以老年人与儿童为主要对象的社会保障制度。1963 年出台的《老人福利法》规定，所有国民随着年龄增长都可以获得国家及地方公共团体相关部门提供的照护服务。以东京都和秋田县的老年人医疗费免费改革为契机，日本国会于 1972 年通过《老人福利法修正法案》，规定国家及地方公共团体负责支付 70 周岁及以上老年人（或满 65 周岁的长期卧床者）的医疗费。[②] 此后，日本进一步确立了以《保健所法》为核心

---

① 松井茂記「福祉国家の憲法学」、『ジュリ』第 1022 号、1993、72 頁。
② 『平成 19 年版 厚生労働白書—医療構造改革の目指すもの—』、厚生労働省、2007、6-10 頁。

的公共卫生制度，使日本偏远地区民众也可以享受与城市同等水平的公共卫生服务。

　　然而，大规模的社会保障开支给日本中央与地方财政带来了沉重的负担。20 世纪 80 年代，随着人口老龄化程度不断加深，日本出台《老人保健法》（1982 年），引入老年人医疗费用个人负担比例制（最低 10%），以降低老年人医疗费的支出。到了 20 世纪末，"泡沫经济"的崩溃使日本经济跌至谷底，日本国会通过修改相关法律，降低医疗保险给付比例及提高保险给付的最低年龄（从 65 周岁提高至 75 周岁）来减轻财政负担，但收效甚微。2013 年，日本政府（厚生劳动大臣）最终以物价指数降低为由，宣布将阶段性地降低最低生活保障金的给付金额（削减最大幅度为 10%），此举引发日本全国各地提起"生活保障基准下调违宪诉讼"（生活保護基準引き下げ違憲訴訟）。截至 2022 年底，相关诉讼已在日本全国 29 个地方法院被提起，虽然绝大多数地方法院认可厚生劳动大臣对于设定"最低生活保障基准"的广泛裁量权，但大阪、熊本、东京和横滨四地的地方法院判定厚生劳动省计算最低生活保障金的方法存在瑕疵，违反了《生活保护法》。①

　　战后日本生活保障制度的完善得益于经济快速发展所带来的财政收入增加，而不是制度优势。正如小林直树在其"生存权"论中所说的那样，日本宪法本质上属于资本主义宪法，这就决定了自由权在日本宪法中拥有"基本人权"的地位，国家无法干涉国民的经济自由。同时，资本主义经济决定了国家无法干预市场经济活动，无法基于正义原则（即"分配正义"）对市场经济中的利益分配和资源配置进行干预。因此，日本的生存权只能是资本主义国家式的改良主义生存权，而无法成为社会主义制度下的"完美生存权"。

　　从宪法层面来看，虽然日本宪法中有规定"平等权"（第 14 条）的条款，但分配正义往往不存在于平等关系中，而是体现在上下级的不平等关系中。例如，奉行社会市场经济的德国以"保护弱者"为名进行立法，

---

① 「『生活保護費』引き下げを取り消す判決」、『読売新聞』2022 年 10 月 19 日。

明确国家可以干涉经济领域。① 但如前所述，日本宪法中没有关于经济体制的规定，日本国内实际上采取的是美国式的自由资本主义市场经济体制。这就决定了日本政府只能通过剩余财源而不是"重税"来保障社会福利。那么，当国家经济面临下行压力而无剩余财源时，优厚的社会保障制度就成为阻碍日本经济长远发展的必然因素。

（二）公共福利原则与生存权限制的悖论

社会保障事业的发展能够使更多民众更好地分享经济社会发展的成果，提高人民的获得感。但当经济衰退时，如何维持庞大的社会保障支出就成为政府面临的首要难题。在社会主义宪法下，国家通过对国民经济进行宏观调控，管理和营运国有资产，可以实现社会公共事业建设的职能。日本宪法虽然没有关于国家采取何种经济制度的规定，但确立了公共福利原则。

日本宪法限制基本人权"公共福利"的有关条款散见于第 12 条（国民不得滥用此种自由与权利，应负起不断地增进公共福利的责任）、第 13 条（对于谋求生存、自由及幸福的国民权利，只要不违反公共福利……）、第 22 条（在不违反公共福利的范围内，任何人都有居住、迁移及选择职业的自由）以及第 29 条（财产权的内容应适合于公共福利）的相关规定。由于没有明确界定"公共福利"的范围，日本各界对于基本人权的限制持完全不同的立场。战后日本学界曾一度坚持所谓的"一元内在制约说"，即所有的基本人权均受到公共福利原则的限制。也就是说，日本宪法第 12 条和第 13 条中的"公共福利"是居于人权之外并可对其加以限制的一般性原理，而日本宪法第 22 条和第 29 条所规定的"公共福利"并没有特别的含义。"一元内在制约说"被质疑过度强调公共利益而忽视了基本人权。此后，日本学界提出"内在外在二元制约说"，即可以根据公共福利原则加以限制的人权仅限于宪法明文规定的经济自由权（宪法第 22、

① 参见〔德〕托马斯·M.J. 默勒斯：《法学方法论》，杜志浩译，北京大学出版社，2022，第 55 页。

29 条），以及由国家通过积极性措施而实现的社会权。但芦部信喜认为此学说仍然存在问题，因为自由权与社会权的区分越来越相对化，如果再用公共福利原则将二者划分为"内在"与"外在"的对立关系是不妥当的。①

基于对上述学说的反思，近年日本学界及实务界倾向于"双重基准论"（double standard）。该理论认为在对规制人权的法律进行违宪审查时，精神自由对于民主政治来说是不可或缺的权利，应予以更严格的审查基准；相比之下，规制经济自由之立法可以适用"合理性"基准，予以相对宽松的审查。不过，在现实中，日本法院基于对明治宪法限制人权的反省，对限制经济自由权持消极态度。在"药房距离限制违宪判决"中，最高法院便支持上告人的主张，认为虽然可以根据公共福利原则对与社会关联性大的职业自由进行限制，但限制的目的也有"积极"与"消极"之分；即使以"保护市民生命、安全、健康"为目标的"消极目的规制"，也要看其立法目的上的"必要性与合理性"；以确保药品供给为目标对药房开设场所进行限制的立法无视目的与手段的平衡，违反宪法第 13 条及第 22 条。②

如果公共福利原则不足以限制财产权或经济自由，那么可以思考的问题是，国家能否以"提高和增进社会福利、社会保障及公共卫生"为目标，对自由权进行限制呢？对此，日本学界长期认可芦部信喜的观点，即国家的保护义务可能导致国家行为对个人自由领域的不当介入。③ 有学者甚至援引著名的"麻风病患者隔离违宪诉讼"，指出公共卫生政策也会导致公权力的无限扩张。④ 德国《魏玛宪法》的社会国原则强调在不改变资本主义经济制度的前提下，通过增加税负来促使公民基本人权真正全面实现，从而促进社会公正。⑤ 因此，德国联邦政府可以根据德国基本法第 14 条第 2 款（财产权负有义务，财产权之行使应同时有益于公共福利）之

① 参见〔日〕芦部信喜《宪法》（第 6 版），第 74~75 页。
② 最高裁判所大法廷、昭和 50 年 4 月 30 日、民集 29 卷 4 号 572 页。
③ 芦部信喜『宗教人権憲法学』、有斐閣、1999、230 頁。
④ 井上英夫「患者と人権—健康権を中心に—」、『文化連情報』第 390 号、2010、34 頁。
⑤ 陈征：《国家权力与公民权利的宪法界限》，清华大学出版社，2015，第 90 页。

规定，向富人收重税，以保证社会保障的财源。日本宪法第 29 条有类似的规定，但日本政府无法根据该条款来征收"重税"，以用于社会保障制度的支出。①

（三）以"人格自律"为基础的新生存权论

继我妻荣提出"生存权基本权"论之后，自由权与社会权二元化的分析框架成为日本宪法学界理解生存权的基础。但也有学者试图从"宪法价值"论出发重新讨论生存权的基本价值。除了宫泽俊义的"人的尊严"论以外，近年广受关注的是以"人格自律"（personal autonomy）为核心的"宪法价值"论。佐藤幸治是该理论的代表学者，他批评宫泽俊义等人的法教义学研究，认为自由权与生存权不断两极化不利于探讨人权的基本价值。因此，佐藤参考康德的道德自律哲学，提出以"人格自律"为基础的人权论。即人作为"自律"的存在，不应该屈服于"他人意志"，而是要通过自主选择来实现自身价值，并且拥有不受国家干涉的权利。以此种理论为基础，佐藤将宪法基本人权分为"关乎人格价值本身的权利"（隐私权等新型人权）、"人格自律权"（自我决定权）、"接受适当程序待遇的权利"、"参政权"四种类型。在此基础上，佐藤将"人格自律权"称为"最狭义的自律权"，即个人通过自主选择实现"健康的、文化的"生活，国家则应该确立以"自我决定权"为基础的社会保障制度。② 根据该理论，宪法学者中村睦男提出新的生存权论——"社会权基础上的自由权论"，即宪法第 25 条的意义在于保障国民"通过自主活动确保自己生存"的权利，国家的努力义务也必须以此种"生存自由"为前提；一味地强调生存权保障的国家义务，可能会导致个人权利被国家"吸收"。③

---

① 日本财务省统计数据显示，2019 年日本社会保障负担率占国民所得比为 18.6%，低于法国（20.4%）及德国（21.6%），可参见「わが国の税制の概要」、财务省ホームページ、https：//www.mof.go.jp/tax_ policy/summary/condition/a04.htm。
② 佐藤幸治「憲法学において『自己決定権』をいうことの意味」、『法哲学年報』、1989、80-82、86、96 頁。
③ 中村睦男『社会権の解釈』、有斐閣、1983、64-65 頁。

　　然而，所谓"人格自律"理论在适用于社会保障法领域时出现了转向。20 世纪 90 年代，当日本经济成长停滞、人口老龄化程度加深之时，中央与地方政府已无法维持相应的社会保障支出。为此，许多社会保障法学者基于"人格自律"理论，支持国家开展以"社会保险"为主体的社会保障制度改革。① 正如尾形健所言，国民可以通过自主选择享受除单纯的金钱给付以外的服务给付；社会保障应该着眼于完善国民"自律"地构想自我人生的能力。② 菊池馨实也认为宪法第 13 条的"个人自由"是指"个人作为人格自律的存在，主动追求自我生命与价值"，因此在社会老龄化已经使"权利主义社会保障论"失去有效性的情况下，社会保障制度的目的应该是在防止国家过度介入的同时，使个人作为"自律"地承担社会责任的人格主体，参与构建自由公正的社会。③

　　所谓的"人格自律"确实能够使有能力进行自主选择的民众自主、"自律"地选择加入社会保险，进而获得自己想要的社会保障，但对于那些没有相关知识与财力的底层民众而言，"人格自律"只会成为国家不作为或消极作为的借口。日本于 1997 年出台的《护理保险法》规定投保人的年龄需为 40 周岁及以上，即使患有先天性障碍的被保险人也要等待至 65 周岁才能获得给付（第 10 条）。因为该法的目的在于"使被保险人能够根据其能力经营自立的日常生活"（第 1 条）。换言之，65 周岁以下的人有机会自立生活，如果想避免因意外需要护理而无钱获得护理的情况，可以自由选择购买民间保险公司的保险。日本医学和法学学者大谷实对此表示赞同，认为"人选择过怎样人生的自我决定权，是追求幸福的原点"。④ 可是对于突发疾病且平时无钱购买保险的年轻人而言，能有医院接收并得到治疗与护理就是幸福的，何谈自主决定去哪家医院或选择医生的权利。

---

① 菊池馨実「社会保険か税か」、『法学教室』第 251 号、2001、106-108 頁。
② 尾形健「『福祉』問題の憲法学—『自由で公正な社会』における社会保障制度の意義—」、『ジュリスト』第 1244 号、2003、109-111 頁。
③ 菊池馨実『社会保障の法理念』、143-146 頁。
④ 大谷實『人権の意義—精神科医療の法と人権—』、弘文堂、1995、34 頁。

现代资本主义宪法下的个人主义原则主张国家应该成为保护个人自由的工具，并要求国家最大限度地尊重个人的选择权。但生存权的产生被归结于资本主义经济自律性的崩溃及资本主义社会的构造性转变，而不是个人选择的结果。因此，国家应对个人的生存进行保障，这是生存权被写入宪法的初衷。然而，从最开始的自由权与社会权二元论到"人格自律"论，日本宪法学界的生存权论彻底成为日本政府放弃生存权保障之国家义务的依据。此种转变使日本宪法完全失去其区别于其他资本主义宪法的最大特色，日本宪法的生存权也失去了成为"完美生存权"的机会。

结　语

战后日本在制定新宪法的过程中，日本社会党获得民间修宪者的支持，成功将生存权写入宪法。此后，日本主流学界从现代立宪主义的角度解释生存权的法律性质，但也有法哲学者及社会主义法学者坚持揭露改良主义生存权的缺陷，努力维系社会主义宪法生存权论的讨论空间。

马克思认为，权利绝不能超出社会的经济结构以及由经济结构制约的社会的文化发展。[1] 日本宪法确立的是以自立原则为基础的资本主义经济，缺少将生存权视为具体权利的实质性前提。日本政府曾迫于舆论压力不断扩大社会保障的范围并加大力度，但也面临财政入不敷出的窘境。20世纪90年代以来，为了突破"自由权与社会权"及"个人与国家"二元化的理论框架，日本学界提出以"人格自律"为基础的新生存权论，同时法学者也回归宪法条文本身，对"健康权"及"文化权"等新型人权进行了更为深入的探索。然而，这些理论或学说本质上并没有摆脱现代立宪主义的固有思维，反而为国家公共福利政策的转型提供了理论正当性。

---

[1]　《马克思恩格斯选集》（第三卷），人民出版社，2012，第364页。

日本学界关于生存权的研究经历过两个阶段：第一阶段集中于生存权性质的理论研究，主要围绕生存权的社会权属性所引起的权利证成和可诉性难题展开；第二阶段聚焦生存权的司法实践，主要以相关生存权违宪审查诉讼为研究对象，对生存权的司法救济进行实证性的探索。

日本宪法作为资本主义宪法，却制定了具有社会主义宪法特色的生存权条款，这是日本宪法生存权条款无法被长久贯彻的重要原因。但无论如何，宪法的精神不应该因为外部经济条件的改变而被任意地解释，直至改变其根本宗旨。在经历了"失去的三十年"以后，未来日本需要考虑如何在实现国家经济长远发展与宪法生存权保障义务之间取得平衡。

（审校：陈梦莉）

鹤见俊辅的"实用主义"研究与实践

邱　静[*]

内容摘要：作为战后日本"实用主义"的代表学者之一，鹤见俊辅的"实用主义"研究并未只关注译介自美国的哲学学说，而是着重关注实用主义在日本的发展历程与演化特征。在日本语境中，"实用主义"还可以指对相关哲学或方法有别于美国的日本式理解和应用，可以指日本自身在译介美国哲学之前就体现出来的相关思想脉络，可以指超越美国、日本的一种共通的方法、理念乃至理想。鹤见批评实用主义的教条化和意识形态化，提倡生活中从自身做起的实践运动，其研究、评论与实践体现出"通过我们对日常现实的影响这一路径，打开思想体系之间的对话通道"这一意义上的"实用主义"方法。鹤见的思考与丸山真男的相关思考既有差异又有共鸣。

关 键 词：日本　政治思想　实用主义　鹤见俊辅

作为学术流派的"实用主义"在日本政治思想史中并不是最受关注的存在，但作为思维方式的"实用主义"长期是一种隐含的思想基础，曾经并仍然深刻作用于日本的内外政治。目前中国学界对于战后日本实用主义的关注很少，已有研究梳理了战后日本相关思想的发展历程与思想家情况，也有研究对比了早年美国"实用主义"思潮进入中国和日本的情

* 邱静，中国人民大学国际关系学院副教授，主要研究方向为日本政治思想、日本政治与比较政治。

况，但更多的是从哲学学说或教育理论的角度加以概括①。日本学界对于实用主义在日本独自的发展线索有自觉关注，已有关于早期数次实用主义争论的分析，战后日本对于作为哲学思想的实用主义（尤其是杜威思想）的研究也颇成规模，而对被看作实用主义代表人物的思想的分析相对有限②。此外，还有中国学者关于日本社会、外交等的研究和日本学者关于近代思想等的研究将日本相关领域思想的特点概括为"实用主义"③，但这些研究也并非对日本"实用主义"思潮或思维方式本身展开的分析，相关研究中使用的"实用主义"概念含义也可能与日本语境中的概念含

① 关于战后日本实用主义哲学与教育思想的相关研究，古田光：《战后日本哲学的研究动向与课题》，卞崇道译，《哲学译丛》1983 年第 4 期，第 76~80 页；卞崇道：《日本战后四十年的哲学发展》，《日本研究》1985 年第 4 期，第 88~91 页；卞崇道：《战后日本实用主义哲学》，《日本研究》1989 年第 1 期，第 68~73 页；卞崇道：《竹内良知教授谈当代日本哲学》，《国内哲学动态》1985 年第 11 期，第 9~10 页；张萍：《战后日本资产阶级哲学的西化潮流》，《延边大学学报》1982 年第 S1 期，第 88~93 页；楚哲文：《东西方哲学思想的撞击与交缘：日本改革的催化剂》，《延边大学学报》1995 年第 1 期，第 13~18 页；单中惠：《杜威教育思想在日本》，《外国教育研究》2002 年第 8 期，第 1~6 页；关松林：《杜威教育思想在日本的发展》，《教育研究》2011 年第 1 期，第 96~100、105 页；赵敦华：《实用主义与中国文化精神》，《哲学研究》2014 年第 1 期，第 62~69 页。关于鹤见俊辅，陈立新的《撬动战后——日本的"庶民"思想家鹤见俊辅》（光明日报出版社，2014）概括了鹤见生平经历，也有研究关注鹤见的大众文化等思想，但尚缺乏对鹤见实用主义思想的专门研究，除卞崇道教授在前述研究中的简要介绍外，孙歌的《哲学的日常性》（《读书》2021 年第 1 期，第 90~98 页）结合鹤见《自由主义者的试金石》等作品及其对竹内好、都留重人等的评价，点出了"日常"、"感觉"、"宽容"、"错误主义"（マチガイ主义）等理解鹤见思想的关键词，提及了鹤见讨论的实用主义哲学"在改变思维方式上的可能性"。
② 关于战后日本实用主义代表人物的思想，较有代表性的研究包括小熊英二等学者对清水几太郎的分析。关于鹤见俊辅也有多本专著，但更多地讲述鹤见生平，对其大众文化研究等的关注多于对其实用主义思想的关注。此外，国外学界的研究还包括：Simon Avenell, "From the 'People' to the 'Citizen': Tsurumi Shunsuke and the Roots of Civic Mythology in Postwar Japan", *Positions: East Asia Cultures Critique*, Vol. 16, No. 3, 2008, pp. 711-742; Vanessa B. Ward, "Rethinking Intellectual Life in Early Postwar Japan: Shisōno Kagaku and Common Man's Philosophy", *Positions: East Asia Cultures Critique*, Vol. 25, No. 3, 2017, pp. 439-468. 这两篇论文从大众哲学、《思想的科学》等视角对鹤见实用主义进行了简要分析。
③ 例如，李卓：《日本国民性的几点特征》，《日语学习与研究》2007 年第 5 期，第 71~75 页；于铁军：《试析战后日本外交中的实用主义——以 ODA 政策的演变为例》，《太平洋学报》1999 年第 4 期，第 32~42 页；〔日〕中岛隆博：《启蒙与宗教——胡适与福泽谕吉》，乔志航译，《现代哲学》2017 年第 3 期，第 124~131 页。

义存在区别。本文希望在现有研究的基础上，以鹤见俊辅①的"实用主义"为例，对作为战后日本政治思想的"实用主义"做初步讨论。

　　鹤见俊辅是战后日本著名思想家，他出身于政治世家，外祖父后藤新平、父亲鹤见祐辅是政界要人，姐姐鹤见和子、堂弟鹤见良行是著名学者，但他对父亲所代表的日本精英有着强烈的批判。鹤见俊辅毕业于哈佛大学，战时回国被征召到爪哇，战后曾是京都大学最年轻的副教授，其后更长的时间虽从事"在野"研究，但从其思想在日本受接纳的程度来看，其影响力在某种意义上可谓比曾被批评为"进步文化人"的丸山真男还要大。他在"60 年安保运动"中追随竹内好辞去大学教职，在越战爆发后发起组织反越战市民运动团体"越平联"，冷战后又成为护宪和平主义市民组织"九条会"的召集人之一。这些经历被认为"本身就能成为一部宝贵的战后史"②。有趣的是，鹤见的思想既被评价为"好的实用主义"③，也被评价为"他什么主义者都不是"④（这似乎也可以看作另一种意义上的"实用主义"）；他的文集第一卷是实用主义相关研究，而在访谈中他又笑称自己不是实用主义者；他对不同立场和阵营常同时怀有同情，但对同样被称为战后日本"实用主义"代表人物的清水几太郎则进行过直接的批评。鹤见的思想究竟体现了什么样的"实用主义"？日本"实用主义"的思想脉络与美国等有怎样的联系和区别？以下将概述鹤见对战后日本实用主义的研究与实践，简要比较鹤见与战后日本其他实用主义线索的异同，对战后日本"实用主义"的特征进行初步探讨。

---

①　鹤见俊辅（1922~2015），日本著名哲学学者、社会活动家，曾任教于京都大学、东京工业大学，研究领域主要包括实用主义、符号论、大众文化等，影响广泛的活动有编辑《思想的科学》杂志、与人合著《变节》三卷、发起组织市民运动团体"越平联""九条会"等，著有《鹤见俊辅集》十二卷。

②　小熊英二语，参见〔日〕鹤见俊辅、上野千鹤子、小熊英二《战争留下了什么——战后一代的鹤见俊辅访谈》，邱静译，北京大学出版社，2015，第 3 页。

③　吉川勇一（"越平联"骨干活动家）语，参见「ベトナム戦争反対を掲げた市民団体『ベ平連』の元事務局長吉川勇一さんに聞く」、朝日新聞社『週刊 20 世紀　1965』、1999 年 7 月 11 日、http://www.jca.apc.org/beheiren/jiten10-20seiki.htm.

④　上野千鹤子语，参见〔日〕鹤见俊辅、上野千鹤子、小熊英二《战争留下了什么——战后一代的鹤见俊辅访谈》，第 271 页。

一　鹤见俊辅的“实用主义” 研究

鹤见关于“实用主义”的著作颇丰，其研究并未只从哲学或美国的角度展开，在介绍皮尔士、詹姆斯、杜威、米德等“实用主义”哲学代表人物思想的基础上，鹤见也着重关注实用主义在日本的发展历程与演化特征。

（一）“实用主义”的定义

在《实用主义发展概论》（1957）一文中，鹤见开篇极其简明地指出，“实用主义”（プラグマティズム）有两种含义，第一种是指自觉应用在行动中去把握意义的方法，第二种是将所有应用“实用主义”的意义把握方法思考而得的成果都称为“实用主义”，而“实用主义在进入日本的时候，主要是以第二种含义被接受的”。[①] 也就是说，“实用主义”这一外来概念在被接受时就被做了带有日本特点的解读，鹤见的这个定义似乎可以从侧面反映出，日本的实用主义不仅有“重行动”的意味，也具有“重结果”的意味。

鹤见还区分了“作为方法的实用主义”和“作为思想的实用主义”。他认为：“实用主义作为方法时，只不过是将各种思想的含义与其实证条件及用途相关联的技巧。这种方法可以被不同势力为了不同利益而采用。因此，作为该方法适用结果的思想体系，会形成各式各样的‘实用主义’（作为思想而不是方法的实用主义）。”[②] 也就是说，“实用主义”的内涵既可以是不同流派共通的思想方法，也可以是共同名称下相异的思想内容。

鹤见也注意到，实际被使用的“实用主义”概念可以有多层次的内涵。在《实用主义与日本》（1950）一文中，鹤见开篇就提出了该文的关

---

①　鶴見俊輔「プラグマティズムの発達概説」、『岩波講座現代思想 6　民衆と自由』、岩波書店、1957、223 頁。
②　鶴見俊輔「プラグマティズムの発達概説」、247 頁。

注点："迄今为止在日本有像实用主义这样的思想吗？实用主义迄今为止在日本是怎样被接受的？实用主义在今后的日本可以培养起来吗？日本人应当怎样活用实用主义？"① 在此，鹤见虽未去定义，但这几个问题中提到的几个"实用主义"本身就有着不同的含义。从鹤见的行文来看，"实用主义"既可以指译介自美国的思想学说，也可以指这种经译介而来的流派所体现的哲学和方法，还可以指对这些哲学或方法有别于美国语境的日本式理解和应用，日本自身在译介之前就体现出来的相关或类似思想脉络，更可以指超越美国、日本语境的一种共通的方法、理念乃至理想。

（二）"实用主义"在日本的发展阶段

鹤见将实用主义在日本的发展历程大致分为三个阶段。第一个阶段是介绍阶段。鹤见根据鱼津郁夫的考证，认为最初的介绍性文献是元良勇次郎的《杜威的心理学》（1888），最早批判实用主义的文献是桑木严翼的《关于"实用主义"》（1906），而最早支持实用主义的文献是田中王堂的《读桑木博士的〈关于"实用主义"〉》（1906）。他指出，该时期的重要著作除田中王堂的《哲人主义》外，还有大杉荣的《劳动运动与实用主义》、田制佐重的《民主主义的教育》等。据此，"杜威的结果本位的伦理学，桑塔耶那（George Santayana）的唯美主义社会哲学，詹姆斯开创的对多元宇宙的信仰，让学生通过实践来学习的杜威教育理论，实用主义在日本以这些形式被接受。不过，除了国立大学教授纪平正美、桑木严翼的介绍，还有田中喜一（王堂）、大杉荣、帆足理一郎等私立大学教授、工会运动家的支持，这使实用主义彻头彻尾作为反官学的哲学流派成长起来，这可以看作日本实用主义的特征"。②

第二个阶段可谓"街垒"阶段。鹤见认为，昭和时期，马克思主义

---

① 鶴見俊輔「プラグマティズムと日本」、『鶴見俊輔集1　アメリカ哲学』、筑摩書房、1991、248頁。
② 鶴見俊輔「プラグマティズムの発達概説」、224頁。

曾处于日本思想界的中心地带，而在其后日本的国家主义愈演愈烈走向战争的过程中，"作为非国家主义最后的街垒，实用主义再次回到了中心地带。'满洲事变'（笔者按：九一八事变）后，以佐野学、锅山贞亲等马克思主义者的集体变节为起点，以始于'日华事变'（笔者按：七七事变）的日本国家总动员、'翼赞运动'时代为终点，虽然仅有三四年的时间，但还是主要将杜威和米德的社会哲学作为罗斯福新政的理论背景积极介绍到日本。清水几太郎、三木清、新明正道、大道安次郎、今田惠、早濑利雄、三隅一成、永野芳夫、大岛正德、植田清次都是当时重要的实用主义者。三隅一成所译的米德著作《心灵、自我与社会》，是与跟米德的思想倾向几乎无关的号称'极权主义理论体系'组成部分的罗森伯格（Alfred Rosenberg）的《二十世纪的神话》等著作一并在昭和十五年（1940）出版的。正如这个情况所象征的那样，对于进步派而言，曾经构筑了温和的抵抗据点的实用主义者大部分被卷入了接下来的翼赞运动。对于实用主义，尤其是对于日本的实用主义而言，这一事实是应当被自觉认识到的另一个特征"。[①] 鹤见在此敏锐地指出，不少本来以"非国家主义"形式出现的实用主义者被卷入战时日本的国家主义。可以说，鹤见对这种现象的警惕与他的"变节"研究有着共通的问题意识。

第三个阶段可以概括为"哲学"阶段。鹤见认为，实用主义在战后成为日本各大学的教学内容，"与分析哲学、存在主义一起成为学界的三大哲学流派。今日日本国立大学的哲学教室中没有一人讲解日本主义的哲学，这一事实值得关注，可以说是一种不平衡"。这种情形也使实用主义被抨击为"成为今日美帝国主义与日美合作支柱的哲学"。不过，该阶段也存在另外一种动向，即不再单纯引介美国实用主义哲学，而是"在日本本身的思想状况中，寻求将实用主义理论向前推进的力量。此外，还有在日本思想中寻找与实用主义相似的思想方式的脉络，通过这种方式描绘

---

① 鹤见俊辅「プラグマティズムの発達概説」、224-225頁。

并非外来进口而是日本原生的实用主义像的尝试"。① 鹤见指出,在这一方向上,"丸山真男、桑原武夫、都留重人、清水几太郎、久野收、中屋健一撰写时评时,都曾在某种场合称自己为'实用主义者'。南博、宫城音弥、林健太郎、三宅晴辉等也是如此。他们并不是通过哲学的专业学习,而是通过扩大各自专业领域的见解,广泛针对现代的问题发言,结果上成了'哲学的',很多情况下是这样的人称自己为实用主义者。这种情况与美国实用主义诞生时期的状况类似,而与其现在的状况形成了对照"。② 也就是说,在鹤见看来,一方面,战后日本哲学界的实用主义研究更多面向美国哲学;另一方面,在哲学专业领域之外,一些非专业的"哲学的"主张和实践体现了日本实用主义不同于当代美国的另一种动向。

(三)实用主义在日本的表现形式

鹤见在观察日本实用主义时,并未只将视线停留在对哲学流派的学术译介和研究,而是更关注在各个领域以多种形式体现出来的"实用主义"主张和方法。在他看来,日本实用主义的部分表现形式甚至带来了超越当时美国实用主义的突破。

鹤见表示:"日本的实用主义在像福泽谕吉、大杉荣、柳田国男、国分一太郎这样通常不会跟所谓'实用主义'的名称联系在一起的人当中才生动存在。此外,在自然科学者的言论、企业家的工作、杂志新闻的评论、大众小说中的思想里,也能够看到实用主义的精神,石桥湛山的评论和佐佐木邦的小说就是很好的例子。"③ 在他看来,福泽、大杉、柳田分别可以对应逻辑型④、伦理型、心理型的实用主义,但又不同于美国相应的实用主义。福泽的哲学不仅在詹姆斯、杜威之先,而且因为"从日本

---

① 鶴見俊輔「プラグマティズムの発達概説」、225 頁。
② 鶴見俊輔「プラグマティズムの発達概説」、227 頁。
③ 鶴見俊輔「プラグマティズムと日本」、254-255 頁。
④ 日文原文为「論理型」,笔者将此翻译为"逻辑型"。

当时的状况内部出发"而自成一体、别具一格；①　大杉强调基于经验、直觉自然而然的行为和运动，认为也可以不对皮尔士、詹姆斯做离题的解释，"实用主义最初是以这样的形式被日本接受的，这一事实值得注意"；②　而柳田的思想"虽主要是心理型、自然主义的实用主义，但与此同时，也流动着伦理型、功利主义的实用主义，流动着逻辑型、实证主义的实用主义"，而其逻辑型、实证主义的实用主义又有与美国不同的方向，不去抽象议论而尽量记述事实，其思索叙述的方法堪称"有赖于一种独特的实用主义（行为主义）的认识论"。③

　　除学者的理论外，在鹤见看来，战后日本的"生活作文运动"也是独特而生动的"实用主义"线索。他认为："逻辑型、实证主义的实用主义迄今为止在日本似乎并没有代表人物。如果一定要说的话，为建设进步教育理论的基础而研究语言机能的人大概与此倾向相近……'生活作文运动'活动家的实践，比如国分一太郎'概念打碎'的方法是在日本产生的独特的实用主义。"④　"在日本的'实用主义'中，最具轮廓的一条路是'生活作文运动'。在这一运动方向上涌现出来的理论家兼活动家，像芦田惠之助、铃木三重吉、小砂丘忠义、野村芳兵卫、国分一太郎、无着成恭等，他们的工作都是具有独创性和完成度的教育理论。"⑤　"日本'生活作文运动'的推动者将实用主义的意义论作为记录自己每日生活的书写方式的理论，使之得到了发展。"⑥

　　此外，鹤见还指出，除了有意识的"生活作文运动"，一些看上去完全不"学术"的地方也有着很值得关注的课题，例如，像《人生记事本》《苇》这样的人生记录杂志，"一刻"这样的读者投稿栏目，墙上的乱写乱画，书信，人生咨询，"生活篇章"这样的民众传记，活动小组的同人

---

① 鶴見俊輔「プラグマティズムと日本」、249 頁。
② 鶴見俊輔「プラグマティズムと日本」、249-251 頁。
③ 鶴見俊輔「プラグマティズムと日本」、253-254 頁。
④ 鶴見俊輔「プラグマティズムと日本」、254 頁。
⑤ 鶴見俊輔「プラグマティズムの発達概説」、242-243 頁。
⑥ 鶴見俊輔「プラグマティズムの発達概説」、243 頁。

杂志，街头的"拉洋画"，时评，漫画，歌词被改写的歌曲，双关语，俏皮话，打油诗，对特定语句的"曲解"等，鹤见认为，"思考有关这些体裁的体系是今后的课题"，有必要找到一种能让各处汇集的记录相互参照的把握结构。[①]

除以上表现形式外，在传统意义的实用主义线索上，鹤见也指出日本有不同于美国的实践。例如，在哲学理论方面，鹤见认为："几年来，通过市井三郎、上山春平的努力，出现了将辩证法与形式逻辑学相结合的尝试。"[②] "通过这种方式来活用实用主义的成果，这是现在美国的实用主义因为有着意识形态制约而很难做到的，因此特别想在此一提。"[③]

（四）"实用主义"与日本的现实

鹤见以日本的实用主义为关注重心，同时也联系历史和国际的视角来反观其当下的形态、位置和方向。例如，关于美国对日本实用主义的现实影响，鹤见指出，日本战败后，解说实用主义的人非常多，"但明确地表示'我就是实用主义者'的人很少，这是值得关注的。有很多知识分子不愿因表达对实用主义的信仰而被看作属于'美国意识形态'"。[④] 在冷战、美日同盟的背景下，"实用主义"呈现出意识形态色彩，而知识分子的相关表现亦与日本的思维方式相关，鹤见由此引出了对实用主义与日本思维方式的思考。

又如，关于美国与日本实用主义的异同，鹤见指出："在《朝日新闻》的访问中，赖肖尔教授表示，日本有着'只好如此'式的'消极的实用主义'的传统，美国有着'实现理想'式的'积极的实用主义'的传统，并认为这两个国家的实用主义传统的合作具有世界意义……

---

① 鶴見俊輔「プラグマティズムの発達概説」、243－244 頁。还可以参阅鶴見俊輔「プラグマティズムと日本」、260 頁；鶴見俊輔「折衷主義の哲学としてのプラグマティズムの方法」、『鶴見俊輔集 1 アメリカ哲学』、309 頁。
② 鶴見俊輔「プラグマティズムの発達概説」、245 頁。
③ 鶴見俊輔「プラグマティズムの発達概説」、246 頁。
④ 鶴見俊輔「プラグマティズムと日本」、255 頁。

我认为，自伊藤博文、井上馨以来，日本有能力的官吏的哲学可以称
为日本实用主义的一个谱系。这种以日本国家利益为基准而取长补短
的折中主义，由于战败后日本变成了某种意义上的'女性国家'，又变
质为消极的实用主义。这种消极的实用主义与现在美国政府的积极的
实用主义勾结，被用于像日美行政协定那样的方向上，就很难办了。
这两者的合作所诞生的，就是实用主义的帝国主义哲学吧。"① 可以看
到，基于对日本政治现实的观察，鹤见与赖肖尔的观点有所不同，他
认为，日本的实用主义在明治时期并非全然"消极"，而是形成了一种
集主动性、功利性和折中性于一体的日本实用主义谱系，而战后这种
谱系发生了变化；日本和美国实用主义的"合作"不只是抽象的哲学
或"传统"问题，可能涉及政治问题，需要警惕帝国主义式的"勾结"
和利用。

　　与此同时，在鹤见看来，现实中日本的"实用主义"又并不止于
此，他为作为思想方法的"实用主义"赋予了另一种现实性意义。他
指出："如果说现代的'实用主义'具有积极的意义，那么其意义就
在于进入各种思想体系而使体系非体系化，使之具备时刻变化的反应
能力，并具备面对现实时通过对不同思想体系赋予意义的方式表现周
全理解的反应能力。通过我们对日常现实的影响这一路径，打开思想
体系之间的对话通道，这一目标经由此种实用主义化的过程而成为可
能。"② 他认为，在这一方向上，日本的实用主义甚至可以起到美国的
实用主义所难以起到的作用，"日本的'实用主义'所开拓的活动方
向，并不是将实用主义立为一个流派，而是让不同的思想能够互相对
话。这一方向不同于现在美国实用主义的方向，有着自己独特的
意义"。③

　　综上，鹤见在考察美国"实用主义"的同时，并未拘泥于美国哲学、

---

① 鶴見俊輔「折衷主義の哲学としてのプラグマティズムの方法」、327－328 頁。赖肖尔
（Edwin O. Reischauer, 1910-1990），美国哈佛大学教授、著名日本研究学者，曾任美国驻日
大使。
② 鶴見俊輔「プラグマティズムの発達概説」、247-248 頁。
③ 鶴見俊輔「プラグマティズムの発達概説」、248 頁。

教育学的线索，而是更关注日本在接受、理解、改造和创新中呈现的日本自身的"实用主义"。在他看来，在日本，"实用主义"既可以指"重结果"，也可以指"重实践"；"实用主义"的译介始于明治时期，而"实用主义"的实践可追溯到维新前夕；"实用主义"可以是学者讨论的哲学理论，也可以是社会运动家实践的在野反教条精神，还可以是普通民众在生活中体现的生动记录。日本"实用主义"不仅在学理上也在政治上受到美国的影响，但并不只是对美国的模仿，而是有着日本自身的特点，甚至发展出美国难以发展出来的方向。

二 鹤见俊辅的"实用主义" 评论与实践

鹤见对于"实用主义"的阐发并不仅见于上述著作，作为一位看重实践的学者和社会活动家，他在研究、评论、编辑工作和社会运动中，乃至在早年的战争经历、生活经历中，都表达着他所主张的"实用主义"。

（一）鹤见的相关评论

在鹤见看来，明治之前的福泽谕吉是实用主义的，明治时期的官僚也是实用主义的；像柳田国男那样的民俗学者是实用主义的，包括鲇川义介在内的企业家、政治家也是实用主义的；实用主义代表人物清水几太郎是"第一病"，包括父亲鹤见祐辅在内的近代日本精英也是"第一病"（"自由主义流行的时候就写上自由主义的标准答案，军国主义流行的时候就写上军国主义的标准答案"，"不管是学界还是评论界，都要争做时下潮流的第一名"①）；父亲祐辅见风使舵、八面玲珑而令人厌恶，母亲爱子的纯粹至上虽给人压迫感却是"精神的故乡"……这些看起来相当不同的人物和观点都可以是"实用主义"，却又是各异的

---

① 参见〔日〕鹤见俊辅、上野千鹤子、小熊英二《战争留下了什么——战后一代的鹤见俊辅访谈》，第5~6页。

"实用主义"。在对这些人物的评价中，鹤见也表达了自身对实用主义的多层次理解。

例如，对于在述及实用主义时提及的清水几太郎、丸山真男、桑原武夫，鹤见的评价各不相同。对于清水，鹤见一方面认可他对日本实用主义的贡献，认为与心理学者今田惠一样，清水作为社会学者对实用主义的译介相比日本的哲学学者对实用主义的理解更深入；① 另一方面，由于清水的"实用主义"不同于美国哲学或教育学，而是更接近于一种易屈从于既成事实的实用主义思维方式②，鹤见对清水也直接提出了批评："他也是'第一病'。学习非常好，各个时期流行的主题都能消化，从学生时代就开始卖文。而且他还煽动读者去投身运动吧。这样的话，是有作为诱导者的责任的……这是踩踏者和被踩踏者那样的关系，是有着诱导者的责任的。所以知识分子或政治家是应该与庶民区别问责的。"③

对于丸山，鹤见多有共鸣。他曾在访谈中笑称，自己在丸山心目中是个"写不出东西就说要放火烧我家"的"疯子"，而在他心目中，学术作品都规范严谨的丸山也是个"内心克制着狂逸之气"的"更疯狂之人"。④在"大学纷争"时期，鹤见被认为更接近学生的立场而没有受到冲击，而丸山被当作高高在上的"进步文化人"而受到猛烈批判，但实际上，被定位为"庶民"的鹤见才是出身政治精英家庭，被批评为"贵族"的丸山的父亲是新闻记者。鹤见主要践行的一些"草根"做法来自"权威"丸山的建议。比如，鹤见回忆说，让《思想的科学》"走大众路线"（在地方组织读书会、发掘作者）的建议最初是由丸山提出来的。⑤ 因此，虽

---

① 鹤见俊辅「プラグマティズムと日本」、255 頁。
② 具体可以参见邱静《民主主义、民族主义与实用主义的张力——清水几太郎与战后日本知识分子的思想特征》，《政治思想史》2014 年第 1 期，第 153～166 页。
③ 〔日〕鹤见俊辅、上野千鹤子、小熊英二：《战争留下了什么——战后一代的鹤见俊辅访谈》，第 104 页。
④ 参见〔日〕鹤见俊辅、上野千鹤子、小熊英二《战争留下了什么——战后一代的鹤见俊辅访谈》，第 218 页。
⑤ 〔日〕鹤见俊辅、上野千鹤子、小熊英二：《战争留下了什么——战后一代的鹤见俊辅访谈》，第 140 页。

然丸山通常不会被看作日本"实用主义"的代表人物，但鹤见认为可以在"实用主义"研究中论及他。

对于对自己有知遇之恩的桑原武夫，鹤见在访谈中有一段非常有趣的评价：

> 上野：……觉得您是接近于这样的：只要认可了一个人为人处世的方式，不管他在政治上是什么倾向都没有关系。但所谓实用主义，是不问心情伦理而去问结果责任的吧？这不矛盾吗？
>
> 鹤见：不矛盾。
>
> 上野：是吗？（笑）
>
> 鹤见：桑原武夫是个实用主义者。但我不是。呵呵呵呵（笑）。
>
> 上野：这种话还是第一次听说吧？（笑）①

被认为是战后实用主义代表人物的鹤见称桑原才是"实用主义者"而自己不是，表明鹤见在此处对"实用主义"的理解是更近于"重实践结果"（亦并非"结果主义"）的。不过，如后文所述，鹤见在"越平联"等社会运动中也很强调反教条、重实践。纵观鹤见在访谈中对人生经历的回顾，他与桑原的不同似乎可以概括为，与桑原相比，鹤见有时会更加感性地同时认同两种貌似对立的立场，因为它们背后都存在某种真诚的倾向。当然，鹤见的这种"同时理解双方"又不同于清水、其父亲那样的"见风使舵"，也并非对任何立场都认同，"算计"、"教条"和"第一病"等都是他尖锐批评的。也就是说，他这种立体的思想虽然与桑原"重实践结果"的"实用主义"有所不同，但在"真诚重于教条"的意义上又似乎仍可被称作"实用主义"。

概言之，鹤见在相关评论中所使用的"实用主义"含义广泛。从他强烈批判的精英知识分子"第一病"，到他尊重的"重实践结果""走大

---

① 〔日〕鹤见俊辅、上野千鹤子、小熊英二：《战争留下了什么——战后一代的鹤见俊辅访谈》，第175页。

众路线"，再到与以上都有所区别的"真诚重于教条"，都可能被称为"实用主义"。这种不拘泥于哲学概念的多元诠释方式不仅体现着战后日本思想概念含义之立体多面和复杂交织，也可以说本身就体现着鹤见本人的"实用主义"思想方式。

（二）鹤见的相关实践

除上述评论外，鹤见的实践也体现着其对"实用主义"的理解。从鹤见的个人经历来看，他的"同时理解双方"在战前已经开始，在战后仍在继续。二战期间，鹤见内心是反战的，他会隐晦地劝有意参军的同学"别那么着急比较好"，但对于在"特攻"中死去的同龄人，他又不忍心像更年轻的一代人那样直接批评说"这样的死毫无意义"；在被征召到爪哇做海军文职时，他既认同那些留着胡子、暗中有不服从意识的老兵，又感到相信这场战争"正义性"的少年士兵也值得同情，即使对于后者的许多行为他是不认同的；在想到可能的交战时，他觉得自己既不愿去打死对方，也无法拿枪指着上级抗命，于是偷藏鸦片打算到时自杀。战后，对于天皇，他觉得昭和天皇应让位给皇太子以负起战争责任，但又表示对天皇和皇族并无强烈的反感；对于吉田茂，他虽然反对其片面媾和路线，但又觉得吉田从战前起就是很有主见的政治家，游行时不愿跟着大家喊"打倒吉田茂"；对于日本共产党，他既倾向于认同"没有站出来行动的人是没有资格把责任都推给日本共产党的"，也认为其某些方式值得商榷；对于有右翼主张的三岛由纪夫乃至刺杀社会党委员长浅沼稻次郎的山口二矢，他虽不认同其主张、做法，却又有"这么年轻宝贵的生命就用在这里了吗"的不忍；对于"大学纷争"，他一方面更倾向于学生的立场，并反对在校园引入警察机动队，另一方面也会不留情面地批评学生的不当之举。对于日本国家，他既提出"国家 vs 性"，以战时拒去"慰安所"、战后推荐漫画《警探小子》等方式表达对国家的反抗，又表示认同丸山"所谓人类就是隔壁的熊先生、八先生"的那个"国"，认同"乡关何处"的那个"国"。对于美国，战时他虽然留在美国处境更好，但还是抱着自己都难以说清的"要待在战败的一方"的心情回到日本；战后虽然感激当年善待自己的美国家庭和赖肖尔大使，但他未与占领军合作，还组织反越战运动、援助美国逃兵……① 凡此种种似乎都很难按照战后日本的左翼、右翼，保守、革新，亲美、反美，民族主义、国际主义来归类。这种"什么主义者都不是"的灵活立场，观点上并非全无值得商榷之处，对于战争责任的反思也存在缺陷，但从思想方法上来看，其出发点似乎接近于前述鹤见所主张的"进入各种思想体系而使体系非体系化，使之具备时刻变化的反应能力"意义上的实用主义。

从鹤见的实际工作来看，编辑《思想的科学》杂志，与人合著《变节》三卷，发起组织反战市民运动"越平联"和"九条会"，也都体现着他对于"实用主义"的理解。鹤见称自己不喜欢"启蒙"这样刻意的说法，更希望通过潜移默化的方式在碰撞交流中自然而然地让思想有所触动。《思想的科学》除刊登学者的论文之外，也发掘"大众路线"，不加删改地刊登普通女职员、年轻电焊工人的作品（后来两位作者都成为评论家）。在《变节》中，鹤见将对自己父亲的反思扩大到更多的"变节"现象，并思考身在不同阵营却同有"变节"行为的人背后共同的问题所在。在反对越南战争的"越平联"（以及"60年安保运动"时的"无声之声会"）中，鹤见和同人以"谁都可以参加"的方式开创了不从属于特定组织、打破各种界限的战后日本市民运动。影响颇大的"越平联"没有全国性组织，不设严密的纪律原则，各地"越平联"没有上下级关系，参加者也没有信仰、组织、阶级、职业、性别、身份等限制，不管是谁只要认同反越战就可以加入游行队伍。对于可能是"间谍"的人，鹤见等骨干成员不采用当时有些日本左翼运动组织的审讯方式，而是尽可能用灵活的办法或信任的态度去处理；对于打着"越平联"旗号的暴力行为，即使不是"越平联"的责任也会道歉。② 这种"谁都可以参加"的方式现在看来也许并不新奇，但在战后日本保守与革新阵营界限分明、革新

---

① 参见〔日〕鹤见俊辅、上野千鹤子、小熊英二《战争留下了什么——战后一代的鹤见俊辅访谈》。
② 参见〔日〕鹤见俊辅、上野千鹤子、小熊英二《战争留下了什么——战后一代的鹤见俊辅访谈》。

阵营也常被教条化束缚而分裂斗争的时代，堪称开风气之先。后来主张捍卫《日本国宪法》第九条的"九条会"也延续了这样的方式，各地方、行业、机构、街区、群体都可以自行组成自己的"九条会"，只要是赞同宪法第九条的人都可以加入。这种和平主义与社会精神的结合至今仍在日本发挥着影响力。例如，在 2015 年的反安保法运动中，不但可以看到日本全国各地各种形式"九条会"的活跃，也可以看到半世纪前"越平联"精神的延续，有高龄者找出以前的"越平联"旗帜组织起游行队伍，也有年轻人在国会前的大型抗议中举着写有"1965～2015"字样的鹤见和小田实的海报照片。上述鹤见与每位"普通人"的实践，似乎也都可以看作向"通过我们对日常现实的影响这一路径，打开思想体系之间的对话通道"，"让不同的思想能够互相对话"这一意义上的"实用主义"的靠近。

结　语

概言之，从鹤见的"实用主义"研究与实践来看，作为政治思想概念，战后日本的"实用主义"本身具有多重含义，既可以指向理论上作为学说、流派、理念的"哲学"，又可以指向现实中体现日、美联系与区别的"意识形态"；既可以指向与日本走向战争有深刻关联的"思维方式"，又可以指向对这种思维方式加以反思和突破的"思想方法"。正因如此，在观念和行为上各不相同的思想家、企业家、政治家、活动家、生活者等，在日本的语境中都可能被称作"实用主义者"，但其体现的又可能是复杂交织、方向各异的"实用主义"。鹤见对日本"实用主义"的发展历程进行了梳理，并有意识地与美国的"实用主义"做比较，既指出其与美国的实际联系，又注重发掘日本"实用主义"独有的体现方式。他批评"实用主义"的教条化和意识形态化，提倡生活中从自身做起的实践运动，主张发扬作为"打开思想体系之间的对话通道"之方法的"实用主义"。虽然他的具体观点有值得商榷之处，但在战后他自身的研究、编辑工作、评论和社会运动中，他都在努力践行"灵活反应"和

"大众路线"意义上的实用主义。

　　作为两位在战后日本思想界有重大影响的学者，鹤见俊辅与丸山真男都指出日本既有的思想问题，并投身于打破这种思想方式的研究与实践。有趣的是，在日本的语境中，日本的问题与解决之道都可以称为"实用主义"，而两位学者的"实用主义"批评和解答又有着不同的特点：丸山以"深"见长，鹤见以"广"见长。

　　具体而言，鹤见批评的着眼点主要在于精英，认为其问题在于见风使舵的功利性和非此即彼的教条化，而问题的解决之道在于大众、生活、体验和实践。丸山的批评则并未仅针对精英与普通民众中的一方或双方，而是着眼于贯穿所有群体的日本的思维方式本身，认为其问题在于无原则、不加反思、易屈从既成事实，而问题的解决之道在于主体性的精神和"永久革命"。鹤见也曾谈及思维方式的问题，指出精英的"哲学思考方式"造成了政治上的问题，认为阻碍这种思考方式转变的原因之一是天皇制（批评的主要是天皇制灌输社会意识、不容许批评等做法，可以说是作为内容的天皇制），但他并未将对精英的批评拓展到对每个主体思维方式问题的整体思考。丸山也曾指出天皇制对战后日本民主形成的障碍（批评的主要是天皇制自上而下转嫁压力而无责任、无反思等机制，可以说是作为结构的天皇制），但他其后进一步分析了制度背后的整体思维方式，并不认为只要天皇制改变就意味着问题的自动解决，也不认为这是某一群体特有而某一群体没有的问题。

　　与此同时，两位学者的共通点在于主张从每个人自身开始的实践。鹤见更侧重于体现大众的声音，关注生活中的行动，认为身体力行比熟记理论重要，真诚纯粹的"心情"比获得某种结果重要。丸山则更侧重于通过对日本整体思维构造的揭示，实际推动"变革的第一步"[①]，认为现实不能取代理论，理论也不能脱离现实。鹤见更长于沟通汇集各方力量，丸

────────────────

①　丸山真男「日本思想史における『古層』の問題」、『丸山真男集　第十一巻』、岩波書店、1996、223頁。

山更长于深入穿透问题本质。两位学者以各自的视角和风格，在战后日本"实用主义—反实用主义"的线索上形成了共鸣。他们的思考和实践至今仍对人们认识日本乃至东亚各国的思想问题具有启发性。

（审校：张　梅）

论神田喜一郎中国学研究中的实证主义

莫嘉茵[*]

内容摘要：实证主义学派是在近代日本中国学领域最早形成的学派，其基本观念与治学方法为后世所继承与发展，历时一个世纪有余，一直对日本的中国传统文化研究产生重要影响。先行研究大都从方法论层面评述实证主义学派，对其中国传统文化观做深入考察者较少。神田喜一郎属于该学派的第二代学者，主张坚持开展"综合性"中国学研究，这一理念相对该学派整体的中国传统文化观而言可谓超越时代的存在。本文以神田喜一郎的中国佛教文学研究为中心，探讨其实证主义的治学特色，并指出其优势与局限性。

关 键 词：日本　中国学研究　实证主义学派　神田喜一郎　中国佛教文学

明治维新以降，日本开始拥抱西方文明，积极输入西方"实学"，日本中国学学界亦随之发生重大转折，对中国传统文化价值不再追随、趋同，而是基于理性主义、实证主义开展研究，在学科体系方面则整体推崇"专业化"，学科细分化程度不断加深。在此过程中，实证主义学派是近代日本中国学领域最早形成的学派，并在其后的发展中成为诸学派中的主流。从治学方法看，该学派强调确凿的事实，注重文献考订，推行原典研究。该学派形成后，虽已历时一个世纪有余，但其基本观念与方法为后世所继承与发展。对近代日本中国学实证主义学派的既有研究大都从方法论层面展开评述，对其中国传统文化观做深入考察者较少。在研究对象方

* 莫嘉茵，暨南大学外国语学院日语系讲师，主要研究方向为日本文学。

面，往往聚焦学派创始人狩野直喜（1868~1947）、内藤湖南（1866~1934），至多将视野延伸至其学术机构的核心成员，如武内义雄（1886~1966）、青木正儿（1887~1964）等。作为实证主义学派第二代学者，神田喜一郎（1897~1984）一方面继承前人的治学传统，另一方面基于"家学"积淀了深厚的汉学修养。神田喜一郎根据自身切身体验指出中国传统文化具有相互融通、浑然一体的特质，并反时代大潮而行，坚持开展跨学科的综合性研究，将涉足领域拓展至书法、绘画、佛教文化等诸多领域。神田喜一郎的中国传统文化观在日本学界可谓独树一帜。本文以神田喜一郎的中国佛教文学研究为例，从日本中国学界的中国传统文化观切入，审视实证主义学派研究范式的优势与局限性，为近代日本中国学研究乃至新时代中国传统文化研究提供一定的借鉴。

一　神田喜一郎及其"综合性"中国学研究

明治维新以后，西方文化思潮的冲击使日本传统价值观逐渐崩溃，与国家意识形态密切相连的传统汉学也发生了重大转折——对中国文化的研究不再以追随、趋同方式做价值上的认同，而是将理性主义和实证主义作为先导。近代日本中国学便在这样的时代背景之下形成，而实证主义学派则是其时最早形成的学派之一。这一学派由狩野直喜、内藤湖南开创，并设有专门的学术机构"支那学社"①，因创始人和主要成员大多分布于日本京都，故又称"京都学派""关西学派"。在治学方法上，实证主义学派推崇经验事实，并据此展开严密求证。这种方法不仅基于文献求证，还主张以出土文物、实地考察等实际经验为证据，由此得出相对可靠的结论。同时期的学派还有以白鸟库吉（1865~1942）为代表的"批判主义学派"、以服部宇之吉（1867~1939）为代表的"新儒家学派"。② 在这三大学派中，批判主义学派对以儒家学说为主体的中国传统文化采取全面批判

---

① 为准确传递史料信息，笔者对该表述未做修改。
② 严绍璗：《日本中国学史稿》，学苑出版社，2009，第254页。

的立场；新儒家学派虽然肯定儒家学说在道德层面的影响力，但有意借此建立"东洋道德"的权威主义；实证主义学派对于作为中国传统思想文化载体的古文献持怀疑态度，主张在认定古文献真实可信之前，应先开展一系列求证工作，如互相参证、整理排序、严密考订等。这样的观念形态和方法论与传统日本汉学"追随、趋同"的态度形成了鲜明对比。狩野直喜对《水浒传》的研究为实证主义学派研究范式开启了先例。他比较了《水浒传》的各个版本，发现杂剧版的故事情节比小说版更"粗糙"，而小说的诸多精彩之处并未被杂剧吸纳，由此得出《水浒传》实际上是以诸多杂剧为基础编撰出来的集大成之作的结论。狩野的这一见解现已被中外学人广泛接受。实证主义学派的另一位创始人内藤湖南亦对文献持批判态度，强调一手史料的重要性，且擅长古文献校勘，但其学术研究带有更为明显的政治倾向。内藤以实证方法总结的"原则原理"中预设了帝国主义者的视角，与近代日本向朝鲜半岛和中国侵略扩张的政策相呼应，如其"文化中心移动论"学说就有意将中国描述为一个"停滞的帝国"。①从狩野、内藤两位创始人的学术轨迹便可一窥进入明治时代以后，日本中国学学界的剧变与近代日本"脱亚入欧"的路线并行不悖，意欲拆解中华文明长久以来在日本思想文化中的主导地位，从而为重构以日本为中心的"东亚秩序"提供借口。与此话语体系相呼应，在学科体系建设方面，该时期的日本中国学学界不断趋向"专业化"，学科逐渐分门别类。在这样的时代大潮下，神田喜一郎主张"基于中国文化整体"②开展汉学研究，反对将汉学切分为文学、思想、哲学等相互孤立的板块。据其学生回忆，由于坚持"综合性"治学路线，反对细化学术分野，神田在大阪市立大学任职期间一度与同事发生龃龉，这也是他辞去教授职务的重要原因之一。③由此插曲便见神田喜一郎的中国传统文化观确有其特立独行之处。

---

① 〔日〕子安宣邦：《东亚论：日本现代思想批判》，赵京华译，吉林人民出版社，2004，第172~173页。

② 神田信夫「先学を語る—神田喜一郎博士—」、『東方学』1987年1月号、208頁。

③ 神田信夫「先学を語る—神田喜一郎博士—」、208頁。

神田喜一郎毕业于京都大学文学部史学科，师承内藤湖南、狩野直喜。在方法论层面，其研究范式与实证主义学派一脉相承。神田并不属于在思想、宗教、史学、文学等特定领域特别活跃的学者。在神田的同门学人中，青木正儿是文学研究领域的代表性人物，著有《中国文艺论薮》《中国文学概说》《中国文学思想史》等；武内义雄则在思想和宗教研究领域表现突出，著有《老子研究》《论语译注》《中国思想史》等。神田喜一郎则有所不同，其代表性论著包括《日本填词史话》《中国书道史》《敦煌学五十年》等，涉及文学、造型艺术、文物考古等多个领域。在日本汉学史上，神田被归类为"文化、语言和艺术的研究者"，是一名"从文化的角度对中国进行比较综合研究的学者"。[①] 这种独特的治学眼光一方面与其家族传承的汉学观有关，另一方面与其个人的汉学修养密不可分。神田出生在一个藏书世家，其祖父长于鉴赏汉诗、书画。神田自幼与祖父感情甚笃，亦耳濡目染，对中国传统文化表现出极大兴趣。由于神田的学养以"家学"为背景，其中国传统文化观和学术旨趣与学院派有所不同。"家学"以传统人文思想为基础，是凝聚个体深切体验的感通。正如五卷本《日本汉学史》编撰者李庆指出的，神田喜一郎学术研究的特色之一就是"从自己对于中国文化的切身感触进行研究"，"他不是那种纯从'理论'推导、纯书本式地研究的人……读他的著作……有一种'难以言表的感觉'，而这正是很多日本的中国研究学者所不具有的。也就是说，他对中国文化有一种比较深入的理解"。[②]

在神田涉足的众多学术领域中，他对中国佛教文学抱有浓厚兴趣，时常论及佛教文学和文化在中国传统文化中的重要地位，并曾立志为从事文学创作的中国僧人"著书立说"，成为"中国缁流文学史"的集大成者。[③]"缁流"是对"僧侣"的雅称，"缁"意为"黑色"，僧侣多穿黑衣，故有此称谓。这一学术兴趣亦与神田的"综合性"中国传统文化观密切相关：

① 李庆：《日本汉学史（第2部）：成熟和迷途（1919~1945）》（修订本），上海人民出版社，2016，第397页。
② 李庆：《日本汉学史（第2部）：成熟和迷途（1919~1945）》（修订本），第397、410页。
③ 神田喜一郎「『中国緇流文学史』の集大成をめざす」，『神田喜一郎全集　第10卷』，同朋舍、1997、364頁。文中引自《神田喜一郎全集》的内容均为笔者翻译。

　　中国文学与佛教的关系，即使用西方文学与基督教的关系与之类比也是不为过的。如果撇开佛教不谈，将无法厘清中国文学的发展脉络。这道理虽然浅显易懂，明明白白地摆在那里，但据我所知，只有极少数能正确理解这一点并多加留心的中国文学研究者。①

　　在这段引文中，神田喜一郎以"西方文学与基督教"这一喻体来表现中国文学与佛教的密切关系。如果没有超越东西、融通儒释道的广阔视野，是难以做到这一点的。此外，神田亦注意到，在中日文学交流史上，中国佛教文学同样值得关注：

　　我国的五山文学深受中国宋代文学的影响，为何不曾留下任何关于宋词的印记呢？根据一些学者的说法，元曲虽然对日本的影响有限，但经入元僧传播，最终成为能乐的源头之一。②

　　"五山文学"指的是镰仓末期、南北朝、室町时代由京都五山禅僧创作的汉诗文。神田将中日两国文学间的密切关系置于历史长河中，通过比较"五山文学"与元代戏曲、日本能乐，指出"五山文学"对"宋词"的接受程度相对有限。事实上，神田将目光聚焦于"宋词"这片"洼地"并非偶然，而是源于其对日本汉文学现状的反思：

　　相比之下，更让我感兴趣的问题是，我们的祖先如何吸收、移植中国文学……想来此间必然发生了近似"橘生淮南则为橘，生于淮北则为枳"的现象。前人如何理解中国文学、他们模仿的局限性在哪里等也是我们要考虑的方面。其中存在的较多问题我们现在依旧无法解答，因为我们尚未掌握日本汉文学的实际情况。可见，将日本汉文学这棵帖薛粘苔的老树从基干到枝叶一一梳理，掌握其发展脉络，

---

① 神田喜一郎「平野顕照著『唐代文学と佛教の研究』序」、『神田喜一郎全集　第 10 卷』、393 頁。
② 神田喜一郎「五山文学と填詞（一）」、『神田喜一郎全集　第 6 卷』、同朋舍、1985、24 頁。

为新的学问引路照明，实乃吾等当务之急。①

在探讨日本人对古代中国文学的吸收和移植这一话题时，神田喜一郎不仅关注其"如何理解"，也重视其"模仿的局限性"。他认为，不应将日本文学和中国文学视为彼此独立的，而应从日本方面移植、取舍中国文学的实际情况着手研究日本汉文学。唯有这样，才能推动日本汉文学实现新的发展。因此，对于神田而言，在"五山文学"中"缺席"的宋词是透视日本汉文学局限性的一个重要视角。可以说，在"西风东渐"、西方文化思潮冲击中国传统文化之时，神田并未轻易动摇，而是从历史经验中寻求启示。位于"五山文学"与"宋词"交汇点上的禅僧词作正是他考察历史经验的独特路径。可见，神田喜一郎涉足中国佛教文学研究时抱有明晰的问题意识，即以客观理性的态度面对传统文化，既不迎合时局，亦不抱残守缺，而是在扬弃中继承，实现传统与现代的交汇融通。这一跨越古今的融通性是神田喜一郎独特治学理念的一个重要面向。

二　神田喜一郎实证主义研究的开放性

神田喜一郎对实证主义学派传统的继承与发展集中体现于其对中国佛教文学的研究。围绕北宋禅宗人士所作《渔家傲》的研究便是其中一例。"渔家傲"是词牌名，又名"渔歌子""渔父词"，是北宋年间一种较流行的曲调，声律谐婉，朗朗上口。在《日本填词史话》中，神田喜一郎曾盛赞禅僧觉范的《渔家傲》为"禅文学中的上乘之作"②。神田对觉范的《渔家傲》进行赏析后，还根据题注中的"戏效宝宁勇禅师咏古德遗事"，联想到北宋著名文学家、书法家黄庭坚的《山谷琴趣外篇》中亦有类似题注，记为"江宁江口阻风，戏效宝宁勇禅师古《渔家傲》"。③ 于是，神田推测在觉范创作《渔家傲》之前，禅林中已流传着由一位名为

---

① 神田喜一郎「一　緒言」、『神田喜一郎全集　第 6 巻』、10—11 頁。
② 神田喜一郎「五山文学と填詞（二）」、47 頁。
③ 神田喜一郎「五山文学と填詞（二）」、47—48 頁。

宝宁勇的禅师所作的《渔家傲》。为了验证此推论，神田查阅了《五灯会元》卷十九中的传记，指出确有"宝宁勇禅师"其人。而后，神田又尝试寻找此人所作的《渔家傲》原文，尽管未能找到，但神田得出了一个初步的结论："按照山谷和觉范所言，宁勇禅师的《渔家傲》也是吟咏古德遗事之作。这一点是确信无疑的。"① 在此基础上，神田提出了进一步推论："像这样填《渔家傲》之调来吟咏古德遗事，是不是已成为禅林的一种惯例了？"② 并对此进行求证。除觉范、黄庭坚与宝宁勇，神田喜一郎又举出宋人晓莹《感山云卧纪谈》中采录的《渔歌子》十阕作为线索，并验证了其作者李彭的身份。首先，《感山云卧纪谈》的著者晓莹是大慧宗杲禅师的弟子。其次，据书中所载，李彭与大慧宗杲是同门关系，《渔歌子》正是李彭与大慧宗杲一同出游时写下的。再次，李彭《渔歌子》词牌中的"汾阳""慈明"等皆为其同门禅僧的法号。此外，为了证明在历史上确有李彭其人，神田又援引了两份文献，一是清人陆心源所著《宋史翼》中的传记，此传称李彭与苏东坡、黄庭坚交情甚笃；二是在大慧宗杲所著《年谱》，在其中可以查到李彭的名字。神田由此得出结论："当时的禅林之中存在创作《渔歌子》《渔家傲》的惯例，这已是一个事实。"③ 作为延伸与拓展，神田又举出一篇由女性所作的《渔家傲》，并指出据《感山云卧纪谈》所载，该女子名为"无际道人"，其创作旨在吟颂圆悟克勤，而圆悟克勤正是大慧宗杲的老师。就这样，通过一系列文献互证，神田确定了多名与禅林《渔家傲》创作活动相关的历史主体，且这些主体大多师出同门，彼此私交甚笃。

为了进一步考证创作《渔家傲》的时代背景，神田引用了与宝宁勇禅师处于同一时代的《释氏要览》，并重点关注以下史实：《渔家傲》是"唱导之词，南方禅人一度将此作为教化大众的一种方法来使用"。④ 根据这段记载，神田推断觉范写作《渔家傲》并非偶然：

① 神田喜一郎「五山文学と填詞(二)」、48頁。
② 神田喜一郎「五山文学と填詞(二)」、49頁。
③ 神田喜一郎「五山文学と填詞(二)」、53頁。
④ 神田喜一郎「五山文学と填詞(二)」、54頁。

填《渔家傲》歌咏古德遗事这一做法应是缘起于当时南方禅林中人的惯例。而这种惯例后来也成为一段轶事，以至出现了黄山谷、觉范，还有李彭、无际道人等追随者。①

值得注意的是，完成《渔家傲》的相关考证后，神田以更广阔的视野论述《满庭芳》等其他曲调与禅文学之间的关系：

禅文学中的词未必仅限于《渔歌子》《渔家傲》，当时还有很多曲调。在此仅举一例，上文言及的《罗湖野录》上卷中载有潼川府天宁则禅师所作的一阕牧牛词。该词所依之曲调乃《满庭芳》，实属罕见。其作与一般所见的《满庭芳》在文体上略有不同。②

由上文可知，神田的探讨范围已从禅文学与《渔家傲》的对应关系扩展了。虽然神田没有在《满庭芳》之外再引入其他证据，但有心人可由此发现更多值得关注的问题。例如，不同曲调在不同宗派中的接受情况、各宗派依照不同曲调开展的创作活动以及相关作品等，都是以往中国佛教文学史研究中未曾受到关注的课题。

实际上，在中国佛教文学史上，偈颂与诗歌都占有较为重要的地位，像《渔家傲》这样的词作往往不受重视。③ 作为一种佛教文学体裁，偈颂有着较为悠久的历史，以佛典为基础，以诗歌形式传达经文大义，浅显易懂，后来发展为一种独立的文体。在唐朝与宋朝，禅林一般会围绕偈颂的创作组织和开展专门的培训。与此同时，禅僧作诗也蔚然成风。诗歌在音调、格律等方面都有严格要求，其中之佳作往往简洁凝练，境界深远。因此，禅僧的诗歌与偈颂一并被列为禅文学的代表。与此相对，由于词这一体裁原为宴游中使用的文体，且多吟唱男女情事，禅林正统对作词一般持轻蔑态度。受这种传统观念影响，在中国佛教文学领域，词的相关研究仍

---

① 神田喜一郎「五山文学と填詞（二）」、54 頁。
② 神田喜一郎「五山文学と填詞（二）」、61 頁。
③ 孙昌武：《中华佛教史：佛教文学篇》，山西教育出版社，2013，第 200~203 页。

较为滞后，无论在史料方面，还是在批判研究方面，都比不上偈颂和诗歌的相关研究。作为主张实证主义研究的学者，神田喜一郎并未拘泥于这种"成见"。实证主义者的学术旨归在于发掘现象中"那些与客观事实一致的定律"①，将探求具有普遍性的规律视为学术的第一要义。因此，所有文献在未经考订和确证前都是相对的，需要对其真伪提出质疑，这样其在知识系统中的地位便被悬置起来。基于这样"相对化"的视点，神田认为无论是偈颂还是未受到广泛关注的禅林词作，在本质上并无优劣之分。虽然他将觉范的《渔家傲》称为禅文学中的上乘之作，但他并未断定这首词为觉范个人天赋的产物，而是通过严密的考证，对其中的"集体创作"痕迹予以观照，如宝宁勇禅师开风气之先的《渔家傲》、禅林中以口头或书面形式流传的古德遗事、禅宗人士教化大众的民间曲调等，这与实证主义学派重视客观事实的治学特色是一脉相承的。由神田喜一郎的考察可知，在北宋时代的南方禅林中，作词并非个例。在当时的参禅者中，亦不乏将《渔家傲》纳入禅文学视野甚至热心创作之人。换言之，在北宋的禅文学中确实产生了作词的谱系，而《渔家傲》便是其中一个分支。从形式上来看，它由民间曲调演化而来，音韵、主题等方面留下了诸多可供词人再创作的余地，禅林人士在创作《渔家傲》时将个人内心体验与祖师教诲凝聚在一起。神田喜一郎的实证式研究勾勒出作为禅文学的《渔家傲》从出现、成型到流变的发展过程，它的意义不仅是形式上的，即文学理论中所说的"限定的和连续的题材或主题"②、创作意图、审美意蕴等，而且反映出创作者的生活态度和行为方式，正如神田所用的"惯例"一词所提示的，《渔家傲》背后有鲜活的民间传统，从民间词调与禅文化的相互阐发，到文人与禅林的交游，具有广阔的社会背景。

　　神田喜一郎的中国佛教文学研究集中体现了其对实证主义学派传统的继承与超越。一方面，神田喜一郎对中国佛教文学的重视源于其在日本学界整体推崇学科专业化潮流下的独特理念，即尊重中国文化特质，主张开

---

① 田辺寿利『コント実証哲学』、岩波書店、1935、30—31 頁。
② 〔美〕韦勒克、沃伦：《文学理论》，刘象愚等译，江苏教育出版社，2005，第276页。

展跨学科的综合性研究，因而将研究领域拓展至鲜有人关注的中国佛教文学领域。另一方面，他采用的研究范式沿袭了实证主义学派的基本观念与治学方法，对诸多文献进行批判、考究，而后对得出的结果进行统一、综合①，最后得出一个更具普遍性的结论。从方法论层面来看，神田的研究范式与实证主义学派一脉相承。但相较狩野直喜、内藤湖南等学派代表，神田喜一郎的研究旨趣有所不同，他对中国佛教文学的研究更多地出自其对人文本位的关切，力求还原中国传统文化的本来面目，故而他能够在日本学界整体热衷于解构传统文化经典之时专注于无人问津的冷门学问，为后世留下大量可供借鉴的基础性研究成果。进一步回溯神田实证主义研究的原点，无疑是其对中国传统文化"整体性"特质的深刻理解。在此意义上，神田喜一郎的实证主义研究具有超越时代的独到之处。

三　神田喜一郎实证主义研究的局限性

关于实证主义学派的治学特色，前人主要从方法论角度对其进行综合述评。严绍璗指出，"他们一方面推崇注重确凿事实的治学方法，强调'原典批评'（文本批评）的重要性；另一方面也十分重视'独断之学'的价值，主张建立哲学范畴，摆脱繁琐之弊，从文明的批判与社会改造的见地出发，表明独立的见解"。②实际上，实证主义学派中真正能做到"独断之学"者寥寥无几，这与其方法论的局限性有关，具体主要体现在两个方面。其一，处理材料重归纳、轻演绎。正如钱婉约所言，实证主义学派"优于对校、他校而欠缺理校。理校是一种演绎的过程，即从现有的材料出发，深入挖掘，由思考者、演绎者通过思维演绎而推断出新的结论。可以说，演绎法是一项更需要研究者功力与识见的'创造'活动、'发明'活动。做得不好，容易滑入妄下

---

① 李群：《从整理国故看胡适与日本汉学界》，《江淮论坛》2008 年第 4 期，第 161 页。

② 严绍璗：《日本近代中国学中的实证论与经院派学者——日本中国学家狩野直喜·武内义雄·青木正儿研究》，《岱宗学刊》1997 年第 2 期，第 47 页。

结论、信口雌黄的险地。在乾嘉学者中，也只有某些大家才能够成功做到"。① 实证主义学派长于收集史料文献并加以整理归纳，这一优势与其精审、谨慎的治学态度密切相关，但如果疏于"理校"，则不利于对中国文献展开深入研究，提出具有现实意义的新观点。其二，研究选题重个别问题，对于个别事实的研究显示出较高的考据水平与学术功力，不重视对中国文、史、哲等领域的总体把握。尽管"见微知著""以小见大"亦是学术研究可取的路径之一，但就实证主义学派的学术旨归而言，"客观事实"始终处于第一位，实证主义学派认为对研究对象整体性的认识或判断属于主观的议论，学术价值较低，因而考据往往成为其研究实践的重心所在。

神田喜一郎的中国佛教文学研究亦体现出实证主义学派的这些局限性。首先，神田倾向于把文学文本视同于史料，经过严谨翔实的考证后，从中推导出具有普遍性的规律。在上述理念的指引下，神田的研究并不重视文本的思想性和文学性，而更多地关注各个作品指向的同一个事实。正因如此，在前述神田对禅林作词的研究中，他最终得出结论，即填词曾在中国佛教文学史上占有一席之地，且作为一种"惯例"存在。其次，神田以"相对化"视点推进研究。实证性思维尊崇科学、理性，倾向于用经验现象背后的恒常性与不变性来解释现象、发现真理，故只有将所知诸多材料相互比照，确认彼此具有内在一致性后，实证才能宣告完成。所以，神田总是将所有文献视为有待求证的对象，将文献的真实性相对化，当得到确证时，便不再深究文献的思想内涵，而是展开关于事实的新一轮考证。在此过程中，文献资料的翔实与系统理论建构的阙如形成鲜明对比，其研究中仅文献考据的相关论述就占用大量篇幅，这亦是其研究成果未成体系而最终未能写出一部"中国缁流文学史"的原因之一。神田的研究并非囿于个别问题，也可以说是放眼于日本汉学学科的长远发展，有其对中国传统文化进行整体把握的初衷。美国著名汉学家薛爱华认为，这种研究

① 钱婉约：《日本中国学京都学派刍议》，《北京大学学报》（哲学社会科学版）2000 年第 5 期，第 132 页。

方法就是"对文本遗存的分析与阐释，利用如金石学、古文字学、训诂（解经）、低等和高等批评等学术手段，引向对作为文化复杂性和思想微妙性的一种直接表现的文献/文学的研究"。① 神田喜一郎经过翔实考证，如实还原中华文明的生动细节，后人亦由此获得大量珍贵的一手史料。根据神田提示的一系列文献，不难发现《渔家傲》这一通俗曲调的丰富性与多元性。从这个角度看，占用大量篇幅的实证主义研究并非可有可无的存在。

可见，就中国优秀传统文化的传承发展而言，实证主义研究的方法不可避免地具有两面性。从积极影响来看，实证、求真精神及注重文献收集与考证的方法大大拓宽了研究的范畴，为开展跨学科研究创造了有利条件。中国佛教文学史研究往往先提出佛教文学的定义与分类标准，而后进行整理评析，神田则不然，他以具体个案为中心，尽可能还原作品在历史变迁中的本来面貌，从而将各种类型、系统自然纳入其研究范围。这样一方面可以补足作品诞生的社会历史语境，另一方面亦可以在"相对化"视点的引导下，不断挖掘出新的文学作品与史料文献，有利于打破文学史研究中常见的四重"隔膜"：①精英与大众的隔膜，②经典与非经典的隔膜，③正统思想与一般知识、思想与信仰的隔膜，④文学文本与历史文本、宗教文本等其他文本的隔膜。这种方法使神田的中国佛教文学研究成为一个不断发展、开放的知识系统，不仅对中国佛教文学史的完善、发展有着重要意义，亦为撰写各类文学史提供了重要借鉴。

需要指出的是，实证主义者的"相对化"视点固然体现了求真、实证精神，但这种精神带有一定的虚无主义倾向。对于实证主义学派而言，一个"普遍性事实"只有在可知、可及的范围内的所有材料中都得到确证，才能得出确切的结论。换言之，只要新史料持续出现，观察比对和考证就不会停止。神田喜一郎对《渔家傲》的研究便是其中一例，其研究对象最初仅限于禅僧觉范的一篇作品，而后扩展至禅林内外，甚至进一步延伸至净土宗文学。但在这一过程中，除了对历史事实的确认外，神田并

---

① 转引自沈卫荣《"非驴非马"的汉学家和"半吊子"的区域研究》，澎湃网，2020 年 6 月 8 日，https://www.thepaper.cn/newsDetail_forward_7737595。

未轻易提出其他论断。同属"支那学社"的武内义雄则走得更远。武内曾质疑历代中国学者对《老子》《论语》的注解，认为其中包含了后人对老子、孔子原话的穿凿附会，必须剔除后人添加的部分，严加校验比对，执意找出纯粹无瑕的"原文本"，最终走上了文献虚无主义的不归路。①著名学者马克斯·韦伯曾在《学术与政治》一书中提出"科学不涉及终极关怀"②，应当不带偏私地为"求真""祛魅"服务。韦伯的观点显示出一种实事求是的态度，不无合理之处。但正如《庄子》所言"吾生也有涯，而知也无涯"，人类的一生是短暂的，难以穷尽所有知识。在信息技术发展日新月异的当今时代，有待鉴别的新知正以指数级速度增加。在这样的条件下，融入新的问题意识并适当进行取舍，就显得尤为必要。

中国自古以来亦有"文以载道"的传统。在《论语·先进篇》中，"文学"属于孔门四科之一，有文章博学之意，"学术"与"诗文"不分家。"学术"有富于文学性的一面，而"诗文"亦能发挥相当于"学术"的作用。但是，按照实证主义学派的基本观念，汉籍中的"文"皆为无差别的研究客体，验证和考订其真伪才是首要前提。于是，中国古文献承载的"道"被置于次要地位，中国人几千年来反复思索的问题被悬置于括号中。在前述所举神田喜一郎的研究例子中，后人固然能确认一个事实，即北宋的一部分禅僧独辟蹊径，通过填词表达参禅体验，此后这种做法在禅林中流传开来，在相互效仿中渐成习俗，并影响了与禅宗关系密切的文人。在思想史层面参禅者以词入禅，大胆采用被排斥在主流之外的文体进行写作，实际上与禅僧、知识分子的出世观与入世观密切相关，这也是中国知识分子古往今来反复思索的重要命题。进而言之，佛教传入中国的重要条件之一就是"承担起替中国人解脱精神困境、开拓思想出路的任务"③。此后，在佛教逐渐实现中国化的过程中，出现了"儒以治外、

---

① 〔日〕子安宣邦：《东亚论：日本现代思想批判》，第184~195页。
② 〔德〕马克斯·韦伯：《学术与政治》，冯克利译，生活·读书·新知三联书店，2016，第34页。
③ 孙昌武：《中华佛教史：佛教文学篇》，第5页。

佛以治内""儒以治国、道以治身、佛以治心"之类的说法。章太炎也曾指出："佛教行于中国，宗派十数，独禅宗为盛者，即以自贵其心，不援鬼神，与中国心理相合。"① 可见，中国佛教文化注重心性问题的探讨和解决，在给中国学术补充新内容的同时，也丰富了中国人的精神世界。然而，关于这些问题的探究在神田喜一郎实证主义研究中却被文献考订、史实复原所取代，违背了其对中国传统文化进行整体性研究的初衷。在此意义上，神田未能写出"中国缁流文学史"，与其说是遗憾，毋宁说是一种必然。

结　语

进入明治时代以后，日本积极输入西方"实学"，日本中国学学界亦随之发生重大转折，转而基于理性主义、实证主义开展中国传统文化研究。实证主义学派是在这一时代大潮中最早形成的学派，在研究中注重求证确凿事实、发掘客观规律，推行严谨翔实的原典研究，其基本观念与治学方法延绵一个世纪有余，对后世有着深远影响。

本文以该学派第二代学者神田喜一郎的中国佛教文学研究为例，聚焦神田的中国传统文化观，评述了其实证主义研究的优势与局限性。神田喜一郎继承了该学派的基本观念与治学方法，但因其家学渊源、个人志趣影响，在日本学界整体推崇学科体系"专业化"的大潮中，主张对中国文化开展"综合性"的研究。他基于中国传统文化"综合""融通"的特质，高度关注中国佛教文学、文化，研究对象包括诗、书、画、印等各类艺术形态。从神田喜一郎的中国佛教文学研究可以一窥实证主义研究范式的优势与局限性。一方面，他注重文献收集与考证的治学方法有利于打破经典与非经典、精英与一般民众的界限，发掘被精英史学忽视的优秀传统文化资源，还原创造优秀传统文化的多重历史主体；另一方面，他的实证主义立场欠缺终极关怀，带有一定的虚无主义倾向，一旦过分强调对汉籍原典的校对考订，便有可能将中国古文献承载的精神向量"悬置"，不利于中国

---

① 章太炎：《章太炎全集》第4册，上海人民出版社，2014，第386页。

传统文化资源的创造性转化与创新性发展。可见，神田喜一郎的"综合性"中国学研究既有超越时代之处，亦显示出受时代束缚的局限性。

实证主义学派的治学范式，无论是其理念上具有的开放性，还是其实践中存在的局限性，都昭示了中国传统文化根脉深厚、博大精深。不同领域、不同世代、不同国家和地区学者立足人文关怀，开展通力合作，才能充分挖掘其价值所在，推动中国文化与他文化共建人类文化，实现"美美与共，天下大同"的美好愿景。

（审校：陈梦莉）

日本个人所得税税前扣除制度的维度及其演进

李清如[*]

内容摘要： 日本个人所得税税前扣除包括必要经费扣除和所得扣除两个层级，分别在计算各项所得额和应纳税所得额环节进行扣减，对纳税人的必要经费支出、家庭构成、配偶就业、身体状况、额外支出、特殊事项等影响税负承担能力的因素进行综合考虑，在保障纳税人基本生活的基础上，发挥个人所得税收入再分配机能，并将其作为调节经济的政策工具，配合消费税等其他税种进行改革。近年来，随着日本经济社会结构变化，个人所得税税前扣除制度显露出诸多问题，日本国内围绕个人所得税收入再分配与筹集财政收入的机能强化、就业方式多元化与促进女性就业、税制与社会保障一体化改革等方面展开大量讨论，日本政府也着手进行调整。日本个人所得税税前扣除制度的设计与演变具有自身特点，但也存在一些缺陷。

关 键 词： 日本　个人所得税　扣除制度　所得扣除　必要经费扣除

日本自"夏普劝告"确立战后税制体系至今已有 70 多年，其间个人所得税税前扣除项目不断得到修改与完善。现行制度包括与收入相对应的必要经费扣除和所得扣除两个层级，所得扣除包括个人及家庭生计扣除、特殊人士扣除、特殊事项及其他扣除等项目，在考虑纳税

---

* 李清如，经济学博士，中国社会科学院日本研究所副研究员，主要研究方向为国际贸易学、日本经济与世界经济。

人支付能力的基础上，发挥个人所得税筹集财源和收入再分配机能。同时，随着近年来日本经济社会结构不断变化，日本个人所得税也出现扣除过多以致侵蚀税基、财源调配能力减弱、收入再分配机能恶化、扣除体系难以协调等诸多问题，对扣除项目的调整成为日本税制改革的重点。目前，中国相关研究主要集中在对个人所得税征收管理的某一方面或某一环节进行分析或者国际比较，对一定期间或某一年度日本税制改革的动向进行总结，以及对个人所得税中某一特定所得类型或扣除项目进行具体分析，① 关于个人所得税税前扣除的演进、设计及改革方向等的系统性研究尚不多见。因此，本文拟对相关问题做系统分析。

一　日本个人所得税税前扣除的发展过程

个人所得税是日本主要税种之一。近年来，个人所得税在日本中央政府一般会计税收总额中所占比重为 31%~33%，是日本财政收入的重要来源。② 扣除项目是个人所得税基本构成要素，随着日本经济和社会变迁，个人所得税税前扣除项目也经历了不断调整的过程。

---

① 参见张舒英《个人所得税制改革趋向——对日本等主要发达国家的比较分析》，《日本学刊》2002 年第 2 期，第 28~44 页；王雁玲《中日个人所得税"起征点"之比较》，《地方财政研究》2010 年第 11 期，第 76~80 页；李华、袁帅《个人所得税房贷利息扣除的国际实践与思考》，《税务研究》2017 年第 3 期，第 79~84 页；谭军、李铃《日本个人所得税征管特色与借鉴》，《国际税收》2017 年第 6 期，第 66~69 页；张耀文、张路乔《日本个人所得税自行纳税申报制度特色与借鉴》，《财政科学》2019 年第 6 期，第 152~158 页；胥玲《日本个人所得税：制度、实践与启示》，《国际税收》2019 年第 9 期，第 29~34 页；糜懿全、夏宏伟《从日本、韩国税收实践看我国个人所得税汇算清缴工作》，《国际税收》2020 年第 3 期，第 51~56 页；李貌《日本所得税中"不动产所得"的政策分析与借鉴》，《国际税收》2020 年第 7 期，第 45~51 页；王晓洁、尤梦莹《完善慈善捐赠税收优惠政策：国际经验与启示》，《税务研究》2022 年第 12 期，第 67~73 页；等等。

② 此处为 2010~2022 年度个人所得税在日本一般会计税收中所占的比重。其中，2021 年度以前为决算值，2022 年度为预算值。参见「一般会計税収の推移」、財務省ホームページ、https：//www.mof.go.jp/tax_policy/summary/condition/a03.htm［2023-4-16］。

（一）二战后至经济高速增长时期（二战后至 1973 年）

二战后，日本基于"夏普劝告"确立了以直接税为主体的税制体系。在个人所得税税前扣除方面，设置基础扣除、扶养①扣除和职业扣除等主要项目，还设有残障扣除、损失扣除和医疗费扣除等特别扣除。② 20 世纪 50 年代中期开始，日本进入经济高速增长期，1956～1973 年平均实际国内生产总值（GDP）增长率达到 9.3%。③ 经济高速增长带来税收大幅增加，日本政府连年实施个人所得税减税措施，以降低纳税人的税收负担，激发经济活力，其主要方式就是提高税前扣除的额度。其中，基础扣除由 1955 年的 7.5 万日元上升至 1973 年的 20.8 万日元；1961 年，配偶扣除从扶养扣除中分离出来，作为一项独立的扣除项目，其扣除额度由设立时的 9 万日元提高至 1973 年的 20 万日元；1972 年，增设老人扶养扣除，对于扶养 70 岁及以上亲属的情况，进一步提高扣除额度。

（二）经济中速增长时期（1974～1991 年）

20 世纪 70 年代石油危机爆发，日本经济高速增长期结束。1974～1991 年日本平均实际 GDP 增长率为 4.0%，被称为"稳定增长期"或"中速增长期"。④ 这一时期日本的个人所得税税前扣除可以划分为两个阶段。

第一个阶段是 20 世纪 70 年代初期至 80 年代中期泡沫经济兴起前。石油危机后，日本经济降速，税收减少，财政压力加大，无法再像经济高速增长期那样每年进行减税，但减轻居民税负、维持经济增长和社会稳定

---

① 日本个人所得税中的扶养扣除项目既包括对子女的抚养，也包括对平辈亲属的扶养和对父母长辈的赡养。因此，"抚养扣除"或"扶养亲属"均按照这一说法。

② 石弘光『現代税制改革史—終戦からバブル崩壊まで—』、東洋経済新報社、2009、48－51 頁。

③ 「令和 4 年度年次経済財政報告」、内閣府ホームページ、https：//www5.cao.go.jp/j-j/wp/wp-je22/index_pdf.html［2023-4-16］。

④ 日本的稳定增长期具体指从 1973 年 12 月至 1991 年 2 月泡沫经济破灭，此处以年份概述。参见「令和 4 年度年次経済財政報告」、内閣府ホームページ、https：//www5.cao.go.jp/j-j/wp/wp-je22/index_pdf.html［2023-4-16］。

的需求仍然存在。因此，日本政府通过法人税和间接税增税的方式继续进行个人所得税减税，主要措施是提高个人及家庭生计扣除以及必要经费扣除中的工资薪金扣除额度。①

第二个阶段是 20 世纪 80 年代中期至 90 年代初泡沫经济时期。这一时期的核心内容是 80 年代中后期的"中曾根－竹下税制改革"。此次税制改革引入一般消费税，从根本上改变了"夏普劝告"以来日本以直接税为主体的税收体系，个人所得税税前扣除也随之调整，提高了基础扣除、配偶扣除和扶养扣除的额度，增设了配偶特别扣除和特定扶养扣除，纳税人配偶收入在一定范围内的情形以及纳税人存在高中至大学阶段（16~22 岁）扶养亲属的情形，可以适用于不同的扣除项目。

（三）泡沫经济崩溃后（1992~2011 年）

20 世纪 90 年代初，日本泡沫经济破灭，经济进入长期低迷，一些年份实际 GDP 甚至出现负增长。这一时期个人所得税税前扣除改革可以划分为两个阶段，即泡沫经济崩溃后至 20 世纪 90 年代末和进入 21 世纪以后。

在第一个阶段，由于经济衰退，财政收入情况严重恶化，日本政府面临经济增长和财政重建的双重难题。为扩充财源并兼顾经济景气，日本政府以消费税增税和个人所得税减税相配合的方式，提高消费税税率，并对个人所得税的税率和扣除项目进行调整。其中，基础扣除和配偶扣除中的一般配偶扣除及配偶特别扣除，以及扶养扣除中的一般扶养扣除、特定扶养扣除和老人扶养扣除，扣除额度均有所提高。因此，可以看出，20 世纪 50 年代中期至 20 世纪末，虽然各阶段税制改革的背景、目的和方式有所不同，但个人所得税税前扣除基本是以提高扣除额度、降低所得税负为特征。

这一趋势在进入 21 世纪以后发生了转变。20 世纪 90 年代中后期，

①　石弘光『現代税制改革史—終戦からバブル崩壊まで—』、362-363 頁。

日本大幅减税，并没有起到刺激经济增长的预期效果，反而带来财政赤字迅速增加。因此，进入 21 世纪以后，相对以前直接提高扣除额度的做法，日本开始从推动经济发展模式由量向质转换、把握社会结构性变化的视角出发，探索税制改革的方向及其应发挥的作用。由于日本经济社会的基石正在改变，日本社会将从以中青年为主体的年轻型社会向成熟型长寿社会过渡，而支撑经济高速增长的因素如高储蓄率、人口红利、劳动力增加等基本已经不复存在，财政可持续性也成为问题，因此税制改革以及经济社会各制度的改革，应该把握日本经济社会构造变化的"实像"，从经济高速增长期间追求量的扩大向以质的充实为基轴的经济社会发展模式转换，在社会多样化的进程中寻求所得课税、消费课税和资产课税等多种课税方式的适当税负水平。[1] 在此背景下，个人所得税改革不再将提高扣除额度作为主要措施。基础扣除、配偶扣除和一般扶养扣除等扣除项目的额度自 20 世纪 90 年代中期上升至 38 万日元之后，多年未再提高。而且，从结构性调整的角度出发，2004 年废止配偶特别扣除的上浮部分，2005 年废止老年扶养扣除，2010 年配合儿童补贴的设立废止年少扶养扣除[2]，取消 16~18 岁特定扶养扣除等。

（四）2012 年至今

近年来，日本更加强调基于经济和社会变化开展税制改革及相关研讨。2012 年，日本政府公布《社会保障与税制一体化改革大纲》，提出在确保社会保障所需财政收入来源的前提下，对社会保障和税制进行一体化改革。[3] 2014 年和 2015 年，日本政府税制调查会先后发布了《关于探讨

---

① 内閣府税制調査会『わが国経済社会の構造変化の「実像」について—「量」から「質」へ、そして「標準」から「多様」へ—』、内閣府ホームページ、https：//www.cao.go.jp/zei-cho/history/1996-2009/etc/2004/pdf/160622. pdf［2023-4-16］。

② 日本个人所得税中的扶养扣除按不同年龄被扶养人所需的花费设置不同的扣除额度。其中，0~15 岁属于年少扶养扣除，但随着儿童补贴的设立这一项目被废止；由于此前 16~18 岁孩子高中期间需要交学费，所以设置特定扶养扣除，扣除额有一定提高，但随着高中免学费的普及，特定扶养扣除被压缩，变为一般扶养扣除。

③ 「社会保障・税一体改革大綱について」、内閣官房ホームページ、https：//www.cas.go.jp/jp/seisaku/syakaihosyou/kakugikettei/240217kettei. pdf［2023-4-16］。

女性工作方式中立性税制的论点整理》、《关于构建中立性税制及个人所得税改革的论点整理》以及《基于经济社会构造变化的税制改革相关论点整理》，2016 年和 2017 年两次提交《基于经济社会构造变化的税制改革中间报告》。① 在中间报告的基础上，2019 年日本税制调查会公布了《基于经济社会构造变化的令和时代税制改革报告》，提出应从中长期视角把握日本经济社会的构造变化，发挥各税种和税务管理的作用，同时重新审视总人口减少和少子老龄化进程中的社会保障制度及其他制度的运行方式，调整个人所得税的扣除项目，促进纳税负担合理化。②

相应的，个人所得税税前扣除体系也在发生变化。为强化税收筹集财政收入和所得再分配机能，2012 年设置工资薪金扣除收入上限，即当纳税人收入超过一定水平时，扣除额度不再增加，此后，收入上限被不断压缩，最高扣除额度也随之降低。为增加女性就业，促进就业方式多元化，2017 年度税制改革对配偶扣除的适用条件和扣除额度进行修改，2018 年度税制改革对工资薪金扣除、年金扣除和基础扣除的构成进行调整。因此，近年来日本个人所得税税前扣除的重点内容包括：对必要经费扣除进行合理化改革，促进就业方式多元化，激发经济活力；强化收入分配机能，扩充财政收入来源，提高高收入阶层的纳税额；保障低收入阶层基本生活，实施社会保障与税制一体化改革等。

---

① 参见内閣府税制調査会「女性の働き方の選択に対して中立的な税制の検討にあたっての論点整理」、内閣府ホームページ、https：//www. cao. go. jp/zei‐cho/shimon/26zen9kai6. pdf；内閣府税制調査会「働き方の選択に対して中立的な税制の構築をはじめとする個人所得課税改革に関する論点整理（第一次レポート）」、内閣府ホームページ、https：//www. cao. go. jp/zei‐cho/shimon/26zen12kai7. pdf；内閣府税制調査会「経済社会の構造変化を踏まえた税制のあり方に関する論点整理（第 1 部）」、内閣府ホームページ、https：//www. cao. go. jp/zei‐cho/shimon/27zen28kai3. pdf；内閣府税制調査会「経済社会の構造変化を踏まえた税制のあり方に関する中間報告」、内閣府ホームページ、https：//www. cao. go. jp/zei‐cho/shimon/28zen8kai3. pdf；内閣府税制調査会「経済社会の構造変化を踏まえた税制のあり方に関する中間報告 2」、内閣府ホームページ、https：//www. cao. go. jp/zei‐cho/shimon/29zen16kai6. pdf［2023‐4‐16］。

② 内閣府税制調査会「経済社会の構造変化を踏まえた令和時代の税制のあり方」、内閣府ホームページ、https：//www. cao. go. jp/zei‐cho/shimon/1zen28kai1_2. pdf［2023‐4‐16］。

二　日本个人所得税税前扣除的
制度设计

日本个人所得税税前扣除包括必要经费扣除和所得扣除两个层级，分别设置在计算个人所得税的不同环节，起到抵减应纳税所得额和应纳税额的作用。

（一）日本个人所得税税前扣除的构成

日本个人所得税以个人所得为课税对象。根据所得的来源与性质，日本《所得税法》将应纳税所得划分为十大项，包括工资薪金所得、事业经营所得、不动产租赁所得、财产转让所得、股息红利所得、利息所得、山林所得、离职所得、偶然所得以及杂项所得。每项所得由收入减除为取得收入而花费的必要经费计算得出，原则上各项所得加总后为纳税人所得总额；所得总额减除各项所得扣除后的余额为应纳税所得额，应纳税所得额乘以适用税率，为所得税额。即各项收入－必要经费扣除＝各项所得，各项所得加总＝所得总额；所得总额－所得扣除＝应纳税所得额，应纳税所得额×税率＝所得税额。①

因此，必要经费扣除和所得扣除构成日本个人所得税税前扣除的两个层级。日本个人所得税为综合与分类相结合的税制结构。如图 1 所示，在各项收入扣除必要经费后，工资薪金所得、事业经营所得、不动产租赁所得、财产转让所得、股息红利所得、偶然所得以及杂项所得等七项纳入综合所得合并计算个人所得税，利息所得、山林所得、离职所得、财产转让所得中的土地、建筑物以及股息红利所得计入分类所得，

---

① 在计算应纳税额时，还应在所得税额中减除各项税额扣除，如为调整本国与外国双重课税而设立的外国税额扣除以及住宅贷款扣除等。参见「基本的な仕組み」、财务省ホームページ、https：//www.mof.go.jp/tax_policy/summary/income/b01.htm；「所得税のしくみ」、国税庁ホームページ、https：//www.nta.go.jp/publication/pamph/koho/kurashi/html/01_1.htm［2023-4-16］；森信茂樹『日本の税制—何が問題か—』、岩波書店、2011、83-201 頁；田原芳幸編著『日本の税制（平成 28 年度版）』、財経詳報社、2016、82-129 頁。

其中股息红利所得中的上市公司分配部分可以在综合课税和分类课税中进行选择。① 综合所得采取超额累进税率，分类所得则适用于各项适用税率。

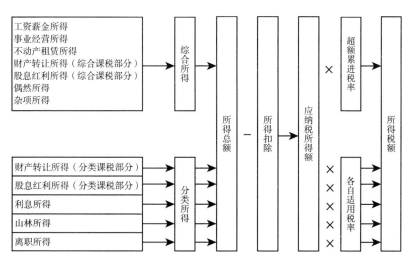

图1 日本个人所得税计算流程

资料来源：根据日本财务省及国税厅相关资料制作。参见「基本的な仕組み」、财务省ホームページ、https：//www.mof.go.jp/tax_policy/summary/income/b01.htm；「所得税のしくみ」、国税庁ホームページ、https：//www.nta.go.jp/publication/pamph/koho/kurashi/html/01_1.htm［2023-4-16］。

（二）必要经费扣除

必要经费扣除构成日本个人所得税税前扣除的第一层级。日本《所得税法》规定，为取得收入而支出的必要经费原则上可以在收入中扣除，各项收入扣除必要经费后的余额即为各项所得。根据所得种类，必要经费扣除存在多种形式。例如，事业经营所得的必要经费主要包括为取得收入而产生的直接必要的产品成本、管理费用及销售费用等，财产转让所得的必要经费主要包括被转让财产的取得成本及转让费用等，不

---

① 利息所得原则上采取源泉扣缴方式，不设置必要经费扣除项目，以利息收入全额计入所得，且不参与此后的所得扣除环节。

动产租赁所得的必要经费主要包括固定资产折旧、修缮费用及其他税费等，股息红利所得的必要经费主要包括为购买股票而借款产生的利息费用等，山林所得的必要经费主要包括植树育林费用及管理费用等，离职所得根据就职年限确定相应的减除额度。其中，应用最普遍的项目是工资薪金扣除项目。

领取工资收入的就业者占日本全部就业者的比例约为八成。① 日本个人所得税中工资薪金扣除项目的设置，一方面是考虑到纳税人为开展工作、取得工资收入而支出的必要经费，另一方面则与其他所得类型进行平衡，理由是工薪族受雇主的指示和命令进行工作，存在失业等风险，具有不安定性，并受到有形或无形的约束，因此对此进行补偿。工资薪金扣除额根据收入金额的一定比例确定，并设置最低保障额和最高限额，旨在保障工薪家庭维持基本生活的同时，限制高收入阶层扣除额，发挥个人所得税调节收入分配的机能。

（三）所得扣除

所得扣除构成日本个人所得税税前扣除的第二层级，可划分为基础扣除、配偶扣除、扶养扣除、特殊人士扣除、特殊事项及其他扣除五大类。其中，前三类被称为"基本扣除"，与中国个人所得税中每年6万元的减除费用以及专项附加扣除中子女教育和赡养老人项目相类似，是近年来日本税制改革的重点，其主要内容参见表1。

表1 日本个人所得税中的基本扣除项目

扣除项目	适用对象	扣除金额	所得限制条件及其他说明
基础扣除	个人所得税纳税人	最高48万日元	当纳税人所得总额超过2400万日元时扣除额递减，当纳税人所得总额超过2500万日元时不再进行扣除

---

① 森信茂樹『日本の税制—何が問題か—』、100頁。

续表

扣除项目		适用对象	扣除金额	所得限制条件及其他说明
配偶扣除	一般配偶扣除	配偶所得总额在48万日元以下,且配偶年龄未满70岁的个人所得税纳税人	最高38万日元	当纳税人所得总额超过900万日元时扣除额递减,当纳税人所得总额超过1000万日元时不再进行扣除
	老人配偶扣除	配偶所得总额在48万日元以下,且配偶年龄在70岁及以上的个人所得税纳税人	最高48万日元	当纳税人所得总额超过900万日元时扣除额递减,当纳税人所得总额超过1000万日元时不再进行扣除
	配偶特别扣除	配偶所得总额为48万~133万日元的个人所得税纳税人	最高38万日元	当纳税人所得总额超过900万日元时扣除额递减,当纳税人所得总额超过1000万日元时不再进行扣除
扶养扣除	一般扶养扣除	存在一同维持生计、所得总额在48万日元以下需要扶养的亲属,且该亲属年龄为16~18岁或23~69岁的个人所得税纳税人	38万日元	—
	特定扶养扣除	存在一同维持生计、所得总额在48万日元以下需要扶养的亲属,且该亲属年龄为19~22岁的个人所得税纳税人	63万日元	—
	老人扶养扣除	存在一同维持生计、所得总额在48万日元以下需要扶养的亲属,且该扶养亲属年龄在70岁及以上的个人所得税纳税人	48万日元	如果需要扶养的亲属为纳税人或其配偶直系亲属,且与纳税人或其配偶日常一同居住,则可以加扣10万日元

注:在2010年度日本税制改革中,由于儿童补贴的设立和高中教育免学费的普及,0~15岁的年少扶养扣除被废止,因此扶养扣除中没有针对0~15岁亲属的项目。

资料来源:根据日本财务省及国税厅相关资料制作。参见「所得控除に関する资料」、财务省ホームページ、https://www.mof.go.jp/tax_policy/summary/income/b03.htm;「所得控除のあらまし」、国税厅ホームページ、https://www.nta.go.jp/taxes/shiraberu/taxanswer/shotoku/1100.htm〔2023-4-16〕。

此外,特殊人士扣除包括残障扣除、寡居扣除、单亲扣除以及学生兼职扣除等项目。对于残障人士或家庭成员中存在残障人士的纳税人、寡居人士、单亲父母以及兼职学生，在所得总额不超过一定标准的情况下，可以享受相应的扣除。其中，如果纳税人本人为残障人士，或纳税人有共同维持生计的配偶或扶养亲属为残障人士，且该配偶或扶养亲属的所得总额不超过 48 万日元，则纳税人在计算应纳税所得额时，可以适用残障扣除，扣除额一般为 27 万日元。如果纳税人本人、配偶或扶养亲属符合残障程度较重或残障等级较高的特别残障人士认定范围，则扣除额上升至 40 万日元，并且在该配偶或扶养亲属与纳税人共同居住的情形下，扣除额进一步提高至 75 万日元。对于寡居人士，在所得总额不超过 500 万日元的条件下，扣除额度一般为 27 万日元。2020 年，为缓解单亲家庭生活困难的社会问题，日本个人所得税新设立单亲扣除项目，主要适用于纳税人配偶去世或者与配偶离婚后要抚养子女的情形，在纳税人所得总额不超过 500 万日元的条件下，扣除额度一般为 35 万日元。此外，学生兼职也可以享受一定金额的所得扣除，条件为所得总额不超过 75 万日元，且除工资薪金以外的所得不超过 10 万日元，扣除额度一般为 27 万日元，从而为学生打工补贴家用提供一定的支持。

特殊事项及其他扣除主要涉及三方面内容：①社会保险类扣除，包括社会保险费扣除、生命保险费扣除、地震保险费扣除以及小规模企业共济金缴存扣除等项目；②考虑纳税人支付能力，如果纳税人及其家庭因为特殊事项而遭受损失或者产生额外支出，可以适用所得扣除，包括损失扣除和医疗费扣除等项目；③捐赠扣除，在纳税人的捐赠支出符合特定捐赠范围的条件下，可就其中的一部分在应纳税所得额中进行扣除。

三 日本个人所得税税前扣除的改革重点和方向

个人所得税是近年来日本税制改革的重点领域。随着日本经济社会结构不断变化，日本个人所得税出现收入再分配机能弱化、扣除过多侵蚀税基、现行扣除体系难以适应就业结构调整与人口结构变化等诸多问题。基于此，日本国内围绕个人所得税收入再分配与筹集财政收入的机能强化、就业方式多元化与促进女性就业、少子老龄化社会的应对、税制与社会保障一体化改革等方面展开大量讨论，并提出了一系列改革方案。

（一）强化筹集财政收入的机能

筹集财政收入是个人所得税的重要机能。20 世纪 80 年代末到 90 年代中期，个人所得税在日本一般会计税收中的占比曾达到 40% 左右。此后随着消费税税率逐渐提高，个人所得税的一般会计税收占比有所下降，但仍基本维持在 30% 以上的水平。纵观日本平成时期，个人所得税的历年收入超过消费税和企业所得税，长期占据日本第一大税的位置。[①] 同时，随着日本少子老龄化加深，社会保障费用膨胀，财政支出不断扩大。为弥补巨额财政赤字，日本政府连年增发国债，国债余额持续攀升。截至 2021 年度，日本国债余额已经超过 1000 万亿日元。[②] 在 2023 年度预算中，仅社会保障支出和公债还本付息支出就约占政府预算的 54.4%。[③] 在恶劣的财政状况下，日本个人所得税筹集财政收入的机能变得愈加重要。

日本个人所得税扣除制度设计细致，项目繁多，在考虑纳税人家庭、就业、身体状况、特殊情况等的同时，也存在侵蚀税基的问题。根据日本学者测算，在家庭部门创造的总收入中，工资薪金扣除等必要经费扣除比例为 19.1%，基础扣除、配偶扣除和扶养扣除等与家庭相关的扣除比例为 12.7%，社会保险费扣除、医疗费扣除、雇主社会保障支出等与社会保障相关的扣除比例为 25.2%，三项合计为 57%，再加上其他非课税所得，

---

① 1989~2018 年度，除 2006 年度外，个人所得税在日本一般会计税收中的占比均超过 30%，并且超过消费税和企业所得税的占比。2006 年度，个人所得税在日本一般会计税收中的占比约为 29%，略低于企业所得税。2019 年度以后，随着消费税税率提高至 10%，消费税在税收总额中的占比有所上升，并在部分年度超过个人所得税，但个人所得税所占比重仍维持在 30% 以上。参见「一般会計税収の推移」，財務省ホームページ、https：//www.mof.go.jp/tax_policy/summary/condition/a03.htm〔2023-4-16〕。

② 「令和 4 年度年次経済財政報告」，内閣府ホームページ、https：//www5.cao.go.jp/j-j/wp/wp-je22/index_pdf.html〔2023-4-16〕。

③ 「令和 5 年度予算政府案」，財務省ホームページ、https：//www.mof.go.jp/policy/budget/budger_workflow/budget/fy2023/seifuan2023/index.html〔2023-4-16〕。

最终纳入征税范围内的所得仅占家庭部门总收入的 27.4%。[①] 美国上述三项合计扣减比例为 43%，课税所得占家庭部门总收入的 53.2%，相比之下，日本的课税基数大大缩减。由于扣除较多，日本 58% 的纳税人适用于超额累进税率中的最低税率 5%，另有 25% 的纳税人适用于次级税率 10%，个人所得税筹集财政收入的机能被弱化。[②]

以必要经费扣除中最常见的工资薪金扣除为例，根据收入金额的一定比例确定工资薪金扣除额，在 2012 年之前，工资薪金扣除并未设置上限，即随着工资收入的增加，扣除额可以无限提高。在个人所得税超额累进税率下，高收入阶层由于很大一部分收入被扣除抵减，其应纳税额大幅降低。为强化个人所得税筹集财政收入和调节收入分配的机能，如图 2 所示，在 2012 年度税制改革中，日本开始设置工资薪金扣除的上限，规定自 2013 年起，在工资收入超过 1500 万日元的情形下，最高扣除限额为 245 万日元。此后，扣除上限不断压缩，2014 年度税制改革规定，自 2016 年起扣除限额下调到工资收入超过 1200 万时最高扣除限额为 230 万日元，2017 年再下调到工资收入超过 1000 万时最高扣除限额为 220 万日元。在 2018 年度税制改革中，又进一步规定自 2020 年起当工资收入超过 850 万日元时，最高扣除限额为 195 万日元。因此，2012~2020 年，工资薪金扣除上限由 245 万日元分阶段下降至 195 万日元，适用于扣除上限的收入临界值由 1500 万日元下降至 850 万日元，对中高收入群体的扣减额度进行限制，从而提高其应纳税额，增加税收。

（二）注重税制改革的公平效应

近年来，日本社会显现出贫富差距扩大的趋势。根据日本总务省统计局家庭调查数据，2013 年"安倍经济学"实施后，个人所得总额为 400 万~700 万日元的中间层减少，而所得总额在 400 万日元以下的低收入层和所得总额在 700 万日元以上的高收入层增加，同时，居民储蓄也向高收入

---

① 森信茂樹『日本の税制―何が問題か―』、95-96 頁。
② 森信茂樹『日本の税制―何が問題か―』、95-96 頁。

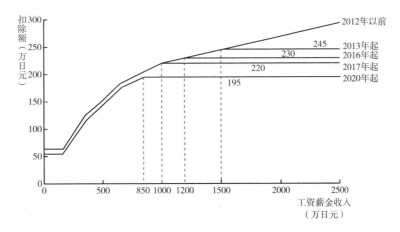

图 2　日本个人所得税中工资薪金扣除上限的变化

注：2018 年度日本税制改革（2020 年起实施）除下调扣除限额外，还将各收入阶段对应的扣除额一律降低 10 万日元，这是为配合基础扣除进行改革。

资料来源：根据日本财务省相关资料制作。参见「毎年度の税制改正」、財務省ホームページ、https：//www.mof.go.jp/tax_policy/tax_reform/index.html［2023-4-16］。

层集中。① 因此，日本居民所得分布呈现两极分化、中间层压缩、财富集中的态势。并且，随着消费税税率提高，消费税在日本税收中的占比逐渐上升。与采取超额累进税率的个人所得税不同，消费税具有逆累进性的特征。消费税占比上升将会弱化日本税制整体的累进性构造，加剧贫富分化的趋势。从这一角度来说，个人所得税在税收调节收入分配中扮演的角色更加重要。

超额累进税率是个人所得税发挥收入再分配机能的主要手段。超额累进税率将应纳税所得额划分为若干等级，对每个等级分别规定相应税率，当数额超过某一等级时，就超过部分按高一级税率计算征税。日本现行超额累进税率包括 7 个等级，最低税率为 5%，最高税率为 45%。除超额累进税率以外，个人所得税扣除项目的改革也逐渐侧重于公平效应，与超额累进税率相配合，发挥个人所得税收入再分配机能。这主要体现在两个方

---

① 森信茂樹「連載コラム『税の交差点』第 60 回：平成の税制を振り返る（その2）所得再分配機能はなぜ低下したのか」、東京財団政策研究所ホームページ、2019 年 5 月 9 日、https：//www.tkfd.or.jp/research/detail.php?id=3094［2023-4-16］。

面：一是设置扣除上限，如前文分析的工资薪金扣除上限不断压缩，当收入超过标准时，即使收入继续上升，扣除额也不再增加；二是设置逐渐递减的扣除机制，当收入超过标准时，扣除额递减，直至递减为零，基础扣除改革体现的就是这一方面。

基础扣除是日本个人所得税税前扣除中设立最早、应用最广的扣除项目之一。该扣除项目设立于 1947 年，最初扣除额为 0.48 万日元。[①] 随着日本经济发展，基础扣除额不断提高。特别是在日本经济高速增长期，基础扣除额几乎每年调增。泡沫经济破灭后，日本经济低迷，基础扣除额也趋于稳定。1995 年，基础扣除额由 35 万日元增加至 38 万日元，此后一直沿用至 2019 年。虽然基础扣除的额度经过多次调整，但此前对于纳税人收入一直没有设置限制，任何收入水平的纳税人均可以享受这一扣除。在 2018 年度税制改革中，配合工资薪金扣除等改革，日本政府对基础扣除项目也做出较大调整，并于 2020 年正式实施。调整后的基础扣除额上升至 48 万日元，同时设置适用条件和所得限制。所得总额在 2400 万日元以下的纳税人，基础扣除额为 48 万日元；超过 2400 万日元，基础扣除额递减。所得总额为 2400 万~2450 万日元的纳税人，基础扣除额为 32 万日元；所得总额为 2450 万~2500 万日元的纳税人，基础扣除额为 16 万日元；所得总额超过 2500 万日元，不再适用基础扣除项目。

税制改革的公平效应不仅针对高收入阶层，针对低收入阶层也提出统合所得扣除与税额扣除、调整扶养扣除、设立还付税制等方案，通过与社会保障制度进行联动性改革，提高对低收入家庭和育儿养老负担较重家庭的扶助。因此，个人所得税收入再分配机能的强化涉及工资薪金扣除、年金扣除、基础扣除、扶养扣除、税额扣除等项目，不仅与筹集财政收入的机能相辅相成，还与社会保障制度密切相关，贯穿于日本个人所得税扣除制度整体改革。

---

① 高木勝一『日本所得税発達史：所得税改革の発展と歴史—創設期から現在まで—』、ぎょうせい、2009、135-137 頁。

（三）推动就业方式多元化

随着日本社会就业方式日趋多元化，且女性参与社会工作的程度逐渐提高，现行个人所得税税前扣除体系难以适应就业结构变化的问题引起日本社会各界的关注。根据日本总务省统计局劳动力调查数据，1995~2022年，以劳务派遣、临时工、季节工、兼职工等方式就职的非正式雇员在雇员总数中的占比由 20.9% 上升至 36.9%。非正式雇员占比的提高主要归因于女性就业者和高龄就业者增加。2022 年，女性非正式雇员的占比达到 53.4%，65 岁及以上就业者中非正式雇员的占比达到 76.4%。[①] 同时，在自营业者中，就业方式也呈现出多元化的倾向。例如，农林牧渔、制造业、批发零售、工程承包、饮食旅馆、美容美发等传统自营业者所占的比例有所下降，建筑工程师、系统工程师、软件工程技术人员、保险代理人、推销员等劳动从属性强、具有雇佣性质的自营业者所占的比例逐渐上升。[②] 自 2014 年起，日本政府税制调查会连续出具报告，就经济社会结构变化和就业方式多样化背景下的个人所得税改革进行讨论，提出未来税制结构应向扣除合理、就业中性的方向推进。

个人所得税税前扣除制度改革的焦点之一在于工资薪金扣除的缩减及其向基础扣除的转换。工资薪金收入的必要经费扣除采取概算扣除的方式，按收入的一定比例确定扣除金额；而自营业者事业经营收入的必要经费主要包括产品成本、管理费用及销售费用等，按照经费实额申报扣除。一般来说，概算扣除较实额扣除在额度上更加宽松。例如，在收入同为 500 万日元的情况下，工资薪金收入的扣除额为 154 万日元[③]，而自营业

---

① 「労働力調査（詳細集計）2022 年（令和 4 年）平均」、総務省統計局ホームページ、https：//www.stat.go.jp/data/roudou/sokuhou/nen/dt/pdf/index1.pdf［2023-4-16］。

② 「参考資料〈所得税〉」、財務省ホームページ、https：//www.cao.go.jp/zei-cho/shimon/28zen8kai4.pdf［2023-4-16］。

③ 按 2019 年以前的计算方法，工资薪金收入为 360 万~660 万日元时，扣除额＝收入×20%＋54万日元，因此 500 万日元的扣除额为 154 万日元。2020 年以后，为促进就业方式多元化，配合基础扣除改革，工资薪金扣除的计算方法变为扣除额＝收入×20%＋44 万日元，那么 500 万日元的扣除额为 144 万日元。此处讨论的是改革前的情况，因此按照 2019 年以前的公式计算。

主按实额申报的必要经费扣除一般不会达到这个额度。① 因此，工资薪金收入和事业经营收入在必要经费扣除上存在一定差别，这种差别导致不同工作方式之间的公平性问题。

工资薪金和事业经营的必要经费扣除在计算各项所得环节中进行减除，基础扣除则是在计算应纳税所得额环节进行减除。工资薪金和事业经营的必要经费扣除分别与其所得类型相对应，具有不同的适用范围，而基础扣除则可以适用于纳入综合所得中的全部所得类型，无论是工薪阶层还是自营业者，均可以享受基础扣除。因此，为解决不同工作方式间扣除额计算的不公平性问题，2018 年度日本税制改革对扣除项目的结构进行调整，规定自 2020 年起，按照收入一定比例计算的工资薪金扣除一律降低 10 万日元，同时将基础扣除额增加 10 万日元，由原有的38 万日元增加至最高扣除 48 万日元。这样工薪阶层的工资薪金扣除和基础扣除增减抵消，其负担不变，而原本无法适用于工资薪金所得扣除的自营业者、自由职业者等灵活就业人员由于基础扣除额增加，其税收负担减轻，从而在不增加工薪阶层负担的基础上，促进就业方式多样化，激发经济活力。

即使如此，工资薪金扣除额过多导致的问题仍然存在。根据日本财务省统计数据，在不同的工资收入水平下，按照概算扣除公式计算的扣除额度均大幅度超出工薪族为取得收入所支出的实际经费。② 有观点认为，这种在税制上对工薪阶层的过度优待会影响就业人员的工作方式选择。针对这一问题，日本一些学者提出缩减工资薪金概算扣除额或者按照实际经费支出计算扣除额。但是，工资薪金扣除涉及大量的工薪家庭，骤然缩减扣除额可能会增加社会的不稳定因素，并且概算扣除流程单一、操作简便，如果改为实额扣除，将会大大增加申报、计算和审核的工作量，能够进行扣除的经费范围也容易受到争议，从而影响税收的效率性，增加征管成

① 森信茂樹「働き方改革と税制 ギグエコノミーへの対応」、東京財団政策研究所ホームページ、2018 年 7 月 13 日、https：//tax. tkfd. or. jp/？post_type＝article&p＝814［2023-4-16］。
② 「説明資料〈所得税〉」、財務省ホームページ、https：//www. cao. go. jp/zei-cho/gijiroku/zeicho/2017/29zen13kai3. pdf［2023-4-16］。

本。因此，缩减工资薪金概算扣除额、继续向基础扣除转换、采取实额申报扣除、实额扣除与概算扣除相配合等方案的具体实施策略和利弊分析，是日本个人所得税税前扣除制度改革的重点讨论议题。

（四）促进女性就业

配偶扣除对女性就业的影响是日本税制改革的另一个焦点问题。在配偶因为家务劳动而影响外出工作从而导致其收入较低的境况下，纳税人可以享受一定额度的扣除，从而减轻家庭整体负担。但是，扣除项目对配偶的所得水平设置了限制条件，将会影响女性就业选择，违背税收中性原则。根据原来日本《所得税法》的规定，在配偶所得不超过 38 万日元的条件下，纳税人可以享受一般配偶扣除；在配偶所得超过 38 万日元但不超过 76 万日元的条件下，纳税人可以享受配偶特别扣除，扣除额随着配偶所得的增加而递减。假设一个家庭中妻子的所得全部为工资薪金所得，那么在 38 万日元的所得限制条件下，换算为工资收入为 103 万日元，超出这一水平，丈夫将不再享受一般配偶扣除，这就是日本社会热议的"103 万之壁"；在 76 万日元的所得限制条件下，换算为工资收入为 141 万日元，超出这一水平，就不能享受配偶特别扣除，这被称为"141 万之壁"。① 由于"103 万之壁"和"141 万之壁"的存在，女性更倾向于选择在这些收入范围内工作，以避免收入提高导致丈夫的扣除额降低反而增加家庭税负，因此这会对女性参与社会工作产生限制。

随着日本就业结构变化，夫妻双方全职工作的双职工家庭不断增加，现有配偶扣除制度屡被诟病。基于此，2017 年日本税制改革提出，自 2019 年起扩展配偶特别扣除项目的适用范围，只要配偶工资收入不超过 150 万日元，纳税人均能享受与一般配偶扣除项目相同的扣除额，当配偶

---

① 关于工资收入的换算，假设配偶所得来源均为工资薪金，则工资薪金所得＝工资薪金收入－工资薪金扣除，由此推出：工资薪金收入＝工资薪金所得＋工资薪金扣除。2019 年以前，工资薪金扣除最低保障额为 65 万日元，因此，38 万所得换算为工资收入为 103 万日元（38 万日元＋65 万日元），76 万所得换算为工资收入为 141 万日元（76 万日元＋65 万日元）。2020 年以后，工资薪金扣除普遍下调 10 万日元，但配偶所得的限制条件也随之改变，例如表 1 中，一般配偶扣除的所得总额要求在 48 万日元以下，因此换算出来的工资收入基本不变。

工资收入超过 150 万日元时，扣除额阶梯式递减，收入至 201 万日元时扣除额递减为零。这一措施拓宽可以享受配偶扣除的收入范围，女性收入超出之前 103 万日元和 141 万日元的规定水平时，一般配偶扣除和配偶特别扣除仍然能够生效。但是，这种适用范围上的量变无法从根本上解决配偶扣除制度影响女性就业选择的问题，即使收入范围拓展，也可能产生新的"150 万之壁"或"201 万之壁"。并且，配偶扣除制度的初衷之一是肯定家庭妇女的贡献，但随着女性参与社会程度加深，日本国内一些观点认为配偶扣除制度没有积极肯定工作女性对家庭的付出，因此可能会对女性就业、家庭稳定和生育子女产生偏误引导。①

日本政府和专家学者对配偶扣除制度的进一步调整提出了几个主要方案。一是取消配偶扣除制度，将由于扣除额减少而增加的税收收入补贴养育子女的家庭。这样妻子的工资收入与丈夫能否享受配偶扣除脱钩，取消配偶扣除对女性收入的限制，直接对育儿进行补贴，减轻夫妻共同工作且育有子女家庭的经济负担。但是日本自 1961 年设立配偶扣除已近 60 年，使用这一扣除项目的家庭众多，直接取消可能会对日本社会造成冲击，并且对于未生育子女的低收入家庭，配偶扣除的取消将会增加其负担。二是缩减配偶扣除，将其转入纳税人基础扣除，使夫妻合计扣除额不因妻子工资收入多少而变化，并且对育有子女的家庭进行补贴。但是，由于个人所得税采用超额累进税率，即使夫妻合计扣除额相同，夫妻一方工作或双方工作的形态差异或双方工作收入比例差异也会使夫妻合计收入在相同水平下的最终纳税额不同。三是引入新型夫妇扣除制度，以家庭为对象进行扣除，并对育儿家庭进行补贴。这一方案将会改变夫妻分别作为纳税单位进行税额计算的原有制度，因此不仅是配偶扣除，基础扣除、扶养扣除、特殊人士扣除等其他所得扣除项目也要重新设计，意味着个人所得税制度的整体变革。

---

① 内閣府税制調査会「女性の働き方の選択に対して中立的な税制の検討にあたっての論点整理」、内閣府ホームページ、https://www.cao.go.jp/zei-cho/shimon/26zen9kai6.pdf［2023-4-16］。

（五）税制与社会保障一体化改革

少子老龄化问题已经成为日本社会面临的一大难题。根据日本总务省发布的《2022 年版高龄社会白皮书》，2021 年 10 月，日本 65 岁及以上老龄人口数量已经达到 3621 万人，老龄化率即 65 岁及以上老龄人口占总人口的比例已经达到 28.9%。预计到 2065 年，日本老龄化率将继续上升至 38.4%，每 2.6 人中就有一人超过 65 岁，每 3.9 人中就有一人超过 75 岁，总人口由 2021 年的 1.26 万亿人左右减少至 0.88 万亿人左右。① 自 2016 年起，日本每年新出生人口跌破 100 万人，2019 年起跌破 90 万人。2021 年，新出生人口继续下降至 81.2 万人，总和生育率仅为 1.30。② 为应对少子老龄化问题，日本政府着手在税制与社会保障领域进行一体化改革，其中，个人所得税税前扣除制度由于涉及家庭扶养、年金税制、税额扣除等多方面因素而成为税制与社会保障一体化改革的重要组成部分。

现行的日本个人所得税税前扣除制度以所得扣除项目为核心，税额扣除仅针对个人所得税与企业所得税双重课税调整、本国与外国所得税双重课税调整、住宅贷款扣除等个别项目。所得扣除在纳税人所得总额中进行扣减，计算得出的是应纳税所得额，即纳入计税范围的所得基数。因此，所得扣除的理念在于考虑每个纳税人在配偶就业、家庭构成、身体状况、特殊事项等方面的不同情况，通过扣除项目对计税所得基数进行调整，使经过调整的应纳税所得额与纳税人税负承担能力相协调，这一流程直观通顺，易于理解，在日本社会应用广泛。

但是，所得扣除项目调整的对象是应纳税所得额，税额是由应纳税所得额乘以税率计算得出，因此所得扣除是在税额计算环节之前进行扣减。而工资薪金、公共年金、事业经营等综合所得使用的是超额累进税率，即当所得超过某一等级时，超过部分按高一级税率计算征税。由于所得越高

① 「令和 4 年版高齢社会白書（全体版）」、内閣府ホームページ、https：//www8. cao. go. jp/ kourei/whitepaper/w-2022/html/zenbun/index. html［2023-4-16］。

② 「人口動態調査」、総務省統計局ホームページ、https：//www. e-stat. go. jp/stat-search/files? page = 1&toukei = 00450011&tstat = 000001028897［2023-4-16］。

适用税率越高，因此在扣除额相同的情况下，所得越高，减税效果越明显。例如，假设所得扣除均为 100 万日元，且纳税人全部所得均纳入综合所得额，当综合所得为 300 万日元时，超额累进税率最高为 10%，在没有所得扣除的情况下，税额计算为 20.25 万日元；在所得扣除为 100 万日元的情况下，税额计算为 10.25 万日元，即减税效果为 10 万日元。当综合所得升至 500 万日元时，超额累进税率最高为 20%，在没有所得扣除和所得扣除为 100 万日元的情况下，税额计算分别为 57.25 万日元和 37.25 万日元，减税效果达到 20 万日元。当综合所得进一步上升至 2000 万日元时，超额累进税率最高为 40%，在所得扣除为 100 万日元的情况下，减税效果达到 40 万日元。① 因此，所得扣除的减税效果使纳税人所得越高，获益越大，产生逆累进性问题。

与所得扣除相比，税额扣除是在应纳税所得额乘以适用的税率之后进行扣减，因此扣除额不因所得额的高低而改变，避免所得越高，减税幅度越大的问题。例如，当税额扣除为 10 万日元时，无论综合所得为 300 万日元、500 万日元还是 2000 万日元，减税幅度均为 10 万日元。且税额扣除项目是直接扣减应纳税额，具有政府财政补贴的效果，与社会保障联系更紧密。随着日本社会少子老龄化程度加深，一方面生育率低下、劳动人口减少成为社会性问题，另一方面老龄人口增加不仅导致社会保障支出扩大，在年金扣除制度下，扣除额占年金收入的大部分，政府税收受到限制，财政压力将会大大增加。因此，从税制与社会保障一体化改革的角度出发，日本国内提出个人所得税的未来改革方向应从所得扣除转向税额扣除，即由税前扣除向税后扣除转换。

---

① 按日本现行超额累进税率计算，当综合所得为 300 万日元时，在没有所得扣除的情况下，税额为 300×10%-9.75=20.25（万日元）；在所得扣除为 100 万日元的情况下，税额为（300-100）×10%-9.75=10.25（万日元）。当综合所得为 500 万日元时，在没有所得扣除的情况下，税额为 500×20%-42.75=57.25（万日元）；在所得扣除为 100 万日元的情况下，税额为（500-100）×20%-42.75=37.25（万日元）。当综合所得为 2000 万日元时，在没有所得扣除的情况下，税额为 2000×40%-279.6=520.4（万日元）；在所得扣除为 100 万日元的情况下，税额为（2000-100）×40%-279.6=480.4（万日元）。关于如何运用超额累进税率计算个人所得税税额，参见「所得税の税率」、国税庁ホームページ、https：//www.nta.go.jp/taxes/shiraberu/taxanswer/shotoku/2260.htm［2023-4-16］。

同时，由于低收入者可能存在所得总额低于所得扣除，或者所得税额低于税额扣除的问题，在税额扣除方式上，还付税额扣除制度也被纳入日本个人所得税扣除制度进一步改革的范围。例如，当综合所得为 50 万日元、税额扣除为 10 万日元且不考虑所得扣除时，应纳税额为 $50 \times 5\% - 10 = -7.5$（万日元），虽然不需要纳税，但实际上有 7.5 万日元的税额扣除纳税人并没有享受到。在这种情况下，将没有抵扣完的部分还付纳税人，相当于从社会保障的视角对低收入家庭进行补贴，并且，如果税额扣除中存在鼓励就业、育儿等成分，则可以对夫妻双方工作和生育子女的家庭进行补贴，符合税制与社会保障一体化改革的思路。因此，在考察欧美等其他国家税制结构的基础上，目前日本国内提出将基础扣除、配偶扣除、扶养扣除等所得扣除项目转移到税额扣除，设置儿童扣除、劳动扣除、消费税累退性对策扣除等税额扣除项目的总体方案，这将成为日本个人所得税进一步改革的方向。

结　语

个人所得税发挥着调节经济和收入再分配的重要机能，与经济和社会的长期稳定发展息息相关。日本个人所得税扣除制度建立较早，应用时间长，随着社会经济的变化进行了多次调整，其特点可从以下几个方面进行总结。

一是推进综合与分类相结合的个人所得税制度，发挥个人所得税调节经济和收入再分配机能。推进综合与分类相结合的个人所得税制度，不仅是完善个人所得税征管机制、建立现代化税制体系的需要，对发挥个人所得税调节经济和收入再分配机能也有着重要意义。日本纳入综合所得中的项目比较广泛，既包括工资薪金所得等劳动性所得，也包括事业经营所得、财产转让所得、不动产租赁所得、偶然所得、杂项所得等，这为个人所得税扣除项目作为政策工具发挥调节经济和收入再分配机能提供了平台。例如，基础扣除适用于纳入综合所得的全部所得类型，除保障纳税人基本生活费用外，通过设置基础扣除的所得范围，还可以起到限制高所得阶层扣除额的效果。除基础扣除外，工薪阶层和自营业者分别适用于工资薪金扣除和事业经营必要经费扣除，通过将一定额度的工资薪金扣除转移到基础扣除，可以在不加重工薪阶层负担的基础上，减轻自营业者等灵活就业人员的税收负担，从而促进就业方式多样化，激发经济活力。由此可见，由于工资薪金所得和事业经营所得等均纳入综合所得，通过调整扣除项目而产生的经济效果和再分配效果，能够辐射到工薪阶层、自营业者、其他灵活就业人员等全部就业形态人员。

二是切实减轻家庭负担，优化个人所得税扣除体系。由于配偶就业形态、家庭扶养成员等因素，在收入相同的情况下，纳税人的支付能力也可能存在差异。同时，家庭大额支出，如医疗费、财产损失等，也可能加重纳税人的经济压力。日本个人所得税扣除制度对这些影响纳税人及其家庭税负承担能力的因素进行细致的考虑，从应纳税的角度出发，区分纳税人配偶就业形式、家庭扶养成员年龄构成与教育支出，以及医疗费支出、财产损失及关联支出等，分别设置不同的扣除项目。对于弱势群体也在税收上进行倾斜，为残障人士、寡居人士和单亲家庭等负担更重的群体设置专项附加扣除，为其提供更多保障。同时，由于个人所得税税前扣除对于收入越高的人来说减税效果越明显，因此日本个人所得税对高收入阶层设置扣除限制，在收入超过一定水平的情况下，实行扣除额逐渐递减的机制，从而使个人所得税扣除项目更多地面向中低收入群体。

三是与社会保障制度联动改革，促进社会和谐发展。基于完善社会保障制度、保证资金来源、促进财政健全化、调节收入分配等多重政策目标，日本着力推进税制与社会保障一体化改革。主要体现在以下几个方面。首先，为解决所得扣除框架下纳税人收入越高、减税幅度越大的问题，日本对所得扣除向税额扣除转移的方案进行了详细研讨，这也是国际上个人所得税扣除制度改革的一个主要方向。其次，运用数据联通和统计分析，通盘考虑社会保障和税收制度。自 2016 年起，日本开始实施社会保障-税号制度，应用于社会保障、税收和灾害防御三大领域，搭建部门间的沟通渠道，更为细致地掌握居民和企业的收入情况、纳税情况以及社会保障相关信息，从而从促进信息共享和情报交换的角度出发，提高统计分析的精确度和准确度，以明确进一步需要调整的方向。最后，日本在进行个人所得税扣除制度改革时，对国外税制体系进行过细致的调研。例如，在配偶扣除制度改革上，对英国的婚姻扣除制、美国的夫妇课税与个人课税选择制、法国的家庭课税制均做过详细考察。在所得扣除向税额扣除转移的方案设计上，日本也借鉴加拿大、美国、英国、德国等国家的扣除制度。日本结合本国实际情况，在研究和借鉴其他国家扣除制度的基础上，实现个人所得税扣除制度与社会保障进行联动性改革的效果。

但是，日本的个人所得税改革也存在缺陷。一是综合与分类个人所得税制仍不健全，个人所得税调节收入分配的机能被削弱。在各种收入类型中，股票转让所得和股息红利所得等金融所得在计算个人所得税时采取分类计税方式，且金融所得的税率相较超额累进税率中的高级税率差距很大，会损害个人所得税收入再分配机能，拉大社会贫富差距。日本个人所得税中的金融所得的税率一般为15%，而综合所得适用的超额累进税率最高三级的税率分别为33%、40%和45%，由于股票转让和股息红利等金融所得集中在高收入阶层甚至是超高收入阶层，日本真正的富裕阶层因此享受到避税效应。据测算，当纳税人所得总额在1亿日元以下时，个人所得税负担率随着所得总额的提高呈上升趋势，这主要是由于超额累进税率和扣除制度的作用；而当纳税人所得总额超过1亿日元时，个人所得税负担率随着所得总额的提高逐渐下降，说明个人所得税的收入再分配机能并未碰触到富裕阶层的根本利益。①

二是虽然对于育儿家庭、女性就业有一定政策倾斜，但实际效果可能有限。虽然日本女性就业人数不断增加，但是，女性就业仍以临时工、派遣工、零工等非正式就业为主。根据日本政府统计数据，2012～2022年，日本女性就业者从2658万人增长至3024万人，在总就业人数中所占的比重也由42.3%上升至45.0%，但是，2022年，在女性就业者中，非正式

---

① 「申告所得税標本調査—調査結果報告—」、国税庁ホームページ、https：//www.nta.go.jp/publication/statistics/kokuzeicho/shinkokuhyohon2019/pdf/r01.pdf［2023-4-16］。

就业员工比例高达 53.4%，而男性非正式就业的比例仅为 22.2%。[①] 日本个人所得税中的配偶扣除项目虽然放宽了女性收入限制，也有对女性从事家庭工作予以社会性肯定的考虑，但对于提高女性正式就业率起不到什么帮助，女性的工作仍被局限在一些非正式就业岗位。女性在育儿和工作之间进行平衡仍很困难，职业女性辞职的主要原因仍然是"育儿和家务占用大量时间"和"难以实现育儿和工作的两全"。[②] 同时，尽管日本个人所得税根据被扶养人的年龄和负担设立了不同的扶养扣除项目，并积极与社会保障制度进行协调，但日本每年新出生人口数量和生育率持续下降的趋势仍难以扭转，少子老龄化正在加速推进。因此，可以看出，仅靠调整税收制度优化人口结构的效果有限，需要社会各方面制度的跟进。

（审校：李璇夏）

---

① 「令和 4 年労働力調査年報」、総務省統計局ホームページ、https：//www.stat.go.jp/data/roudou/report/2022/index.html［2023-10-8］。

② 「令和 4 年版少子化社会対策白書」、内閣府ホームページ、https：//www8.cao.go.jp/shoushi/shoushika/whitepaper/measures/w-2022/r04pdfhonpen/r04honpen.html［2023-10-8］。

Volume 9, Issue 1

January 2024

Collection of Japanese Studies

Table of Contents & Abstracts

· **Special Study: Bibliography in Japanese Historical Studies** ·

The Acceptance of New Theories from the "Theories about Japanese" in China after the Counter-Japanese War

—With a Focus on the Newly Discovered Chinese Book Review of *The Chrysanthemum and the Sword* Published in 1947

Chu Xiaobo and Yu Zihan / 30

Abstract: Ruth Benedict's *The Chrysanthemum and the Sword* is one of the representative works of "theories about Japanese" research in the world. This article newly discovered the Chinese book review of *Chrysanthemum and the Sword* published in the *Chinese Press Review* sponsored by the United States Information Service on January 4, 1947, which changed the fixed views of the academic circle in this field. On the basis of introducing the content and publication background of this book review, the article also works on the research on "theories about Japanese" in China before and after the Counter-Japanese War to explain the issue that although Chineses had already noticed the publication of *Chrysanthemum and the Sword*, an important work on Japanese studies, the book has not received sufficient attention nor been translated, which can contibute to the understanding of the conditions that a new Japanese research theory can be accepted, such as the need for the research subject to eliminate emotional factors towards the research object as much as possible, and to answer the core questions that the audience is concerned about. New theories need to have stronger explanatory power and obtain innovative conclusions that have not been explained by previous scholars; New theories attach great importance to the advantages and disadvantages of research methods and improve the professionalism of our research continuously.

Keywords: Theories about Japanese; *The Chrysanthemum and the Sword*; Cultural Type; Cultural Anthropology

The Transitional and Contradictory Characteristics of Japan's Acceptance of Western Civilization during the End of the Shogunate Period
—Focusing on the Account in Shibusawa Eiichi's *Voyage of Journey to the West*

Zhang Xiaoqiang and Dai Qiujuan / 45

Abstract: Striking a balance between traditional culture and Western civilization has always been a challenge for Japan and other non-Western countries as they embarked on the path to modernization. Modern Japan took the route of "Datsuanyuou" (leaving Asia and joining Europe) to become an advanced capitalist nation, but during the end of the shogunate period, Japan showcased transitional and contradictory characteristics in its encounter with Western civilization. This was influenced by both the constraints of traditional Japanese culture and the cultural barriers between the society of the late shogunate period and Western civilization. The use of the Prime Meridian and measurement units by

Shibusawa Eiichi, a vassal of the Tokugawa shogunate, as reflected in *Voyage of Journey to the West* represents the transitional and contradictory characteristics of Japan's acceptance of Western civilization during the end of the shogunate period from one perspective.

Keywords: Japan; Shibusawa Eiichi; *Voyage of Journey to the West*; Prime Meridian; Measurement

A Line of Continuous Tradition: Three Leading Scholars in Japan about Collating Dunhuang's Version of *Carving a Dragon at the Core of Literature*

Feng Siwo / 63

Abstract: The Tang Dynasty cursive manuscript *Carving a Dragon at the Core of Literature*, also known as the Dunhuang's version of *Carving a Dragon at the Core of Literature*, is an important publication of *Carving a Dragon at the Core of Literature*. The generation of Japan's studies of *Carving a Dragon at the Core of Literature* is closely connected to Studies of Dunhuang Caves from the beginning. The association is the residual volume of the Tang cursive manuscript of *Carving a Dragon at the Core of Literature* unearthed from Dunhuang. The papers published by Suzuki Torao in Japan in 1926 and 1929 "Collation of Dunhuang's Version of Carving a Dragon at the Core of Literature" and "Collation of Huang Shulin's Ersion of Carving a Dragon at the Core of Literature" marked the prosperity of modern Japanese Chinese studies and studies of *Carving a Dragon at the Core of Literature*. After that, Toda Hiroshi's "Complement of Collation of Huang Shulin's Version of Carving a Dragon at the Core of Literature" and "Proofreading the Data of Carving a Dragon at the Core of Literature", and Shiba Rokuro's "Fan Wenlan's Correction of Carving a Dragon at the Core of Literaturet" and The first four notes of *Carving a Dragon at the Core of Literature* further promoted Suzuki Torao's works. In particular, Shiba also explained the words and sentences in details, which contribute to construct a Japanese style of collation which shows the historical status and value of Dunhuang's version of *Carving a Dragon at the Core of Literature*.

Keywords: Dunhuang's Version of *Carving a Dragon at the Core of Literature*; Collation; Suzuki Torao; Toda Hiroshi; Shiba Rokuro

"Hundred Kings" and "Principles" (Dōri)
—Deep Logics of the Historical Theory of *Gukanshō*

Ge Xuting / 81

Abstract: *Gukanshō* is the first historical theory work about the history of Japan. It was composed by Jien who was the son of Japanese regent (Kampaku) Fujiwara no Tadamichi, a member of the Fujiwara clan of powerful aristocrats, and the first monk in Japanese history to serve as the Head Priest of Enryakuji Temple (Tendai-zasu) for four times. Jien was proficient in Japanese and Chinese knowledge as well as Buddhist scriptures. For explaining Japanese history, he searched for the Principles (dōri) of India, China, and Japan, and finally he found that the logic of Japanese history itself originated from the age of gods. Therefore, the theory of "the agreement of ancient gods" was often used to explain Japanese history in *Gukanshō*. *Gukanshō* mainly concerned on the Principles (dōri) of history with the continuation of "Hundred Kings" as the ideological background. It narrated the history of Japan from Emperor Jimmu to the eighty-fourth emperor Juntoku, and by connecting with the reason for the loss of the sword, one of Japan's Three Sacred Treasures explained why the samurai had been arised since the Hōgen rebellion. This article intends to analyze the historical theory of Gukanshō from the broader cultural context of India, China and Japan.

Keywords: *Gukanshō*; Jien; Principles (Dōri); Samurai; "Agreement with Ancient Gods"

· **Political Research** ·

Characteristics and Dilemma of Socialist Law of
the Right to Life of the Constitution of Japan

Mi Duo / 106

Abstract: The Constitution of Japan, which came into force in 1947, is considered to be a modern constitutional constitution with capitalist characteristics formulated under the leadership of the United States. However, the right to life provisions in Article 25, were written into the Constitution under the active promotion of the Socialist Party of Japan and the civil revisers of the Constitution, with obvious characteristics of socialist law. For a long time, the mainstream constitutional academia in Japan, influenced by the German jurisprudence, regarded the right to life as an objective constitutional right, denied its right to claim, and then demonstrated the legitimacy of the negative actions of the country with the "theory of personal autonomy". However, some scholars criticized the defects of the western reformist right to life, and Japanese citizens also insisted on safeguarding the right to life granted by the Constitution through the judicial review. However, the guarantee of the right to live is based on the existence of public financial resources. The Constitution of Japan has no provisions on the economic system. The free capitalist economic system determines that Japan cannot fully realize its national obligation to guarantee the right to life.

Keywords: Constitution of Japan; The Right to Live; Socialist Constit ּtion; Social Security System

· **Ideological Research** ·

Tsurumi Shunsuke's "Pragmatism":
Analyses and Practices

Qiu Jing / 135

Abstract：Tsurumi Shunsuke's analyses on "pragmatism" paid attention to not only introduction to the American philosophical theories, but also studies on "pragmatism" in Japan. Besides its original meanings, in Japan, "pragmatism" could also mean "Japanese way of understanding and application of pragmatism", or "thoughts that could be considered as pragmatism even before the American philosophy", or "a methodology, an idea or an ideal which is beyond the border of the US or Japan". Tsurumi argued that pragmatism should refrain from degenerating into dogma or ideology, and that pragmatism should be put into practice within everyday life. According to his analyses, critiques and practices, Tsurumi's "pragmatism" suggested a methodology of "trying to open a channel for dialogue among thought systems by affecting the daily reality in our lives". He and Maruyama Masao showed diversity as well as sympathy with the point of view on "pragmatism".

Keywords：Japan；Political Thoughts；"Pragmatism"；Tsurumi Shunsuke

Kanda Kiichiro's Positivism in His Chinese Study

Mo Jiayin / 153

Abstract：The positivist school is the earliest school formed in the field of Chinese Studies in Modern Japan. Its basic concepts and research methods have lasted for more than a century. It has had and will continue to have an important impact studies of Chinese traditional culture in Japan. Most of the previous studies have commented on the positivist school from the methodology level, and few have made in-depth investigations on its view of traditional Chinese culture. As the second-generation scholar of the school, Kanda Kiichiro advocates to carry out "comprehensive" Sinology research while inheriting the academic paradigm of the founder. As for the overall view of the school, this idea can be said to be beyond the times. The article focuses on the study of Chinese Buddhist literature by Kanda Kiichiro to further explore the academic characteristics of that school and point out its advantages and disadvantages.

Keywords: Japan; Chinese Study; Positivist School; Kanda Kiichiro; Chinese Buddhist Literature

· **Economic Research** ·

The Development, Reform Trends and Enlightenment of Japan's Tax Deduction System for Individual Income Tax

Li Qingru/ 168

Abstract: The tax deduction of individual income tax in Japan includes two stages: the deduction of necessary expenses and the income deduction, which are deducted in the calculation of classified income and taxable income. The necessary expenses for taxpayers to obtain income, as well as the factors affecting the tax bearing capacity, such as family composition, spouse employment, physical condition, additional expenses and special matters, are comprehensively considered. On the basis of ensuring the basic life of taxpayers, the tax deduction system is designed to improve the function of income redistribution of individual income tax, and to cooperate with consumption tax and other taxes to adjust the economy as a policy tool. In recent years, with the changes of Japan's economic and social structure, the tax deduction system of Japanese individual income tax has been revealed many problems. Discussions around improving the function as fiscal revenue and the function of income redistribution, promoting the employment diversification and female employment, and implementing the integrated reform of tax system and social security, have been carried out extensively in Japan. The design and evolution process of Japan's personal income tax deduction system has its own characteristics but also some shortcomings.

Keywords：Japan；Individual Income Tax；Tax Deduction；Income Deduction；Deduction of Necessary Expenses

《日本文论》征稿启事

为了促进日本研究学科发展，2019 年日本学刊杂志社创办学术集刊《日本文论》。《日本文论》前身为日本学刊杂志社曾办学术期刊《日本问题资料》（1982 年创刊），以"长周期日本"为研究对象，重视基础研究，通过长时段、广视域、深层次、跨学科研究，深刻透析日本，广泛涵盖社会、文化、思想、政治、经济、外交及历史、教育、文学等领域。《日本文论》以半年刊的形式，由社会科学文献出版社出版发行。2023 年1 月，《日本文论》入选"中国人文社会科学期刊 AMI 综合评价"核心集刊。2023 年 6 月，《日本文论》入选"中文社会科学引文索引"（CSSCI）（2023—2024）来源集刊和收录集刊。自创刊以来，连续三年被社会科学文献出版社收入"CNI 名录集刊"。期待广大海内外学界同人惠赐高水平研究成果。

一、《日本文论》将以专题形式刊发重大理论研究成果；注重刊发具有世界和区域视角、跨学科和综合性的比较研究，论证深入而富于启示意义的成果；注重刊发应用社会科学基础理论的学理性文章，特别是以问题研究为导向的创新性研究成果。

二、本刊实行双向匿名审稿制度。在向本刊提供的稿件正文中，请隐去作者姓名及其他有关作者的信息（包括"拙著"等字样）。可另页提供作者的情况，包括姓名、职称、工作单位、通信地址、邮政编码、电话、电子邮箱等。

三、本刊只接受电子投稿，投稿邮箱：rbyjjk@ 126. com。

四、论文每篇不低于 1 万字。请附 200～300 字的中文及英文摘要和3～5 个关键词。稿件务请遵守学术规范，遵守国家有关著作、文字、标点符号和数字使用的法律及相关规定，以及《日本学刊》现行体例的要求（详见日本学刊网 http：//www.rbxk.org）。

五、切勿一稿多投。作者自发出稿件之日起 3 个月内未接到采用通知，可自行处理。

六、本刊不收版面费。来稿一经刊出即付稿酬（包括中国学术期刊电子版和日本学刊网及其他主流媒体转载、翻译部分）和样刊（1 册）。作者未收到时，请及时垂询，以便核实补寄。

图书在版编目（CIP）数据

日本文论 . 2023 年 . 第 1 辑：总第 9 辑 / 吴怀中主编
. -- 北京：社会科学文献出版社，2024.1
　　ISBN 978-7-5228-3223-4

　　Ⅰ.①日…　Ⅱ.①吴…　Ⅲ.①日本-研究-文集
Ⅳ.①K313.07-53

　　中国国家版本馆 CIP 数据核字（2024）第 026345 号

日本文论　2023 年第 1 辑（总第 9 辑）

主　　编 / 吴怀中

出 版 人 / 冀祥德
组稿编辑 / 祝得彬
责任编辑 / 郭红婷
责任印制 / 王京美

出　　版 / 社会科学文献出版社·当代世界出版分社（010）59367004
　　　　　　地址：北京市北三环中路甲 29 号院华龙大厦　邮编：100029
　　　　　　网址：www. ssap. com. cn
发　　行 / 社会科学文献出版社（010）59367028
印　　装 / 唐山玺诚印务有限公司

规　　格 / 开　本：787mm×1092mm　1/16
　　　　　　印　张：13　字　数：201 千字
版　　次 / 2024 年 1 月第 1 版　2024 年 1 月第 1 次印刷
书　　号 / ISBN 978-7-5228-3223-4
定　　价 / 68.00 元

读者服务电话：4008918866

▲ 版权所有 翻印必究